De geschiedenis van de liefde

Van Nicole Krauss verscheen eerder bij uitgeverij Anthos

Man komt kamer binnen

Nicole Krauss

De geschiedenis van de liefde

Vertaald door Rob van der Veer

Anthos|Amsterdam

De vertaler ontving voor deze vertaling een werkbeurs van
de Stichting Fonds voor de Letteren.

Eerste druk 2005
Tiende druk 2007

ISBN 978 90 414 1067 2
Oorspronkelijke titel *The History of Love*
Oorspronkelijke uitgever W.W. Norton
Omslagontwerp Roald Triebels, Amsterdam
Omslagillustratie Museo di Storia della Fotografia
Fratelli Alinari-archivio Wanda Wulz, Firenze
Illustraties binnenwerk Sam Messer
Foto auteur Joyce Ravid

Verspreiding voor België:
Veen Bosch & Keuning uitgevers n.v., Wommelgem

Voor mijn grootouders,
die me het tegenovergestelde van verdwijnen hebben bijgebracht

en voor Jonathan,
mijn leven

De laatste woorden op aarde

Als ze mijn overlijdensbericht schrijven. Morgen. Of overmorgen. Zal erin staan: LEO GURSKY LAAT EEN APPARTEMENT VOL ROTZOOI ACHTER. Het verbaast me dat ik nog niet levend begraven ben. Het is geen grote woning. Het kost me een hoop moeite een paadje vrij te houden tussen bed en wc, wc en keukentafel, keukentafel en voordeur. Als ik van de wc bij de voordeur wil komen, onmogelijk – dan moet ik eerst langs de keukentafel. Ik stel me het bed graag voor als de thuisplaat, de wc als het eerste honk, de keukentafel als het tweede honk en de voordeur als het derde honk; mocht er aangebeld worden terwijl ik in bed lig, dan moet ik eerst langs de wc en de keukentafel om bij de voordeur te kunnen komen. Als het Bruno is, laat ik hem zonder een woord te zeggen binnen en ga op een sukkeldrafje terug naar bed, terwijl het gejuich van het onzichtbare publiek in mijn oren klinkt.

Ik vraag me dikwijls af wie me als laatste in leven zal zien. Als ik moest gokken, zou ik gokken op de bezorger van het Chinese afhaalrestaurant. Vier van de zeven avonden laat ik iets te eten bezorgen. Elke keer als hij komt, maak ik er een hele vertoning van om mijn portemonnee te vinden. Hij staat in de deuropening met die vette zak in zijn handen terwijl ik me afvraag of dit de avond is waarop ik na het eten van mijn loempia in bed kruip en in mijn slaap een hartaanval krijg.

Ik maak er werk van om gezien te worden. Als ik in de stad ben koop ik wel eens een sapje, ook al heb ik geen dorst. In drukke winkels ga ik zelfs zover dat ik mijn wisselgeld op de grond laat vallen, zodat de dubbeltjes en stuivers alle kanten op rollen. Ik laat me op mijn knieën zakken. Het kost me veel moeite om me op mijn knieën te laten zakken, en nog meer moeite om weer overeind te komen. En toch. Misschien zie ik er belachelijk uit. Ik ga bij de Sportschoen naar binnen en vraag: *Wat hebben jullie aan sportschoenen?* De verkoper neemt me eens goed op en ziet de sukkel die ik ben en loodst me naar het enige paar Rockports dat ze hebben, iets in oogverblindend wit. *Nee,* zeg ik, *die heb ik al,* en dan loop ik naar de Reeboks en pak iets dat niet eens op een schoen lijkt, eerder een waterdichte halve laars, en vraag om maat drieënveertig. Het joch kijkt me nog eens aan, nu wat aandachtiger. Hij kijkt me heel lang en strak aan. *Maat drieënveertig,* zeg ik nog een keer terwijl ik de dikgeribbelde schoen tegen me aan druk. Hij schudt zijn hoofd en loopt naar achteren om ze te halen en wanneer hij terugkomt zit ik mijn sokken uit te trekken. Ik rol mijn broekspijpen op en kijk naar die afgeleefde dingen, mijn voeten, en er volgt een ongemakkelijke stilte tot duidelijk wordt dat ik wacht tot hij me in die laarsjes helpt. Kopen doe ik nooit iets. Ik wil alleen maar niet doodgaan op een dag dat ik door niemand gezien ben.

Een paar maanden geleden zag ik een advertentie in de krant. Met als tekst GEVRAAGD: NAAKTMODEL VOOR TEKENKLAS. $ 15 PER UUR. Het leek te mooi om waar te zijn. Om zoveel bekeken te krijgen. Door zovelen. Ik belde het nummer. Een vrouw vroeg me volgende week dinsdag langs te komen. Ik probeerde mezelf te beschrijven, maar dat interesseerde haar niet. *Voor ons is alles goed,* zei ze.

De dagen gingen langzaam voorbij. Ik vertelde het aan Bruno, maar hij begreep het verkeerd en dacht dat ik me had opgegeven voor een tekencursus om naakte meiden te zien. Hij was niet tot de orde te roepen. *Laten ze hun tieten zien?* vroeg hij. Ik haalde mijn schouders op. *En ook daarbeneden?*

Sinds mevrouw Freid van de derde verdieping was overleden en pas na drie dagen door iemand werd gevonden, hadden Bruno en ik de gewoonte om bij elkaar te kijken of alles goed was. We bedachten een flauwe smoes – *Mijn wc-papier was op,* zei ik bijvoorbeeld wanneer Bruno de deur opendeed. En één dag later werd er bij mij op de deur geklopt. *Ik ben mijn tv-gids kwijt,* was zijn verklaring en dan ging ik de mijne voor hem zoeken, al wist ik best dat die van hem lag waar hij altijd lag, bij hem thuis op de bank. Een keer kwam hij 's zondagsmiddags langs. *Ik heb een kopje meel nodig,* zei hij. Het was bot, maar ik kon er niets aan doen. *Je kan helemaal niet koken.* Er viel een stilte. Bruno keek me aan. *Wat weet jij daarvan,* zei hij, *ik ben een taart aan het bakken.*

Toen ik in Amerika aankwam, kende ik er bijna niemand, behalve een achterneef die slotenmaker was, dus ging ik voor hem werken. Als hij schoenmaker was geweest, zou ik schoenmaker zijn geworden; als hij putjesschepper was geweest, had ook ik putjes geschept. Maar. Hij was slotenmaker. Hij leerde me het vak, en dat ben ik dus geworden. We hadden samen een klein bedrijfje tot hij op een bepaald moment tb kreeg; ze moesten zijn lever eruit halen en hij kreeg 41 graden koorts en stierf, dus nam ik de zaak over. Ik stuurde zijn vrouw de helft van de opbrengst, zelfs nadat ze met een dokter trouwde en naar Bay Side verhuisde. Ik ben dat werk meer dan vijftig jaar blijven doen. Ik had me wel iets anders voorgesteld. En toch. De waarheid is dat ik het leuk begon te vinden. Ik hielp degenen die buitengesloten waren om binnen te komen, en anderen hielp ik om buiten te houden wat niet binnengelaten mocht worden, zodat ze zonder angstdromen konden slapen.

Toen stond ik op een dag uit het raam te staren. Misschien stond ik in gedachten verzonken naar de lucht te kijken. Zet een sukkel voor het raam en je krijgt vanzelf een Spinoza. De middag ging voorbij en het duister streek neer. Ik zocht het trekkoordje van de lamp en plotseling leek het alsof er een olifant op mijn hart had getrapt. Ik viel op mijn knieën. Ik dacht: ik heb niet eeuwig geleefd. Er ging een minuut voorbij. En nog een minuut. En nog een. Klauwend over de vloer sleepte ik me naar de telefoon.

Vijfentwintig procent van mijn hartspier stierf af. Mijn herstel heeft de nodige tijd gekost en daarna heb ik nooit meer gewerkt. Er ging een jaar voorbij. Ik merkte dat de tijd verstreek omwille van zichzelf. Ik keek uit het raam. Ik zag hoe de herfst overging in de winter. De winter in de lente. Op sommige dagen kwam Bruno de trap af om bij me te zitten. We kenden elkaar al sinds we nog jongens waren; we zaten op dezelfde school. Met zijn dikke brillenglazen, rossige haar waar hij de pest aan had en stem die oversloeg als hij emotioneel werd was hij een van mijn beste vrienden. Ik wist niet dat hij nog leefde tot ik op een dag zijn stem hoorde toen ik over East Broadway liep. Ik draaide me om. Hij stond met zijn rug naar me toe voor de kruidenierswinkel en vroeg naar de prijs van een bepaald soort fruit. Ik dacht: het is maar verbeelding, wat ben je toch een fantast, hoe groot is de kans – je jeugdvriend? Ik stond als versteend op het trottoir. Hij ligt onder de groene zoden, zei ik tegen mezelf. Je bent hier in de Verenigde Staten van Amerika, daar heb je McDonald's, doe normaal. Ik wachtte even om helemaal zeker te zijn. Zijn gezicht zou ik niet herkend hebben. Maar. De manier waarop hij liep was onmiskenbaar. Hij stond op het punt om me voorbij te lopen en ik stak mijn arm uit. Ik wist niet wat ik deed, misschien haalde ik me iets in mijn hoofd, maar ik greep hem bij zijn mouw. *Bruno,* zei ik. Hij stond stil en draaide zich om. Eerst leek hij geschrokken en daarna in de war. *Bruno.* Hij keek me aan, zijn ogen schoten vol tranen. Ik pakte hem bij zijn andere hand, ik had een mouw en een hand vast. *Bruno.* Hij begon te trillen. Hij ging met zijn hand naar mijn wang. We stonden midden op het trottoir, de mensen haastten zich voorbij, het was een warme junidag. Zijn haar was dun en wit. Hij liet het fruit vallen. *Bruno.*

Een paar jaar later stierf zijn vrouw. Hij kon het niet aan om zonder haar in hun flat te wonen, waar alles hem aan haar deed denken, dus toen er een flat vrijkwam op de verdieping boven mij trok hij erin. We zitten vaak samen aan mijn keukentafel. Vaak gaat de hele middag voorbij zonder dat we iets zeggen. Als we toch praten, spreken we nooit Jiddisch met elkaar. De woorden uit onze jeugd zijn vreemden voor ons geworden – we zouden ze niet op dezelfde manier kunnen gebruiken en dus hebben we ervoor gekozen om ze helemaal niet te gebruiken. Het leven vereiste een nieuwe taal.

Bruno, mijn oude getrouwe. Ik heb hem niet voldoende beschreven. Is het genoeg om te zeggen dat hij niet te beschrijven is? Nee. Je kunt het beter proberen zonder dat het lukt dan het helemaal niet te proberen. Het zachte dons van je witte haar dat luchtigjes om je hoofd speelt als een half verwaaide paardebloem. Heel vaak, Bruno, kom ik in de verleiding om je op je hoofd te blazen en een wens te doen. Slechts een laatste restje fatsoen houdt me tegen. Of misschien moet ik met je lengte beginnen, die erg gering is. Op een goede dag kom je amper tot mijn borst. Of moet ik beginnen met de bril die je ergens uit een doos hebt gevist en waarvan je beweerde dat hij van jou was, met enorme ronde glazen die je ogen zo sterk vergroten dat je reactie op alles de 4.5 op de schaal van Richter lijkt te halen. Het is een vrouwenbril, Bruno! Ik heb het nooit durven zeggen. Ik heb het vaak geprobeerd. En nog iets anders. Toen we jongens waren was jij de beste schrijver van ons twee. Ik was te trots om het toen tegen je te zeggen. Maar. Ik wist het wel. Geloof me als ik het zeg, ik wist het destijds net zo goed als nu. Het doet me pijn als ik eraan denk dat ik het je nooit heb verteld, en ook als ik bedenk wat je allemaal had kunnen bereiken. Neem het me maar niet kwalijk, Bruno. Mijn oudste vriend. Mijn beste. Ik heb je geen recht gedaan. Je hebt me aan het eind van mijn leven zo vaak gezelschap gehouden. Jij, juist jij, die misschien overal woorden voor had kunnen vinden.

Ooit, een hele tijd geleden, vond ik Bruno in zijn woonkamer, waar hij midden op de vloer naast een leeg pillenflesje lag. Hij had er genoeg van. Het enige wat hij wilde was voor altijd slapen. Op zijn borst zat een briefje geplakt met drie woorden: VAARWEL, MIJN BEMINDEN. Ik schreeuwde het uit. NEE, BRUNO, NEE, NEE, NEE, NEE, NEE, NEE, NEE! Ik sloeg hem in zijn gezicht. Ten slotte gingen zijn ogen trillend open. Zijn blik was leeg en mat. WAKKER WORDEN, DUMMKOPF DIE JE BENT! schreeuwde ik. LUISTER NU GOED: JE MOET WAKKER WORDEN! Zijn ogen zakten weer dicht. Ik belde het alarmnummer. Ik vulde een kom met koud water en gooide die over hem leeg. Ik drukte mijn oor tegen zijn hart. In de verte, een vaag geruis. De ambulance kwam. In het ziekenhuis pompten ze zijn maag leeg. *Waarom hebt u al die pillen geslikt?* vroeg de dokter. Bruno, misselijk en uitgeput, sloeg koeltjes zijn ogen op. WAAROM DENKT U DAT IK AL DIE PILLEN HEB GESLIKT? schreeuwde hij. Het werd langzaam stil in de uitslaapkamer; iedereen stond te kijken. Bruno kreunde en draaide zich naar de muur. Die nacht stopte ik hem in bed. *Bruno,* zei ik. *Het spijt me zo,* zei hij. *Het was heel egoïstisch.* Ik zuchtte, draaide me om en wilde weggaan. *Blijf bij me!* riep hij.

We hebben het er daarna nooit meer over gehad. Net zoals we het nooit over onze kindertijd hadden, over onze gedeelde en verloren dromen, over alles wat er gebeurde en niet gebeurde. We zaten een keer zwijgend bij elkaar. Opeens begon een van ons te lachen. Het was aanstekelijk. Er was geen reden om te lachen, maar we begonnen te giechelen en het volgende ogenblik zaten we in onze stoel te schudden en te huilen, te *huilen* van het lachen, de tranen stroomden over onze wangen. Er ontlook een natte plek in mijn kruis en daar moesten we nog harder om lachen, ik zat op de tafel te slaan en snakte naar adem, ik dacht: misschien knijp ik er zo tussenuit, in een lachbui, wat kan er beter zijn, lachen en huilen, lachen en zingen, lachen om niet te vergeten dat ik alleen ben, dat ik aan het eind van mijn leven ben, dat buiten achter de deur de dood op me wacht.

Toen ik een jongen was, hield ik van schrijven. Het was het enige wat ik met mijn leven wilde. Ik bedacht denkbeeldige mensen en schreef schriften vol met verhalen over hun leven. Ik schreef over een jongen die bij het ouder worden zo behaard werd dat de mensen op hem jaagden voor zijn vacht. Hij moest zich in de bomen verstoppen en werd verliefd op een vogel die dacht dat ze een 150 kilo wegende gorilla was. Ik schreef over een Siamese tweeling waarvan de ene helft verliefd op me was. Ik dacht dat de seksscènes reuze origineel waren. En toch. Toen ik wat ouder was, besloot ik dat ik een echte schrijver wilde worden. Ik probeerde over echte dingen te schrijven. Ik wilde de wereld beschrijven, omdat leven in een onbeschreven wereld een veel te eenzaam bestaan opleverde. Voor mijn eenentwintigste had ik al drie boeken geschreven, wie weet wat ermee gebeurd is. Het eerste ging over Slonim, de stad waar ik woonde, die nu eens in Polen, dan weer in Rusland lag. Ik tekende een plattegrond, voor het titelblad, met de naam van alle huizen en winkels, hier had je Kipnis de slager, en hier Grodzenski de kleermaker, en hier woonde Fisjl Shapiro, die ofwel een grote *tsaddek* ofwel een idioot was, geen mens wist het zeker, en hier had je het plein en het stuk land waar we speelden en hier werd de rivier breed en hier smal en hier begon het bos en hier stond de boom waaraan Beyla Asch zichzelf had verhangen en hier en hier. En toch. Toen ik hem gaf aan de enige in Slonim wier oordeel me iets kon schelen, haalde ze alleen maar haar schouders op en zei dat ze het leuker vond als ik dingen verzon. Dus schreef ik een tweede boek, waarin ik alles verzon. Ik schreef over mannen die vleugels kregen, over bomen waarvan de wortels in de lucht groeiden en over mensen die hun eigen naam vergaten en mensen die niets konden vergeten; ik verzon zelfs woorden. Toen het af was, holde ik het hele eind naar haar huis. Ik rende door de deur naar binnen, de trap op, en gaf het aan de enige in Slonim wier oordeel me iets kon schelen. Ik leunde tegen de muur en keek naar haar gezicht terwijl ze las. Buiten werd het donker, maar ze bleef lezen. Er gingen uren voorbij. Ik ging op de grond zitten. Ze las en las. Toen ze klaar was keek ze op. Ze bleef een hele tijd zwijgen. Toen zei ze dat ik misschien niet álles moest verzinnen, omdat het daardoor moeilijk werd ook maar íéts te geloven.

Iemand anders had het misschien opgegeven. Ik begon opnieuw. Deze keer schreef ik niet over echte dingen, en ik schreef ook niet over verzonnen dingen. Ik schreef over het enige wat ik kende. De pagina's stapelden zich op. Zelfs nadat de enige wier oordeel me iets kon schelen met de boot naar Amerika vertrok, bleef ik pagina's volschrijven met haar naam.

Na haar vertrek stortte alles in elkaar. Geen jood was meer veilig. Er gingen geruchten over dingen die niet te bevatten waren en omdat ze niet te bevatten waren hechtten we er geen geloof aan, totdat we geen keus meer hadden en het te laat was. Ik werkte in Minsk, maar ik raakte mijn baan kwijt en ging terug naar Slonim. De Duitsers rukten op naar het oosten. Ze kwamen steeds dichterbij. Op de ochtend dat we hun tanks hoorden naderen zei mijn moeder dat ik me in het bos moest verstoppen. Ik wilde mijn jongste broertje meenemen, hij was pas dertien, maar ze zei dat ze hem zelf zou meenemen. Waarom heb ik geluisterd? Omdat dat het makkelijkst was? Ik vluchtte weg naar het bos. Ik lag stil op de grond. In de verte blaften honden. Er gingen uren voorbij. En toen de schoten. Zoveel schoten. Om een of andere reden schreeuwden ze niet. Of misschien kon ik hun geschreeuw niet horen. Daarna alleen maar stilte. Mijn lijf was gevoelloos, ik weet nog dat ik een bloedsmaak in mijn mond had. Ik wist niet hoeveel tijd er was verstreken. Dagen. Ik ben niet meer teruggegaan. Toen ik weer opstond, had ik het enige van mezelf afgeworpen waarin de gedachte had geleefd dat ik voor zelfs het kleinste stukje leven woorden zou kunnen vinden.

En toch.

Een paar maanden na mijn hartaanval, zevenenvijftig jaar nadat ik ermee was opgehouden, begon ik weer met schrijven. Ik deed het alleen voor mezelf, voor niemand anders, en dat was het verschil. Het maakte niet uit of ik de woorden kon vinden, en wat belangrijker is, ik wist dat het onmogelijk zou zijn de juiste woorden te vinden. En omdat ik geaccepteerd had dat wat ik ooit voor mogelijk had gehouden in feite onmogelijk was en omdat ik wist dat ik nooit één woord aan iemand anders zou laten zien, schreef ik een zin:

Er was eens een jongen.

Daar stond die zin, hij staarde me dagenlang aan vanaf een verder lege bladzijde. De week daarop schreef ik er een zin bij. Al gauw was het een hele bladzijde. Ik werd er gelukkig van, net als van hardop tegen mezelf praten, wat ik soms doe.

Ik vroeg een keer aan Bruno: *Raad eens, hoeveel bladzijden denk je dat ik heb?*

Geen idee, zei hij.

Schrijf eens een getal op, zei ik, *en schuif het over tafel naar mij toe.* Hij haalde zijn schouders op en pakte een pen uit zijn zak. Hij keek me peinzend aan en dacht een minuutje na. *Doe maar een gok,* zei ik. Hij boog zich over zijn servetje, krabbelde er een getal op en draaide het om. Ik schreef het werkelijke aantal, 301, op mijn eigen servetje. We schoven de servetten over de tafel. Ik pakte dat van Bruno op. Om voor mij onverklaarbare redenen had hij 200.000 opgeschreven. Hij pakte mijn servetje op en draaide het om. Hij trok een lang gezicht.

Af en toe geloofde ik dat de laatste bladzijde van mijn boek en de laatste bladzijde van mijn leven een en dezelfde waren, dat ik zou eindigen wanneer mijn boek eindigde, dat het hard zou gaan waaien in mijn kamers en dat alle bladzijden zouden wegwaaien, en dat wanneer al die dwarrelende witte vellen uit de lucht zouden zijn verdwenen, het stil zou zijn in de kamer, dat de stoel waarin ik zat leeg zou zijn.

Elke ochtend schreef ik er een stukje bij. Het is niet niks, driehonderdeen bladzijden. Als ik klaar was ging ik wel eens naar de bioscoop. Dat is altijd een hele belevenis voor me. Soms koop ik wat popcorn en – als er mensen in de buurt zijn die kijken – ga ik daarmee zitten knoeien. Ik vind het prettig om vooraan te zitten, ik vind het prettig als het scherm mijn hele blikveld vult, zodat ik nergens door kan worden afgeleid. En dan wil ik dat elk moment eeuwig duurt. Ik kan niet zeggen hoe gelukkig het me maakt om het daar te zien, uitvergroot. Ik zou zeggen *meer dan levensgroot,* maar ik heb die uitdrukking nooit begrepen. Wat is meer dan levensgroot? Als je op de eerste rij omhoog zit te kijken naar het gezicht van een mooi meisje dat zo groot is als een gebouw van twee verdiepingen, en je benen worden gemasseerd door de trillingen van haar stem, dan word je eraan herinnerd hoe veelomvattend het leven is. En dus ga ik op de eerste rij zitten. Als ik wegga met een stijve nek en een verslappende stijve, dan is het een goede plek geweest. Ik ben geen vieze man. Ik ben een man die levensgroot wilde zijn.

Er zijn delen uit mijn boek die bij mij in het hart gegrift staan.

In het hart gegrift, dat is geen uitdrukking die ik zomaar gebruik.

Mijn hart is zwak en onbetrouwbaar. Als ik ertussenuit knijp, zal het door mijn hart komen. Ik probeer het zo weinig mogelijk te belasten. Als er een schok op me afkomt, leid ik hem om. Naar mijn buik bijvoorbeeld, of mijn longen, die dan misschien even haperen, maar nog nooit gestopt zijn met ademhalen. Als ik langs een spiegel loop en een glimp van mezelf opvang of ik sta bij de bushalte en er komen een stel jongens achter me staan die zeggen: 'Wie ruikt er stront?' – kleine dagelijkse vernederingen – dan vang ik dat op met mijn lever, normaal gesproken. Andere klappen vang ik elders op. De pancreas bewaar ik voor de klap van alles wat verloren is gegaan. Weliswaar is dat heel veel en is die pancreas maar heel klein. Maar. Je zou er versteld van staan hoeveel hij kan hebben, ik voel alleen een felle pijnscheut en dan is het voorbij. Soms stel ik me mijn lijkschouwing voor. Teleurstelling over mijzelf: mijn rechternier. Teleurstelling van anderen over mij: mijn linkernier. Persoonlijk falen: mijn *kisjkes*. Ik probeer het niet te laten klinken alsof ik er een studie van gemaakt heb. Zo goed is het niet doordacht. Ik vang het op waar het aankomt. Het is gewoon zo dat me bepaalde patronen opvallen. Als de klokken vooruitgezet worden en het donker wordt voordat ik eraan toe ben, voel ik dat om voor mij onverklaarbare redenen in mijn polsen. En als ik wakker word en mijn vingers zijn stijf, is het bijna zeker dat ik over mijn jeugd heb gedroomd. Over het stuk land waar we altijd speelden, het stuk land waar alles ontdekt werd en waar alles mogelijk was. (We renden zo hard dat we dachten dat we bloed zouden opgeven: voor mij is dat het geluid van de kindertijd, hijgen en schoenen die over de harde grond schrapen.) Stijve vingers betekent de droom van de kindertijd zoals die aan het eind van mijn leven bij me terugkomt. Ik moet ze onder de warme kraan houden, de spiegel beslaat en buiten klinkt het geritsel van de duiven. Gisteren zag ik een man die een hond schopte en dat voelde ik achter mijn ogen. Ik weet niet hoe ik het moet noemen, een plaats voorafgaand aan tranen. De pijn van het vergeten: mijn ruggengraat. De pijn van het herinneren: mijn ruggengraat. Telkens als ik opeens besef dat mijn ouders dood zijn, verbaast het me, zelfs nu nog, dat ik op de wereld ben terwijl datgene wat me gemaakt heeft is opgehouden te bestaan: mijn knieën, er is een halve tube Midalgan en flink wat smeren voor nodig om ze alleen maar te laten buigen. Alles heeft zijn eigen tijd, voor elke keer dat ik wakker word en in mijn verwardheid geloof dat er iemand naast me ligt te slapen: een aambei. Eenzaamheid: er is geen orgaan waarmee dat allemaal is op te vangen.

Elke ochtend, een beetje meer.

Er was eens een jongen. Hij woonde in een dorp dat niet meer bestaat, in een huis dat niet meer bestaat, aan de rand van een stuk land dat niet meer bestaat, waar alles ontdekt werd en waar alles mogelijk was. Een stok kon een zwaard zijn. Een kiezelsteen kon een diamant zijn. Een boom een kasteel.

Er was eens een jongen die in een huis woonde aan een stuk land, tegenover een meisje dat niet meer bestaat. Ze verzonnen duizenden spelletjes. Zij was de koningin en hij was de koning. In het herfstlicht glansde haar haar als een kroon. Ze verzamelden de wereld met kleine handenvol. Als de lucht donker werd namen ze afscheid met bladeren in hun haar.

Er was eens een jongen die verliefd was op een meisje, en haar lach was een vraag waarop hij zijn hele leven een antwoord wilde zoeken. Toen ze tien waren vroeg hij haar of ze met hem wilde trouwen. Toen ze elf waren kuste hij haar voor het eerst. Toen ze dertien waren kregen ze ruzie en spraken ze drie weken niet met elkaar. Toen ze vijftien waren liet ze hem het litteken op haar linkerborst zien. Hun liefde was een geheim dat ze aan niemand vertelden. Hij beloofde haar dat hij nooit van een ander meisje zou houden, zo lang als hij leefde. *En als ik nou doodga?* vroeg ze. *Zelfs dan niet,* zei hij. Voor haar zestiende verjaardag gaf hij haar een Engels woordenboek en samen leerden ze de woorden. *Wat is dit?* vroeg hij terwijl hij met zijn wijsvinger over haar enkel streek, en zij zocht het op. *En dit?* vroeg hij terwijl hij haar elleboog kuste. *Elleboog! Wat is dat nou voor een woord?* En dan likte hij haar daar en begon zij te giechelen. *En dit dan?* vroeg hij terwijl hij de zachte huid achter haar oor aanraakte. *Ik weet het niet,* zei ze terwijl ze de zaklantaarn uitknipte en met een zucht op haar rug ging liggen. Toen ze zeventien waren vrijden ze voor de eerste keer, op een bed van stro in een schuur. Later – toen er dingen gebeurden die ze zich nooit hadden kunnen voorstellen – schreef ze hem een brief waarin stond: *Wanneer zul je nu eens leren dat er niet overal een woord voor is?*

Er was eens een jongen die verliefd was op een meisje wier vader slim genoeg was om alles bij elkaar te schrapen wat hij aan zloty's bezat om zijn jongste dochter naar Amerika te kunnen sturen. Eerst vertikte ze het om te gaan, maar ook de jongen was voldoende geïnformeerd om te blijven aandringen en hij zwoer op zijn leven dat hij zou proberen geld te verdienen en een manier te vinden om haar achterna te komen. En dus vertrok ze. In de dichtstbijzijnde stad vond hij een baantje als portier in een ziekenhuis. 's Nachts bleef hij op om aan zijn boek te werken. Hij stuurde haar een brief met elf, in minuscuul schrift gekopieerde hoofdstukken van zijn boek. Hij wist niet eens of de post wel zou aankomen. Hij spaarde zoveel mogelijk geld. Op een dag werd hij ontslagen. Niemand vertelde hem waarom. Hij ging terug naar huis. In de zomer van 1941 drongen de *Einsatzgruppen* verder door naar het oosten, waarbij ze honderdduizenden joden vermoordden. Op een stralende, warme julidag trokken ze Slonim binnen. Op dat moment lag de jongen op zijn rug in het bos aan het meisje te denken. Je zou kunnen zeggen dat hij door zijn liefde voor haar werd gered. In de jaren die volgden werd de jongen een man die onzichtbaar werd. Op die manier ontsnapte hij aan de dood.

Er was eens een onzichtbaar geworden man die in Amerika aankwam. Hij had zich vier jaar verborgen gehouden, voornamelijk in bomen, maar ook in kieren, kelders en holen. Toen was het voorbij. De Russische tanks rolden het land in. Zes maanden lang woonde hij in een kamp voor ontheemden. Het lukte hem om bericht te sturen naar zijn neef die slotenmaker was in Amerika. Hij repeteerde aan één stuk door de enige woorden die hij in het Engels kende. *Knie. Elleboog. Oor.* Uiteindelijk kwamen zijn papieren los. Hij nam een trein naar een boot en na een week arriveerde hij in de haven van New York. Op een koele dag in november. In zijn hand had hij een opgevouwen papiertje met het adres van het meisje. Die nacht lag hij wakker op de grond in de kamer van zijn neef. De radiator ratelde en siste, maar hij was dankbaar voor de warmte. 's Ochtends legde zijn neef hem drie keer uit hoe hij de metro naar Brooklyn moest nemen. Hij kocht een bosje narcissen, maar ze verwelkten, want ondanks het feit dat zijn neef drie keer de weg had uitgelegd raakte hij toch verdwaald. Ten slotte vond hij het huis. Pas toen hij met zijn vinger op de deurbel drukte kwam het bij hem op dat hij misschien eerst had moeten opbellen. Zij deed open. Ze had een blauwe sjaal over haar haar. Door de muur heen hoorde hij een honkbalwedstrijd op de radio bij de buren.

Er was eens een vrouw die als meisje op een boot was gestapt en die de hele reis moest overgeven, niet omdat ze zeeziek was, maar omdat ze zwanger was. Toen ze merkte dat ze zwanger was, schreef ze naar de jongen. Elke dag wachtte ze op een brief van hem, maar er kwam er geen. Ze werd steeds dikker. Ze probeerde het te verbergen zodat ze haar baan niet zou kwijtraken; ze werkte op een naaiatelier. Een paar weken voordat de baby geboren werd kreeg ze bericht van iemand die had gehoord dat ze in Polen joden vermoordden. *Waar?* vroeg ze, maar niemand wist waar. Ze ging niet meer naar haar werk. Ze kon zich er niet toe zetten om uit bed te komen. Na een week kwam de zoon van de baas haar opzoeken. Hij bracht eten voor haar mee en zette een boeket bloemen in een vaas naast haar bed. Toen hij erachter kwam dat ze zwanger was, liet hij een vroedvrouw komen. Er werd een jongetje geboren. Op een dag zat het meisje rechtop in bed en zag dat de zoon van haar baas het kind zat te wiegen, in een brede baan zonlicht. Een paar maanden later stemde ze erin toe om met hem te trouwen. Twee jaar later kreeg ze nog een kind.

De man die onzichtbaar was geworden stond dit alles aan te horen in haar woonkamer. Hij was vijfentwintig. Hij was erg veranderd sinds hij haar voor het laatst had gezien en er was nu iets in hem dat hard en kil wilde lachen. Ze gaf hem een fotootje van het nu vijf jaar oude jongetje. Haar hand trilde. Ze zei: *Je hebt niet meer geschreven. Ik dacht dat je dood was.* Hij keek naar de foto van de jongen, die later als volwassene op hem zou lijken, die, hoewel de man dat toen niet wist, naar de universiteit zou gaan, verliefd zou worden, over zijn verliefdheid heen zou komen en een beroemd schrijver zou worden. *Hoe heet hij?* vroeg hij. Ze zei: *Ik heb hem Isaac genoemd.* Zo stonden ze daar lange tijd te zwijgen terwijl hij naar de foto staarde. Ten slotte lukte het hem om vier woorden te zeggen: *Kom met me mee.* Vanaf de straat klonk het geschreeuw van kinderen. Ze kneep haar ogen stijf dicht. *Kom met me mee,* zei hij en hij stak zijn hand uit. De tranen biggelden over haar gezicht. Drie keer vroeg hij het haar. Ze schudde haar hoofd. *Dat kan ik niet,* zei ze. Ze keek naar de grond. *Alsjeblieft,* zei ze. En dus deed hij het moeilijkste wat hij ooit in zijn leven gedaan had: hij pakte zijn hoed en liep weg.

En als de man die eens een jongen was geweest die beloofd had nooit verliefd te worden op een ander meisje zo lang als hij leefde zijn belofte hield, dan was het niet omdat hij koppig was of zelfs maar trouw. Hij kon niet anders. En omdat hij zich drieënhalf jaar verborgen had gehouden, leek het niet ondenkbaar dat hij zijn liefde voor zijn zoon, die niet eens wist dat hij bestond, verborgen zou houden. Niet als hem dat werd gevraagd door de enige vrouw van wie hij altijd zou houden. Hoe erg is het per slot van rekening voor iemand die volkomen is verdwenen als hij nog één ding meer moet verbergen?

De avond voordat ik model moest staan voor de tekenklas was ik zenuwachtig en opgewonden. Ik maakte de knoopjes van mijn overhemd los en trok het uit. Toen maakte ik mijn broekriem los en trok mijn broek uit. Mijn onderhemd. De onderbroek. Ik ging voor de spiegel in de gang staan, met alleen mijn sokken aan. Ik hoorde het geschreeuw van kinderen op de speelplaats aan de overkant van de straat. Het trekkoord van de lamp hing boven me, maar ik trok er niet aan. Ik stond naar mezelf te kijken bij het laatste restje daglicht. Ik heb mezelf nooit knap gevonden.

Als kind hoorde ik altijd van mijn moeder en mijn tantes dat ik láter knap zou worden. Het was me duidelijk dat ik destijds geen plaatje was, maar wel geloofde ik dat me uiteindelijk misschien een bepaalde mate van schoonheid ten deel zou vallen. Ik weet niet wat ik dacht: dat mijn flaporen, die in een schlemielige hoek van mijn hoofd stonden, zich naar achteren zouden vouwen, dat mijn hoofd zich al groeiend bij hen zou aanpassen? Dat mijn haar, qua structuur niet veel anders dan een wc-borstel, zichzelf na verloop van tijd zou ontkroezen en er een glans op zou komen te liggen? Dat mijn gezicht, waarin maar weinig belofte school – oogleden zo zwaar als die van een kikker, lippen aan de dunne kant – op een of andere manier in iets schappelijks zou veranderen? Jarenlang liep ik 's morgens na het opstaan hoopvol naar de spiegel. Zelfs toen ik te oud was om nog te blijven hopen, bleef ik hopen. Met het ouder worden kwam er geen verbetering. Het ging juist bergafwaarts toen ik aan mijn puberteit begon en in de steek werd gelaten door de grappige aantrekkelijkheid die je bij alle kinderen vindt. In het jaar dat ik bar mitswa deed werd ik geteisterd door een acneplaag die vier jaar duurde. Maar toch bleef ik hopen. Zodra de acne verdween begon mijn haarlijn te wijken, alsof ze zich uit gêne van mijn gezicht wilde distantiëren. Mijn oren, verheugd door de hernieuwde aandacht die ze nu genoten, leken hun best te doen zich nog verder in de kijker te plaatsen. Mijn oogleden gingen hangen – om de strijd van de oren te steunen hebben bepaalde spieren het loodje moeten leggen – en mijn wenkbrauwen gingen een eigen leven leiden, waarbij ze gedurende korte tijd alles bereikten wat je van ze kon verwachten en daarna alle verwachtingen overtroffen door Neanderthaler proporties aan te nemen. Jarenlang bleef ik hopen dat de zaken anders zouden uitpakken, maar het is nooit voorgekomen dat ik mijn spiegelbeeld voor iets anders heb aangezien dan voor wat het was. Na verloop van tijd ging ik er steeds minder aan denken. En daarna nauwelijks meer. En toch. Het is ten dele mogelijk dat ik nooit de moed heb opgegeven – dat ik af en toe voor de spiegel sta, mijn gerimpelde *pisjer* in mijn hand, en geloof dat mijn schoonheid nog komen moet.

Op de ochtend van de cursus, 19 september, werd ik opgewonden wakker. Ik kleedde me aan en at mijn vezelrijke ontbijttreep, ging vervolgens naar de wc en wachtte hoopvol af. Een halfuur lang gebeurde er niets, maar ik bleef optimistisch. Toen lukte het me een reeks keuteltjes te produceren. Hoopvol wachtte ik nog een tijdje. Het is niet onmogelijk dat ik zittend op de wc dood zal gaan, met mijn broek op mijn enkels. Ik breng daar immers zoveel tijd door, en dat werpt meteen de volgende vraag op, namelijk: wie ziet mij als eerste als ik dood ben?

Ik waste me bij de wasbak en kleedde me aan. De dag kroop voorbij. Toen ik het wachten niet meer uithield, stapte ik op de bus naar de andere kant van de stad. De advertentie uit de krant zat keurig opgevouwen in mijn zak en ik haalde hem een paar keer te voorschijn om naar het adres te kijken, ook al kon ik het zo opdreunen. Het duurde een poosje voordat ik het juiste gebouw wist te vinden. Eerst dacht ik dat ik me vergist had. Ik liep er drie keer langs voordat ik besefte dat dit het moest zijn. Het was een oud pakhuis. De voordeur zat vol roest en werd opengehouden met een kartonnen doos. Even haalde ik me in mijn hoofd dat ik hierheen was gelokt om te worden beroofd en vermoord. Ik zag mijn lichaam al in een plas bloed op de grond liggen.

De lucht was donker geworden en het begon te regenen. Ik was dankbaar dat ik de wind en de druppels op mijn gezicht voelde, omdat ik dacht dat ik nog maar kort te leven had. Daar stond ik, niet in staat verder te lopen, niet in staat op huis aan te gaan. Ten slotte hoorde ik binnen mensen lachen. Zie je wel, dacht ik, je stelt je aan. Ik stak mijn hand uit naar de deurknop en op hetzelfde moment ging de deur open. Er kwam een meisje naar buiten, een meisje in een trui die te groot voor haar was. Ze schoof haar mouwen omhoog. Haar armen waren dun en bleek. *Heeft u hulp nodig?* vroeg ze. Er zaten kleine gaatjes in de trui. Hij kwam tot haar knieën en daaronder droeg ze een rok. Haar benen waren bloot, ondanks de kou. *Ik ben op zoek naar een tekencursus. Er stond een advertentie in de krant, misschien ben ik verkeerd –* Ik tastte in mijn jaszak naar de advertentie. Ze wees naar boven. *Eerste verdieping, eerste lokaal aan de rechterkant. Maar het begint pas over een uur.* Ik keek omhoog naar het gebouw. Ik zei: *Ik dacht dat ik misschien zou verdwalen, vandaar dat ik te vroeg ben.* Ze rilde. Ik deed mijn regenjas uit. *Hier, trek aan. Straks word je nog ziek.* Ze haalde haar schouders op, maar maakte geen aanstalten om hem aan te nemen. Ik bleef met gestrekte arm staan totdat duidelijk werd dat ze hem niet zou aannemen.

Er viel niets meer te zeggen. Er was een trap en ik ging naar boven. Mijn hart bonsde. Ik dacht erover rechtsomkeert te maken en voorbij het meisje, over die straat vol vuilnis en dwars door de stad terug te gaan naar mijn flat, waar werk gedaan moest worden. Wat was ik toch een sufferd om te denken dat ze niet de andere kant op zouden kijken als ik mijn overhemd uittrok, mijn broek liet zakken en naakt voor ze ging staan. Om te denken dat ze eerst mijn benen vol spataderen zouden bekijken, mijn behaarde, uitgezakte *knejdlech* en, wat – zouden beginnen met tekenen? En toch. Ik ging niet terug. Ik greep de leuning en liep de trap op. Ik hoorde de regen op het daklicht vallen. Er schemerde een groezelig licht door naar binnen. Boven aan de trap was een hal. Links had je een lokaal waar een man op een groot doek aan het schilderen was. Het lokaal aan de rechterkant was leeg. Er stond een podiumpje waarover een zwartfluwelen lap lag, met daaromheen een rommelige kring klapstoelen en ezels. Ik liep naar binnen en ging zitten wachten.

Na een halfuur druppelden er mensen naar binnen. Een vrouw vroeg me wie ik was. *Ik kom hier vanwege de advertentie,* zei ik. *Ik heb gebeld en met iemand gesproken.* Tot mijn opluchting leek ze het te begrijpen. Ze liet me zien waar ik me kon verkleden, een hoekje waarvoor een geïmproviseerd gordijn was opgehangen. Ik stond daar en zij trok het om me dicht. Ik hoorde haar voetstappen zich verwijderen en nog steeds stond ik daar. Er ging een minuut voorbij en toen trok ik mijn schoenen uit. Ik zette ze netjes naast elkaar. Ik deed mijn sokken uit en stopte ze in mijn schoenen. Ik maakte de knoopjes van mijn overhemd los en trok het uit; er was een hangertje, dus hing ik het op. Ik hoorde stoelen verschuiven en daarna gelach. Plotseling vond ik het niet belangrijk meer om gezien te worden. Ik wilde het liefst mijn schoenen oppakken en het lokaal uitglippen, de trap af en weg van hier. Maar toch. Ik deed de rits van mijn broek naar beneden. Toen bedacht ik opeens: Wat betekent 'naakt' precies?

Bedoelden ze echt zonder ondergoed? Ik overlegde met mezelf. Stel nou dat ze ondergoed verwachtten en ik kwam te voorschijn met een slingerende je-weet-wel. Ik zocht naar de advertentie in mijn broekzak. NAAKTMODEL stond er. Doe niet zo mal, zei ik tegen mezelf. Dit zijn geen amateurs. Mijn onderbroek hing op mijn knieën toen ik de voetstappen van de vrouw hoorde terugkeren. *Alles goed achter het gordijn?* Iemand deed een raam open en er reed een auto voorbij door een regenplas. *Prima, prima. Ik kom er zo aan.* Ik keek naar beneden. Er zat een kleine veeg. Mijn darmen. Een blijvende bron van afgrijzen. Ik stapte uit mijn onderbroek en frommelde hem tot een bal.

Ik dacht: misschien ben ik hier tóch gekomen om te sterven. Ik had het pakhuis immers nooit eerder gezien? Misschien waren dit nou wat ze engelen noemden. Dat meisje buiten, natuurlijk, waarom had ik dat niet in de gaten gehad, ze was zo bleek geweest. Ik verroerde me niet. Ik begon het koud te krijgen. Ik dacht: dus zo neemt de dood je te grazen. Naakt in een verlaten pakhuis. Morgen zou Bruno naar beneden komen, bij me aankloppen en er zou geen reactie komen. Neem me niet kwalijk, Bruno. Ik had graag afscheid genomen. Het spijt me dat ik je teleurgesteld heb, met zo weinig bladzijden.

Toen dacht ik: mijn boek. Wie zou het vinden? Zou het weggegooid worden, samen met de rest van mijn spullen? Want hoewel ik dacht dat ik het voor mezelf had geschreven, wilde ik eigenlijk dat het door iemand werd gelezen.

Ik sloot mijn ogen en haalde adem. Wie zou mijn lichaam wassen? Wie zou de *kaddisj* bidden? Ik dacht: de handen van mijn moeder. Ik trok het gordijn open. Mijn hart klopte in mijn keel. Ik stapte naar voren. Met mijn ogen dichtgeknepen tegen het licht ging ik voor ze staan.

Ik ben nooit iemand met grote ambities geweest.

Ik huilde te makkelijk.

Ik had geen aanleg voor exacte vakken.

Ik kon vaak niet op woorden komen.

Terwijl anderen baden, bewoog ik alleen mijn lippen maar.

Alstublieft.

De vrouw die me had laten zien waar ik me kon verkleden wees op de met fluweel beklede verhoging.

Gaat u hier maar staan.

Ik liep op hen af. Het waren er een stuk of twaalf en ze zaten op een stoel met een schetsblok in de hand. Het meisje met de wijde trui zat er ook bij.

Neem maar een gemakkelijke houding aan.

Ik wist niet welke kant ik op moest kijken. Ze zaten in een cirkel, en wat ik ook deed, er zou iemand met zijn gezicht naar mijn rectale kant moeten zitten. Ik besloot maar in dezelfde houding te blijven staan. Ik liet mijn armen langs mijn zij hangen en richtte mijn blik op een plek op de vloer. Ze hieven hun potlood op.

Er gebeurde niets. In plaats daarvan voelde ik de pluchen doek onder mijn voetzolen, terwijl de haartjes op mijn armen overeind gingen staan en mijn vingers als tien kleine gewichtjes naar beneden werden getrokken. Ik voelde mijn lichaam ontwaken onder twaalf paar ogen. Ik richtte mijn hoofd op.

Probeer stil te staan, zei de vrouw.

Ik staarde naar een barst in de betonnen vloer. Ik hoorde hun potloden over het papier gaan. Ik wilde glimlachen. Mijn lijf begon zich al te verzetten; mijn knieën knikten en mijn rugspieren begonnen te trekken. Maar. Het kon me niet schelen. Desnoods zou ik er de hele dag blijven staan. Er gingen vijftien, twintig minuten voorbij. Toen zei de vrouw: *Zullen we even een korte pauze nemen, dan beginnen we straks met een andere pose.*

Ik zat. Ik stond. Ik draaide langzaam om mijn as zodat degenen die mijn rectale kant nog niet hadden gehad hem nu wel kregen. Er werden bladen omgeslagen. Het ging maar door, ik heb geen idee hoe lang. Op een bepaald moment dacht ik dat ik flauw zou vallen. Ik doorliep de cyclus van gevoel naar gevoelloosheid en van gevoelloosheid naar gevoel. Mijn ogen traanden van de pijn.

Op een of andere manier kreeg ik mijn kleren weer aan. Ik kon mijn onderbroek niet vinden en was te moe om ernaar te zoeken. Me vastgrijpend aan de leuning wist ik de trap af te komen. De vrouw kwam me achterna naar beneden en zei: *Wacht, u bent de vijftien dollar vergeten.* Ik nam ze aan en toen ik ze in mijn zak wilde steken voelde ik daar het ondergoed in een prop zitten. *Dank u.* Ik meende het. Ik was uitgeput. Maar gelukkig.

Ik wil ergens zeggen: ik heb altijd geprobeerd vergevingsgezind te zijn. En toch. Er zijn perioden in mijn leven geweest, hele jaren, dat de woede de overhand kreeg. Alles wat lelijk was kwam naar buiten. Ik beleefde een zekere voldoening aan verbittering. Ik flirtte ermee. De verbittering stond buiten en ik nodigde haar uit binnen te komen. Ik keek de wereld woedend aan. En de wereld keek mij woedend aan. We staarden elkaar strak aan, met dezelfde afkeer. Ik liet de deur voor andermans neus dichtvallen. Ik liet scheten waar ik scheten wilde laten. Ik beschuldigde caissières ervan dat ze me een stuiver te weinig teruggaven, terwijl ik die stuiver zelf in mijn hand had. En toen besefte ik op een dag dat ik bezig was het soort zakkenwasser te worden dat duiven vergiftigt. Mensen staken de straat over om me te ontwijken. Ik was een menselijk kankergezwel. En om eerlijk te zijn: ik was niet echt kwaad. Niet meer. Ik had mijn kwaadheid lang geleden ergens achtergelaten. Ik had hem op een bank in het park neergelegd en was weggelopen. En toch. Het had heel lang geduurd, ik wist niet meer hoe ik anders moest zijn. Op een dag werd ik wakker en zei ik te-

27

gen mezelf: *Het is nog niet te laat.* De eerste dagen waren vreemd. Ik moest mijn glimlach voor de spiegel oefenen. Maar ik wist weer hoe het moest. Het was of er een last van mijn schouders was gevallen. Ik liet iets los en iets liet mij los. Een paar maanden later vond ik Bruno.

Toen ik thuiskwam van de tekenles, zat er een briefje van Bruno op mijn deur. Er stond op: WAAR BEJJE? Ik was te moe om naar boven te lopen en hem in te lichten. Het was binnen donker en ik trok aan het koordje voor de lamp in de gang. Ik zag mezelf in de spiegel. Wat er van mijn haar over was, stond aan de achterkant omhoog als een golf die wil omslaan. Mijn gezicht zag er verschrompeld uit, als iets wat te lang in de regen had gelegen.

Ik liet me in bed vallen met mijn kleren nog aan, op mijn onderbroek na. Toen de telefoon ging, was het al middernacht geweest. Ik werd wakker uit een droom waarin ik mijn broertje Josef leerde hoe hij in een boog moest piesen. Soms heb ik nachtmerries. Maar dit was er geen. We stonden in het bos en de kou beet ons in de kont. Er kwam damp van de sneeuw af. Josef draaide zich met een glimlach naar me om. Een mooi kind, blond met grijze ogen. Grijs, als de oceaan op een zonloze dag of als de olifant die ik op het dorpsplein heb gezien toen ik zo oud was als hij. Duidelijk zichtbaar stond hij in het stoffige zonlicht. Later kon niemand zich herinneren hem te hebben gezien, en omdat het onbegrijpelijk was hoe een olifant in Slonim moest zijn gekomen, werd ik door niemand geloofd. Maar gezien heb ik hem wel.

Er klonk een sirene in de verte. Net toen mijn broertje zijn mond opendeed om iets te zeggen hield de droom op en werd ik wakker in het donker van mijn slaapkamer. De regen roffelde zachtjes tegen de ruiten. De telefoon bleef rinkelen. Bruno, ongetwijfeld. Ik zou hem hebben laten rinkelen als ik niet bang was geweest dat hij de politie zou bellen. Waarom tikt hij nou niet gewoon op de radiator met zijn wandelstok, zoals hij altijd doet? Drie tikken betekent LEEF JE NOG?, twee betekent JA, één, NEE. We doen het alleen 's nachts, overdag zijn er te veel andere geluiden, en bovendien is het geen waterdichte methode aangezien Bruno meestal met zijn walkman op in slaap valt.

Ik gooide de lakens van me af en stommelde naar de telefoon, waarbij ik me aan een tafelpoot stootte. HALLO? schreeuwde ik, maar de lijn was dood. Ik hing op, ging naar de keuken en nam een glas uit de kast. Het water gorgelde in de leidingen en spoot in een golf uit de kraan. Ik nam een paar slokken en toen herinnerde ik me mijn plant. Ik heb hem al bijna tien jaar. Hij leeft nog amper, maar hij leeft. Meer bruin dan groen. Er zijn stukken die verdord zijn. Maar hij leeft nog steeds en nog steeds helt hij over naar links. Zelfs wanneer ik hem zo draai dat hij niet meer met zijn zonkant naar de zon staat, helt hij nog steeds eigenwijs naar links en is hij liever creatief bezig dan dat hij zich om zijn eigen welzijn bekommert. Ik goot de rest van het water in de pot. Wat betekent dat trouwens, *gedijen*?

Even later ging de telefoon weer. *Oké, oké*, zei ik, en ik nam de hoorn op. *Je hoeft niet het hele gebouw wakker te maken.* Aan de andere kant van de lijn was het stil. Ik zei: *Bruno?*

Spreek ik met meneer Leopold Gursky?

Ik ging ervan uit dat het iemand was die me iets wilde verkopen. Ze bellen voortdurend met verkooppraatjes. Een keer belden ze met de mededeling dat ik na betaling van 99 dollar een creditcard kon krijgen, en ik zei: *Vast wel, en als ik onder een duif ga staan, kan ik een lading vogelstront op mijn kop krijgen.*

Maar deze man zei dat hij me niets wilde verkopen. Hij had zichzelf buitengesloten en kon zijn huis niet in. Hij had Inlichtingen gebeld voor het nummer van een slotenmaker. Ik zei dat ik met pensioen was. De man was even stil. Het leek alsof hij niet kon geloven dat hij zo'n pech had. Hij had al drie andere mensen gebeld en niemand had opgenomen. *Het giet hier*, zei hij.

Kunt u de nacht niet ergens anders doorbrengen? Morgen kunt u makkelijk een slotenmaker vinden. Er zijn er zat.

Nee, zei hij.

Oké, ik bedoel, als het te veel... begon hij, en toen zweeg hij en wachtte tot ik iets zou zeggen. Ik zei niets. *Oké dan.* Ik hoorde de teleurstelling in zijn stem. *Sorry dat ik u gestoord heb.*

En toch hing hij niet op, en ik ook niet. Ik kreeg een schuldgevoel. Ik dacht: wat moet ik met slaap? Die tijd komt wel. Morgen. Of overmorgen.

Oké, oké, zei ik, hoewel ik het niet wilde zeggen. Ik zou op zoek moeten gaan naar mijn gereedschap. Ik zou evengoed op zoek kunnen gaan naar een speld in een hooiberg of naar een jood in Polen. *Wacht maar even – Ik pak eerst een pen.*

Hij gaf me een adres op, helemaal in de binnenstad. Pas nadat ik had opgehangen bedacht ik dat het wel een eeuwigheid kon duren voor er op dat uur een bus zou komen. In de keukenla had ik het kaartje van Goldstar Car Service, niet dat ik ze ooit bel. Maar. Je weet maar nooit. Ik bestelde een auto en begon in de gangkast naar mijn gereedschapskist te graven. In plaats daarvan vond ik de doos met oude brillen. Joost mag weten waar ik die vandaan heb. Waarschijnlijk van iemand die ze op straat aan de man probeerde te brengen, samen met niet bij elkaar passend serviesgoed en een pop zonder kop. Van tijd tot tijd probeer ik er een uit. Ik heb een keer een omelet gebakken met een damesleesbril op. Het was een gigantische omelet, de schrik sloeg me om het hart als ik er alleen maar naar keek. Ik rommelde wat in de doos en viste er een uit. Hij was vierkant en vleeskleurig, met glazen van een centimeter dik. Ik zette hem op mijn neus. De vloer viel onder me weg, maar kwam met een zwaai omhoog toen ik een stap probeerde te zetten. Ik wankelde naar de spiegel in de gang. Om een scherpere blik te krijgen zoomde ik op mezelf in, maar ik vergiste me en knalde tegen de spiegel. De bel ging. Als je met je broek op je enkels zit, ja, dan willen de mensen wel komen. *Ik ben zo beneden,* riep ik door de intercom. Toen ik de bril afzette, stond de gereedschapskist vlak voor mijn neus. Ik streek met mijn hand over de gehavende bovenkant. Toen griste ik mijn regenjas van de vloer, deed mijn haar goed in de spiegel en ging naar buiten. Het briefje van Bruno zat nog steeds op de deur geplakt. Ik frommelde het in elkaar en stopte het in mijn zak.

Er stond een zwarte limousine met draaiende motor op straat; in het licht van de koplampen viel regen naar beneden. Verder stonden er alleen een paar lege auto's geparkeerd langs de stoeprand. Ik wou alweer naar binnen gaan toen de chauffeur van de limousine het raampje naar beneden draaide en mijn naam riep. Hij droeg een donkerrode tulband. Ik liep naar het raampje toe. *Er moet iets niet kloppen,* zei ik. *Ik heb een auto besteld.*

Oké, zei hij.

Maar dit is een limousine, verduidelijkte ik.

Oké, herhaalde hij en wenkte me naar binnen.

Ik kan niet extra betalen.

De tulband bewoog op en neer. Hij zei: *Stap in voordat u kletsnat wordt.*

Ik dook naar binnen. De banken waren met leer bekleed en in het buffet stond een stel kristallen drankflessen. De wagen was groter dan ik gedacht had. De zachte exotische muziek die in het voorgedeelte klonk en het zachte ritme van de ruitenwissers drongen achterin nauwelijks door. De chauffeur draaide de neus van de auto de straat op en we doken de nacht in. De verkeerslichten vervloeiden in de plassen. Ik opende een kristallen fles, maar hij was leeg. Er stond een potje met pepermuntjes waarmee ik mijn zakken vulde. Toen ik naar beneden keek, stond mijn gulp open.

Ik ging rechtop zitten en schraapte mijn keel.

Dames en heren, ik zal mijn best doen om het kort te houden, u hebt allemaal erg veel geduld gehad. De waarheid is dat ik erg geschrokken ben, echt, ik moet mezelf eerst in mijn arm knijpen om te kijken of ik wel wakker ben. Het is een eer waarover ik alleen maar heb kunnen dromen, de Goldstar-prijs voor mijn levenswerk, ik ben bijna sprakeloos... Is het echt waar? En toch. Ja. Alle tekenen wijzen erop. Voor mijn levenswerk.

We reden de hele stad door. Ik heb door al die buurten gelopen en kwam vanwege mijn werk in de hele stad. Ze kenden me zelfs in Brooklyn, ik kwam overal. Sloten openmaken voor chassidische joden. Sloten voor de *sjwartse.* Soms liep ik er zelfs voor mijn plezier, ik kon dan zomaar een hele zondag aan de wandel zijn. Ooit, jaren geleden, stond ik opeens voor de hortus en ging naar binnen om de kersenbomen te bekijken. Ik kocht een zakje Cracker Jacks en zag hoe de dikke luie goudvissen in hun bassin rondzwommen. Er was een gezelschap van bruiloftsgasten, die foto's namen onder een boom, en door de witte bloesem leek het net alsof alleen de boom door een sneeuwstorm was overvallen. Ik kwam in de tropische kas terecht. En daarbinnen was het een andere wereld, vochtig en warm, alsof de adem van vrijende mensen er was opgevangen. Met mijn vinger schreef ik LEO GURSKY op het glas.

De limousine stopte. Ik drukte mijn gezicht tegen het raampje. *Welke is het?* De chauffeur wees naar een herenhuis. Het was prachtig, met een trapje dat naar de deur leidde en in steen uitgehouwen bladeren. *Zeventien dollar,* zei de chauffeur. Ik tastte in mijn zak naar mijn portemonnee. Nee. Andere zak. Het briefje van Bruno, mijn ondergoed van eerder op die dag, maar geen portemonnee. Beide jaszakken, nee, nee. Ik had hem inderhaast vast thuis laten liggen. Toen herinnerde ik me het geld van de tekenles. Ik groef onder de pepermuntjes, het briefje en het ondergoed en wist het op te diepen. *Sorry,* zei ik, *heel vervelend. Ik heb maar vijftien dollar bij me.* Ik geef toe dat ik die biljetten niet graag uitgaf, zuurverdiend was het woord er niet voor, maar iets anders, eerder zoetzuur. Maar na een kort zwijgen knikte de tulband en accepteerde hij het geld.

De man stond in het portiek. Natuurlijk had hij niet verwacht dat ik met een limousine zou komen en dat ik als de Slotenmaker der Sterren naar buiten zou springen. Ik voelde me vernederd, ik wilde het uitleggen: *Geloof me, ik zou mezelf nooit voor een bijzonder mens aanzien.* Maar het goot nog steeds, en ik dacht dat hij meer behoefte aan mij had dan aan een verklaring over hoe ik daar gekomen was. Zijn haar zat op zijn schedel geplakt door de regen. Hij bedankte me drie keer dat ik gekomen was. *Het is niets,* zei ik. En toch. Ik wist dat ik bijna niet gekomen was.

Het was een lastig slot. De man stond over me heen, met mijn zaklantaarn in zijn hand. De regen druppelde in mijn nek. Ik voelde hoeveel ervan afhing of ik het slot openkreeg. De minuten gingen voorbij. Ik deed mijn best en het mislukte. Deed mijn best en het mislukte. En toen sloeg mijn hart eindelijk op hol. Ik draaide de knop om en de deur schoof open.

Druipend stonden we in de hal. Hij trok zijn schoenen uit, dus ik trok de mijne ook uit. Hij bedankte me nog een keer en ging droge kleren aantrekken en een auto voor me bellen. Ik protesteerde en zei dat ik wel de bus kon nemen of een taxi aanhouden, maar hij wilde er niet van horen, met al die regen. Hij liet me alleen in de woonkamer. Ik liep de eetkamer binnen en zag vandaaruit een kamer vol boeken. Behalve in de bibliotheek had ik nog nooit zoveel boeken bij elkaar gezien. Ik ging naar binnen.

Ook ik hou van lezen. Eens per maand ga ik naar de buurtbibliotheek. Voor mezelf zoek ik een roman uit en voor Bruno met zijn grauwe staar een boek op cassette. Eerst zat hij te dubben. *Wat moet ik hiermee?* zei hij, terwijl hij de verzameldoos met *Anna Karenina* bekeek alsof ik hem een klisteerspuit had gegeven. En toch. Een dag of twee later was ik aan het rommelen toen ik boven een stem hoorde bulderen ALLE GELUKKIGE GEZINNEN LIJKEN OP ELKAAR, wat me bijna de stuipen op het lijf joeg. Daarna luisterde hij naar alles wat ik maar voor hem meenam, met het volume helemaal opengedraaid, en gaf hij het vervolgens zonder commentaar aan me terug. Op een middag kwam ik van de bibliotheek terug met *Ulysses*. De volgende dag stond ik in de badkamer toen er STATIG KWAM DE DIKKE BUCK MULLIGAN van boven klonk. Een hele maand lang luisterde hij ernaar. Hij had de gewoonte de stopknop in te drukken en terug te spoelen als hij iets niet helemaal begrepen had. ONONTKOOMBARE MODALITEIT VAN HET ZICHTBARE: DAT ALTHANS. Pauze, terugspoelen. ONONTKOOMBARE MODALITEIT VAN HET. Pauze, terugspoelen. ONONTKOOMBARE MODALITEIT VAN HET. Pauze. ONONTKOOM. Op het moment dat de datum naderde waarop het bandje moest worden teruggebracht, wilde hij het laten verlengen. Maar toen had ik het gehad met zijn gestop en gestart, dus ging ik bij The Wiz een Sony Sportsman voor hem kopen, die hij nu aan zijn riem gehaakt met zich meesjouwt. Volgens mij vindt hij het gewoon fijn naar een Iers accent te luisteren.

Ik hield mezelf bezig door te kijken wat er in de boekenkast van de man stond. Uit gewoonte keek ik of er iets van mijn zoon bijstond, Isaac. En ja hoor. Niet zomaar één boek, maar vier. Ik liet mijn vinger langs de ruggen glijden. Ik stopte bij *Glazen huizen* en nam het van de plank. Een prachtig boek. Verhalen. Ik heb ze ik weet niet hoe vaak gelezen. Er is er eentje – het titelverhaal. Dat is mijn favoriet, niet dat ik ze niet allemaal geweldig vind. Maar dit verhaal neemt een unieke

plaats in. Niet een unieke, maar een aparte plaats. Het is een kort verhaal, maar telkens als ik het lees moet ik huilen. Het gaat over een engel die in Ludlow Street woont. Niet ver bij mij vandaan, net aan de
andere kant van Delancey Street. Hij woont daar al zo lang dat hij
zich niet meer kan herinneren waarom God hem naar de aarde heeft
gezonden. Elke avond praat de engel hardop tegen God en elke dag
wacht hij op bericht van Hem. Bij wijze van tijdverdrijf loopt hij door
de stad. In het begin verbaasde hij zich nog regelmatig over van alles.
Hij legt een verzameling stenen aan. Leert zichzelf moeilijke wiskunde. En toch. Met elke dag die voorbijgaat raakt hij een stukje minder
verblind door de schoonheid van de wereld. 's Nachts ligt de engel
wakker en luistert naar de voetstappen van de weduwe die boven
hem woont, en elke ochtend komt hij langs meneer Grossmark, de
oude man die zijn dagen vult met moeizaam de trap te beklimmen,
van boven naar beneden en van beneden naar boven, en die dan
mompelt *Wie is daar?* Voor zover hij weet is dat het enige wat hij ooit
zegt, behalve die ene keer toen hij de engel in het voorbijgaan op de
trap zomaar aansprak en vroeg: *Wie ben ik?* en daar schrok de engel
die nooit spreekt en nooit wordt aangesproken zo van dat hij niets
zei, zelfs niet: *U bent Grossmark, de mens.* Hoe meer verdriet hij ziet,
des te meer keert zijn hart zich tegen God. Hij begint 's nachts over
straat te zwerven en blijft staan voor iedereen die een luisterend oor
nodig lijkt te hebben. De dingen die hij hoort – het is gewoon te veel.
Hij kan het niet begrijpen. Wanneer hij God vraagt waarom Hij hem
zo nutteloos gemaakt heeft, breekt de stem van de engel doordat hij
zijn boze tranen probeert te verdringen. Uiteindelijk spreekt hij helemaal niet meer met God. Op een nacht ontmoet hij een man onder
een brug. Ze drinken samen van de wodka die de man in een bruine
papieren zak bij zich heeft. En omdat de engel dronken en eenzaam
en kwaad op God is en omdat hij zonder het zelf te weten de onder
mensen normale drang voelt om iemand in vertrouwen te nemen,
vertelt hij de man de waarheid: dat hij een engel is. De man gelooft
hem niet, maar de engel houdt vol. De man vraagt hem om bewijs en
dus trekt de engel ondanks de kou zijn overhemd omhoog en laat de
man de volmaakte cirkel op zijn borst zien, de cirkel die het kenmerk

van een engel is. Maar dat zegt de man niets; hij is niet op de hoogte van het kenmerk van de engelen en dus zegt hij: *Laat me eens iets zien dat God kan doen,* en de engel, naïef als alle engelen, wijst op de man. En omdat de man denkt dat hij liegt, stompt hij hem in zijn maag, waardoor de engel achteruit wankelt en van de pier afvalt, de donkere rivier in. Waar hij verdrinkt, want dat heb je nu eenmaal met engelen: ze kunnen niet zwemmen.

Alleen in die kamer vol boeken hield ik het boek van mijn zoon in mijn hand. Het was in het holst van de nacht. Na het holst. Ik dacht: arme Bruno. Hij zal nu wel het lijkenhuis hebben gebeld om te horen of er door iemand een oude man is binnengebracht met een kaartje in zijn portefeuille waarop staat: MIJN NAAM IS LEO GURSKY IK HEB GEEN FAMILIE BEL AUB BEGRAAFPLAATS PINELAWN IK HEB DAAR EEN GRAF IN HET JOODSE GEDEELTE DANK U VOOR UW MEDEWERKING.

Ik draaide het boek van mijn zoon om en bekeek zijn foto. We hebben elkaar één keer ontmoet. Niet ontmoet, maar tegenover elkaar gestaan. Het was bij een lezing in de YMCA in 92nd Street. Vier maanden van tevoren had ik kaartjes gekocht. Ik had me al heel vaak een voorstelling van onze ontmoeting gemaakt. Ik als zijn vader, hij als mijn zoon. En toch. Ik wist dat het nooit kon gebeuren, niet zoals ik het wilde. Ik had geaccepteerd dat een plaatsje in het publiek voor mij het hoogst haalbare was. Maar tijdens de lezing gebeurde er iets met me. Na afloop ging ik in de rij staan en stak hem met trillende handen het papiertje toe waarop ik mijn naam had geschreven. Hij keek er vluchtig naar en schreef hem in een boek. Ik probeerde iets te zeggen, maar er klonk geen geluid. Hij glimlachte en bedankte me. En toch. Ik verroerde me niet. *Is er nog iets?* vroeg hij. Ik wapperde met mijn handen. De vrouw achter me keek me ongeduldig aan en drong naar voren om hem te begroeten. Ik stond als een dwaas met mijn handen te wapperen. Wat moest hij doen? Hij signeerde het boek van de vrouw. Het was voor iedereen een ongemakkelijke situatie. Mijn handen dansten maar door. De rij moest om me heen lopen. Af en toe keek hij verward naar me op. Hij glimlachte een keer naar me zoals je naar een idioot glimlacht. Maar mijn handen worstelden om hem alles te vertellen. Althans, zoveel als ze konden, en toen werd mijn elleboog stevig vastgepakt door een beveiligingsbeambte die met me mee naar buiten liep.

Het was winter. Onder de straatlantaarns dwarrelden dikke witte vlokken naar beneden. Ik wachtte tot mijn zoon naar buiten zou komen, maar hij kwam niet. Misschien was er een achterdeur, ik weet het niet. Ik nam de bus naar huis. Ik liep door mijn met sneeuw bedekte straat. Uit gewoonte draaide ik me om en keek naar mijn voetstappen. Toen ik bij mijn huis aankwam, zocht ik naar mijn naam bij de bellen. En omdat ik weet dat ik af en toe dingen zie die er niet zijn, belde ik na het eten Inlichtingen om te vragen of ik in het telefoonboek stond. Die avond opende ik voor het slapen gaan het boek dat ik op mijn nachtkastje had gelegd. VOOR LEON GURSKY, stond erin.

Ik had het boek nog steeds in mijn handen toen de man wiens deur ik had ontsloten achter me kwam staan. *Kent u het?* vroeg hij. Ik liet het vallen en met een plof kwam het voor mijn voeten terecht. Het gezicht van mijn zoon staarde me aan. Ik wist niet waar ik mee bezig was. Ik probeerde het uit te leggen. *Ik ben zijn vader,* zei ik. Of misschien zei ik: *Hij is mijn zoon.* Wat het ook was, de boodschap kwam over, want de man keek geschokt en toen keek hij verrast en toen keek hij alsof hij me niet geloofde. Ik vond het best, want wie dacht ik nou eigenlijk dat ik was door op te dagen in een limousine, een slot open te maken en daarna te beweren dat ik de vader van een beroemde schrijver was?

Plotseling voelde ik me vermoeid, vermoeider dan ik in jaren was geweest. Ik bukte me, pakte het boek op en zette het terug op de plank. De man bleef me aankijken, maar precies op dat moment toeterde buiten de auto, wat een geluk was omdat er al een hele dag meer dan genoeg naar me was gekeken. *Nou,* zei ik terwijl ik naar de voordeur liep, *ik moest maar eens gaan.* De man pakte zijn portemonnee, nam er een briefje van honderd dollar uit en gaf het aan mij. *Zijn vader?* vroeg hij. Ik stak het geld in mijn zak en gaf hem een pepermuntje van de zaak. Ik propte mijn voeten in mijn natte schoenen. *Niet echt zijn vader,* zei ik. En omdat ik niet wist wat ik verder moest zeggen, zei ik: *Eerder zijn oom.* Dit leek hem genoegzaam in verwarring te brengen, maar voor alle zekerheid voegde ik eraan toe: *Maar dat ook weer niet helemaal.* Hij trok zijn wenkbrauwen op. Ik pakte mijn gereedschapskist op en ging naar buiten, de regen in. Hij probeerde me nogmaals te bedanken voor mijn komst, maar ik liep het trapje al af. Ik stapte in de auto. Hij stond nog steeds in de deuropening naar buiten te kijken. Als bewijs dat ik niet goed snik was wuifde ik naar hem alsof ik de koningin was.

Het was drie uur 's ochtends toen ik thuiskwam. Ik stapte in bed. Ik was uitgeput. Maar ik kon niet slapen. Ik lag op mijn rug naar de regen te luisteren en aan mijn boek te denken. Ik had het nooit een titel gegeven, want waar heeft een boek een titel voor nodig, tenzij het door iemand gelezen gaat worden?

Ik kwam uit bed en ging naar de keuken. Ik bewaar mijn manuscript in een doos in de oven. Ik haalde het te voorschijn, legde het op de keukentafel en draaide een vel papier in de schrijfmachine. Een hele tijd bleef ik naar die lege bladzijde zitten kijken. Met twee vingers typte ik een titel:

LACHEN & HUILEN

Ik keek er een paar minuten aandachtig naar. Hij klopte niet. Ik voegde er een woord aan toe.

LACHEN & HUILEN & SCHRIJVEN

Toen nog een:

LACHEN & HUILEN & SCHRIJVEN & WACHTEN

Ik maakte er een prop van die ik op de grond liet vallen. Ik zette water op. Buiten was het opgehouden met regenen. Er koerde een duif op de vensterbank. Hij zette zijn borst op, liep heen en weer en vloog weg. Vrij als een vogel, bij wijze van spreken. Ik draaide weer een vel papier in de schrijfmachine en tikte:

WOORDEN VOOR ALLES

Voordat ik weer van gedachten kon veranderen, draaide ik het vel eruit, legde het boven op de stapel en deed het deksel op de doos. Ik vond een stuk bruin papier en pakte de doos in. Bovenop schreef ik het adres van mijn zoon, dat ik uit mijn hoofd ken.

Ik wachtte tot er iets zou gebeuren, maar er gebeurde niets. Geen wind die alles wegblies. Geen hartaanval. Geen engel aan de deur.

Het was vijf uur 's morgens. Het zou nog uren duren voor het postkantoor openging. Om de tijd te verdrijven trok ik de diaprojector onder de bank vandaan. Dat is iets wat ik bij speciale gelegenheden doe, op mijn verjaardag bijvoorbeeld. Ik zet de projector op een schoenendoos, steek de stekker in het stopcontact en zet hem aan. Op de muur verschijnt een stoffige lichtstraal. Ik bewaar de dia in een potje op de keukenplank. Ik blaas erop, stop hem erin en haal het schuifje over. Het beeld wordt scherp. Het is een huis met een gele deur, aan de rand van een akker. De herfst loopt op zijn einde. Tussen de zwarte takken door wordt de lucht oranje, en daarna donkerblauw. Uit de schoorsteen komt de rook van een houtvuur, en door het raam kan ik bijna zien hoe mijn moeder over de tafel gebogen staat. Ik ren naar het huis toe. Ik voel de koude wind over mijn wangen. Ik steek mijn hand uit. En omdat mijn hoofd vol met dromen zit, geloof ik heel even dat ik de deur kan opendoen en zo naar binnen kan lopen.

Buiten begon het al licht te worden. Voor mijn ogen loste het huis van mijn jeugd bijna in het niets op. Ik zette de projector uit, at een ontbijtreep en ging naar de badkamer. Toen ik alles had gedaan wat ik wilde doen, waste ik me bij de wastafel en groef in de kast naar mijn pak. Ik vond de overschoenen waar ik al een tijdje naar op zoek was en ook een oude radio. Ten slotte, verfrommeld op de bodem, het pak, een wit zomerpak; het kon ermee door als je niet lette op de bruinige vlek die aan de voorkant zat. Ik kleedde me aan. Ik spuugde in mijn handpalm en streek mijn haar met harde hand in model. Volledig aangekleed ging ik zitten, met het pakket van bruin papier op schoot. Ik keek telkens of het adres wel klopte. Om kwart voor negen trok ik mijn regenjas aan en stak het pakket onder mijn arm. Ik keek nog één keer naar mezelf in de gangspiegel. Toen ging ik de deur uit, de ochtend in.

Het verdriet van mijn moeder

Na mijn geboorte werd ik door mijn moeder vernoemd naar ieder meisje uit een boek dat ze van mijn vader had gekregen en dat *De geschiedenis van de liefde* heette. Ze noemde mijn broer Emanuel Chaim, naar de joodse historicus Emanuel Ringelbaum, die in het getto van Warschau melkbussen begroef die waren gevuld met getuigenissen, en naar de joodse cellist Emanuel Feuermann, die een van de grote muzikale wonderkinderen van de twintigste eeuw was, en ook naar de geniale joodse schrijver Isaac Emmanoeïlovitsj Babel en naar haar oom Chaim, die een grappenmaker was, een echte pias om wie iedereen zich bescheurde en die door de nazi's is omgebracht. Maar mijn broer vertikte het op die naam te reageren. Als mensen hem vroegen hoe hij heette, verzon hij iets anders. Hij werkte wel vijftien tot twintig namen af. Een maand lang had hij het over zichzelf in de derde persoon als over meneer Vrucht. Op zijn zesde verjaardag nam hij een aanloop en sprong op de eerste verdieping uit een raam om te kijken of hij kon vliegen. Hij brak zijn arm en hield er een blijvend litteken op zijn voorhoofd aan over, maar vanaf dat moment werd hij nooit anders genoemd dan Vogel.

Mijn broer en ik deden vroeger altijd een spelletje. Ik wees op een stoel. 'DIT IS GEEN STOEL,' zei ik dan. Vogel wees op de tafel. 'DIT IS GEEN TAFEL.' 'DIT IS GEEN MUUR,' zei ik dan weer. 'DAT IS GEEN PLAFOND.' En zo gingen we door. 'HET REGENT NIET BUITEN.' 'MIJN VETER IS NIET LOS!' schreeuwde Vogel. Ik wees op mijn elleboog. 'DIT IS GEEN SCHAAFPLEK.' Vogel tilde zijn knie op. 'DIT IS OOK GEEN SCHAAFPLEK!' 'DAT IS GEEN KETEL!' 'GEEN KOPJE!' 'GEEN LEPELTJE!' 'GEEN VUILE VAAT!' We ontkenden hele kamers, jaren, weersomstandigheden. Bij één gelegenheid, toen we echt heel hard stonden te schreeuwen, haalde Vogel diep adem. Uit volle borst gilde hij: 'IK! BEN! NIET! AL! MIJN! HELE! LEVEN! ONGELUKKIG!' 'Maar je bent pas zeven,' zei ik.

3 MIJN BROER GELOOFT IN GOD

Toen hij negenenhalf was, vond hij een klein rood boekje dat *Het boek der joodse gedachten* heette, met een opdracht aan David Singer, onze vader, ter gelegenheid van diens bat mitswa. In dat boekje zijn joodse gedachten gebundeld onder deeltitels als 'Elke Israëliet houdt de eer van zijn gehele volk in zijn handen', 'Onder de Romanovs' en 'Onsterfelijkheid'. Kort nadat hij het had gevonden begon hij ongeveer overal een zwartfluwelen *kipa* te dragen; het kon hem niets schelen dat de *kipa* niet goed paste en van achteren opbolde, waardoor hij er maf uitzag. Ook kreeg hij de gewoonte om achter meneer Goldstein aan te lopen, de conciërge van het gebouw waar joodse les werd gegeven, die in drie talen mummelde en wiens handen meer stof achterlieten dan ze weghaalden. Het gerucht ging dat meneer Goldstein slechts één uur per nacht sliep, in het souterrain van de sjoel, dat hij in een werkkamp in Siberië had gezeten, dat hij een zwak hart had, dat een hard geluid hem het leven kon kosten, dat hij moest huilen om sneeuw. Vogel voelde zich tot hem aangetrokken. Hij liep hem na joodse les achterna terwijl meneer Goldstein tussen de rijen banken stofzuigde, de wc's schoonmaakte en scheldwoorden van het schoolbord veegde. Het was meneer Goldsteins taak om de oude stukgegane en gescheurde *sidoeriem* uit de circulatie te nemen, en op een middag, vanuit de bomen gadegeslagen door twee kraaien zo groot als honden, duwde hij hobbelend over stukken steen en boomwortels een hele kruiwagen vol naar buiten achter de synagoge, waar hij een gat in de grond maakte, een gebed uitsprak en ze begroef. 'Je kunt ze niet zomaar weggooien,' zei hij tegen Vogel. 'Niet als Gods naam erop staat. Zoiets moet fatsoenlijk begraven worden.'

De volgende week begon Vogel op de blaadjes van zijn huiswerk de vier Hebreeuwse letters te schrijven van de naam die niemand mag uitspreken en die niemand mag weggooien. Een paar dagen later deed ik de wasmand open en zag de naam met wasechte inkt geschreven op het etiket van zijn ondergoed. Hij schreef hem met krijt in grote letters op onze voordeur, krabbelde hem over zijn klassenfoto, op de muur van de badkamer, en kerfde hem, voordat het weer ophield, met zijn Zwitserse zakmes in de boom voor ons huis, zo hoog als hij kon reiken.

Misschien lag het daaraan, of misschien aan zijn gewoonte om met zijn arm over zijn gezicht in zijn neus te peuteren alsof de mensen niet in de gaten hadden wat hij aan het doen was, of aan de manier waarop hij soms vreemde geluiden maakte, net als een videospel, maar in dat jaar kwamen de paar vriendjes die hij had gehad niet meer bij hem spelen.

Elke ochtend wordt hij vroeg wakker om buiten te kunnen *davvenen*, met zijn gezicht naar Jeruzalem. Als ik voor het raam naar hem sta te kijken, heb ik er spijt van dat ik hem al op zijn vijfde heb geleerd de letters van het Hebreeuwse alfabet uit te spreken. Ik word er verdrietig van, want ik weet dat het zo niet kan doorgaan.

4 MIJN VADER STIERF TOEN IK ZEVEN WAS

Wat ik me nog herinner, herinner ik me in gedeelten. Zijn oren. De gerimpelde huid op zijn ellebogen. De verhalen die hij me over zijn jeugd in Israël vertelde. Dat hij in zijn favoriete stoel naar muziek zat te luisteren en graag zong. Hij sprak tegen me in het Hebreeuws en ik noemde hem *Abba*. Ik ben vrijwel alles vergeten, maar soms komen er nog wel eens woorden bij me op, *koemkoem, sjemesj, chol, jam, ets, nesjika, motek,* waarvan de betekenis is afgesleten als de kop van oude munten. Mijn moeder, die Engels is, leerde hem kennen toen ze in een kibboets werkte, niet ver van Asjdod, de zomer voordat ze in Oxford ging studeren. Hij was tien jaar ouder dan zij. Hij had in het leger gezeten en daarna door Zuid-Amerika gereisd. Toen ging hij weer studeren en werd werktuigkundig ingenieur. Hij hield van kamperen en had altijd een slaapzak en tien liter water in zijn hutkof- fer en kon als het moest met een stuk steen een vuurtje aanmaken. Op vrijdagavond haalde hij altijd mijn moeder op, terwijl de andere kibboetsniks op dekens onder een reusachtig filmdoek op het gras honden lagen te aaien en stoned lagen te worden. Hij reed met haar naar de Dode Zee, waar ze op een eigenaardige manier in het water dreven.

5 DE DODE ZEE IS DE LAAGSTE PLEK TER AARDE

6 GEEN TWEE MENSEN LEKEN MINDER OP ELKAAR DAN MIJN VADER EN MIJN MOEDER

Wanneer mijn moeders lichaam bruin werd en mijn vader lachend zei dat ze elke dag steeds meer op hem ging lijken, was dat een grapje. Want terwijl hij een meter zevenentachtig was, met heldergroene ogen en zwart haar, is mijn moeder bleek en zó klein dat je haar zelfs nu nog, op haar eenenveertigste, voor een meisje zou aanzien als je haar aan de overkant van de straat zag lopen. Vogel is klein en blond, net als zij, en ik ben lang, net als mijn vader. Ik heb ook zwart haar, een spleetje tussen mijn tanden, ik ben akelig mager en vijftien.

7 ER BESTAAT EEN FOTO VAN MIJN MOEDER DIE DOOR GEEN MENS IS GEZIEN

In het najaar ging mijn moeder terug naar Engeland om met haar studie te beginnen. Haar zakken zaten vol zand van de laagste plek ter aarde. Ze woog zevenenveertig kilo. Er is een verhaal dat ze soms vertelt, over de treinreis van Paddington Station naar Oxford, toen ze een fotograaf ontmoette die bijna volkomen blind was. Hij had een zonnebril met donkere glazen op en zei dat hij tien jaar geleden zijn netvliezen had beschadigd tijdens een reis naar Antarctica. Zijn pak was perfect geperst en hij had zijn camera op zijn schoot. Hij zei dat hij de wereld tegenwoordig anders zag, en die wereld was niet per definitie slecht. Hij vroeg of hij een foto van haar mocht maken. Toen hij de lens ophief en erdoorheen keek, vroeg mijn moeder wat hij zag. 'Hetzelfde wat ik altijd zie,' zei hij. 'En dat is?' 'Iets wazigs,' zei hij. 'Waarom doe je het dan?' vroeg zij. 'Voor het geval mijn ogen ooit weer genezen,' zei hij. 'Zodat ik weet waar ik naar heb gekeken.' Op mijn moeders schoot lag een bruine papieren zak met een broodje gehakte lever dat mijn grootmoeder voor haar had gemaakt. Ze bood het broodje aan de vrijwel volkomen blinde fotograaf aan. 'Heb je dan zelf geen trek?' vroeg hij. Jawel, zei ze, maar ze had haar moeder nooit laten weten dat ze geen gehakte lever lustte en na verloop van tijd was het te laat om dat tegen haar te zeggen, omdat ze er jarenlang niets over had gezegd. De trein reed Oxford Station binnen en mijn moeder stapte uit, een spoor van zand achterlatend. Ik weet dat dit verhaal een moraal heeft, maar wat die inhoudt weet ik niet.

8 MIJN MOEDER IS DE KOPPIGSTE PERSOON DIE IK KEN

Na vijf minuten kwam ze tot de conclusie dat ze niets van Oxford moest hebben. De eerste week van het trimester deed mijn moeder niets anders dan vol zelfmedelijden in een tochtig stenen gebouw op haar kamer zitten kijken naar de regen die neerviel op de koeien in Christ Church Meadow. Ze moest het water voor de thee opwarmen op een elektrisch komfoortje. Om met haar studiebegeleider te kunnen spreken moest ze zesenvijftig stenen traptreden hoger bij hem op de deur bonken tot hij wakker werd op het veldbed in zijn werkkamer, waar hij lag te slapen onder een stapel kranten. Ze schreef vrijwel elke dag naar mijn vader in Israël, op duur Frans postpapier, en toen dat op was schreef ze hem op grafiekpapier dat ze uit een schrift had gescheurd. In een van die brieven (door mij gevonden in een oud koekblik dat was weggestopt onder de divan in haar werkkamer) schreef ze: *Het boek dat ik van je heb gehad ligt op mijn bureau en elke dag leer ik er iets verder in te lezen.* De reden waarom ze het moest leren lezen was dat het in het Spaans was geschreven. In de spiegel zag ze haar lichaam weer bleek worden. Tijdens de tweede week van het trimester kocht ze een tweedehands fiets en reed ermee rond om overal biljetten vast te prikken waarop stond GEZOCHT: DOCENT HEBREEUWS, omdat talen haar kwamen aanwaaien en ze mijn vader wilde kunnen verstaan. Er werd door een paar mensen op gereageerd, maar er was er maar een die zich niet terugtrok toen mijn moeder verklaarde dat ze er niet voor kon betalen; dat was Nehemia, een puisterige jongen uit Haifa, die in zijn eerste jaar zat en zich even ellendig voelde als mijn moeder en die van mening was – volgens een brief die ze aan mijn vader schreef – dat het gezelschap van een meisje reden genoeg was om twee keer per week af te spreken in de King's Arms voor niet meer dan wat zijn biertje kostte. Mijn moeder leerde zichzelf ook Spaans uit een boek dat *Teach Yourself Spanish* heette. Ze bracht een hoop tijd door in de Bodleian Library, las honderden boeken en maakte geen vrienden. Ze vroeg zoveel boeken aan dat de baliebediende zich elke keer probeerde te verstoppen als hij haar zag aankomen. Aan het eind van het jaar slaagde ze met de hoogst mogelijke cijfers, gaf ondanks de protesten van haar ouders de brui aan haar studie en ging bij mijn vader in Tel Aviv wonen.

Ze woonden in een zonnig, met bougainville begroeid huisje in Ramat Gan. Mijn vader plantte een olijfboom en een citroenboom in de tuin en groef rond elk ervan een greppeltje om water in op te vangen. 's Avonds luisterden ze naar Amerikaanse muziek op zijn kortegolfradio. Als de ramen openstonden en de wind uit de goede hoek waaide, konden ze de zee ruiken. Ten slotte trouwden ze op het strand in Tel Aviv en als huwelijksreis trokken ze twee maanden door Zuid-Amerika. Toen ze terugkwamen begon mijn moeder boeken in het Engels te vertalen – eerst uit het Spaans en later ook uit het Hebreeuws. Zo gingen er vijf jaar voorbij en toen kreeg mijn vader werk aangeboden dat hij niet kon weigeren, een baan bij een Amerikaans bedrijf in de ruimtevaartindustrie.

10 ZE VERHUISDEN NAAR NEW YORK EN KREGEN MIJ

Toen mijn moeder van mij in verwachting was, las ze drie miljard boeken over een breed spectrum van onderwerpen. Ze was niet dol op Amerika, maar ze had er ook geen hekel aan. Tweeënhalf jaar en acht miljard boeken later kreeg ze Vogel. Daarna verhuisden we naar Brooklyn.

11 IK WAS ZES TOEN ER BIJ MIJN VADER PANCREASKANKER WERD GECONSTATEERD

Dat jaar zaten mijn moeder en ik samen in de auto. Ze vroeg me of ik haar tas wilde aanreiken. 'Ik heb hem niet,' zei ik. 'Misschien ligt hij achterin,' zei ze. Maar hij lag niet achterin. Ze stopte en doorzocht de hele auto, maar de tas was nergens te vinden. Ze hield haar hoofd tussen haar handen en probeerde zich te herinneren waar ze haar tas had gelaten. Ze raakte altijd dingen kwijt. 'Nog even,' zei ze, 'en ik raak mijn hoofd ook nog kwijt.' Ik probeerde me voor te stellen wat er zou gebeuren als ze haar hoofd kwijtraakte. Uiteindelijk was het echter mijn vader die alles kwijtraakte: gewicht, zijn haar, allerlei inwendige organen.

12 HIJ HIELD VAN KOKEN EN LACHEN EN ZINGEN, KON MET ZIJN HANDEN EEN VUUR AAN DE PRAAT KRIJGEN, KAPOTTE DINGEN REPAREREN EN UITLEGGEN HOE JE DINGEN DE RUIMTE IN MOEST SCHIETEN, MAAR BINNEN NEGEN MAANDEN WAS HIJ DOOD

13 MIJN VADER WAS GEEN BEROEMDE RUSSISCHE SCHRIJVER

Eerst hield mijn moeder alles precies zoals hij het had achtergelaten. Volgens Misja Shklovsky doen ze dat in Rusland ook met de huizen van beroemde schrijvers. Maar mijn vader was geen beroemde schrijver. Hij was niet eens Russisch. En toen kwam ik op een dag thuis en waren alle zichtbare blijken van zijn bestaan verdwenen. Zijn kleren waren uit de kasten geruimd, zijn schoenen stonden niet meer naast de deur, en op straat, bij een stapel vuilniszakken, stond zijn oude stoel. Ik ging naar mijn slaapkamer en keek ernaar door het raam. In de harde wind buitelden de bladeren erlangs over de stoep. Er kwam een oude man voorbij die erin ging zitten. Ik liep naar buiten en viste zijn trui uit de vuilnisbak.

14 AAN HET EIND VAN DE WERELD

Nadat mijn vader was overleden, stuurde oom Julian, mijn moeders broer, die kunsthistoricus is en in Londen woont, me een Zwitsers zakmes dat van pappa was geweest. Het had drie verschillende mesjes, een kurkentrekker, een klein schaartje, een pincet en een tandenstoker. In de brief die oom Julian erbij stuurde, zei hij dat pappa hem het mes ooit had geleend toen hij in de Pyreneeën ging kamperen en dat hij er tot op de dag van vandaag niet meer aan had gedacht, maar

nu besefte dat ik het misschien zou willen hebben. *Je moet er wel voor-*
zichtig mee doen, schreef hij, *want de messen zijn scherp. Het is bedoeld*
als hulpmiddel om jezelf in leven te houden in de wildernis. Niet dat ik
daar ervaring mee heb, want de eerste nacht dat tante Frances en ik ver-
regenden en in pruimedanten veranderden hebben we gewoon een ho-
tel genomen. Je vader was veel meer een buitenmens dan ik. Ik heb hem
een keer in de Negevwoestijn water zien opvangen met een trechter en
een stuk zeildoek. Ook kende hij de naam van alle planten en wist hij of
ze eetbaar waren. Ik weet dat het een schrale troost is, maar als je naar
Londen komt zal ik je vertellen hoe alle Indiase restaurants in Noord-
west-Londen heten en of ze eetbaar zijn. Liefs, oom Julian. P.S. *Vertel*
niet aan je moeder dat je dit mes van me hebt gehad, want dan wordt ze
waarschijnlijk boos op me en gaat ze zeggen dat je er te jong voor bent. Ik
bekeek de verschillende onderdelen, peuterde elk ervan te voorschijn met mijn duimnagel en probeerde op mijn vinger uit hoe
scherp de mesjes waren.

Ik besloot dat ik zou leren hoe je je in de wildernis in leven moest
houden, net als mijn vader. Dat zou handig zijn in het geval er iets
met mamma gebeurde, en Vogel en ik voor onszelf moesten zorgen.
Ik vertelde haar niets over het mes, omdat oom Julian had gewild dat
het geheim bleef, en bovendien, waarom zou mijn moeder me in
mijn eentje in het bos laten kamperen als ze me amper toestond een
halve straat van huis te gaan?

15 ELKE KEER DAT IK BUITEN GING SPELEN WILDE MIJN MOEDER
PRECIES WETEN WAAR IK NAARTOE GING

Als ik thuiskwam, riep ze me haar slaapkamer in en nam me in haar
armen en overdekte me met kussen. Ze streelde mijn haar en zei: 'Ik
hou zoveel van je,' en als ik nieste zei ze: 'Gezondheid, je weet toch
hoeveel ik van je hou, hè?' en als ik opstond om een papieren zakdoekje te gaan halen zei ze: 'Ik haal het wel voor je, ik hou zoveel van
je,' en als ik naar een pen zocht om mijn huiswerk mee te maken zei
ze: 'Gebruik die van mij maar, alles is voor jou,' en als ik kriebel aan

mijn been had zei ze: 'Is dit het plekje, kom maar hier voor een knuffel,' en als ik zei dat ik naar mijn kamer ging riep ze me achterna: 'Wat
kan ik voor je doen, ik hou zóveel van je,' en ik wilde altijd zeggen,
maar zei nooit: hou maar iets minder veel van me.

16 ALLES WORDT HERVORMD TOT REDEN

Op een dag stond mijn moeder op uit het bed waarin ze bijna een jaar
had gelegen. Het leek alsof we haar voor het eerst niet meer door alle
waterglazen zagen die ze rond haar bed had staan en die Vogel, als hij
zich verveelde, soms aan het zingen probeerde te krijgen door met
een natte vinger over de rand te strijken. Ze maakte macaroni met
kaas, een van de weinige dingen die ze kan klaarmaken. We deden net
alsof we nog nooit zoiets lekkers hadden gegeten. Op een middag
nam ze me apart. 'Van nu af aan,' zei ze, 'ga ik je als volwassene behan-
delen.' Ik ben pas acht, wilde ik zeggen, maar ik zei het niet. Ze begon
weer te werken. Ze zwierf door het huis in een met rode bloemen be-
drukte kimono en overal waar ze kwam liet ze een spoor van ver-
frommelde vellen papier achter. Voordat pappa overleed, was ze een
stuk netter. Maar als je haar nu wilde vinden hoefde je alleen maar de
bladzijden vol doorgestreepte woorden te volgen, en aan het eind
van het spoor zat zij uit het raam te kijken, of in een glas water alsof er
een vis in zat die alleen zij kon zien.

17 WORTELS

Van mijn zakgeld kocht ik een boek dat *Eetbare planten en bloemen in
Noord-Amerika* heette. Ik las dat je de bitterheid uit eikels kunt halen
door ze in water te koken, dat wilde rozen eetbaar zijn en dat je alles
moet vermijden wat naar amandelen ruikt of een driebladig groei-
patroon of melkachtig sap heeft. Ik probeerde in Prospect Park zo
veel mogelijk planten te determineren als ik kon. Omdat ik wist dat
het een hele tijd zou duren voordat ik in staat was elke plant te her-

kennen en omdat de kans bestond dat ik me ergens anders dan in Noord-Amerika in leven zou moeten houden, leerde ik ook de universele eetbaarheidstest uit mijn hoofd. Het is een goed idee om die te kennen, omdat sommige giftige planten, zoals dollekervel, sterk op eetbare planten kunnen lijken, wilde wortels en pastinaak bijvoorbeeld. Om de test te doen moet je eerst acht uur niet eten. Dan verdeel je de planten in verschillende stukken – wortels, blad, stam, knop en bloem – en probeer je een klein stukje uit op de binnenkant van je pols. Als er niets gebeurt, hou je het drie minuten tegen de binnenkant van je lip en als daarna niets gebeurt, leg je het een kwartiertje op je tong. Als er dan nog niets gebeurt, kun je erop kauwen zonder te slikken en blijf je dat een kwartier in je mond houden, en als er dan niets gebeurt, slik je het door en wacht acht uur, en als daarna niets gebeurt, eet je er een klein handjevol van en als er daarna nog niets gebeurt is het eetbaar.

Ik bewaarde *Eetbare planten en bloemen in Noord-Amerika* onder mijn bed in een rugzak waar ook mijn vaders Zwitserse zakmes in zat, evenals een zaklantaarn, een lap plastic, een kompas, een doos mueslirepen, twee zakjes m&m-pinda's, drie blikjes tonijn, een blikopener, een antislangenbeetsetje, schoon ondergoed en een kaart van de New Yorkse metro. Er zou eigenlijk een vuurslag in hebben moeten zitten, maar toen ik er een bij de ijzerhandel ging halen, wilden ze me er geen verkopen, omdat ik te jong was of omdat ze dachten dat ik een pyromaan was. In noodgevallen kun je ook een vonk slaan met behulp van een jachtmes en een stuk ijzerkiezel, agaat of jade, maar ik wist niet waar ik ijzerkiezel, agaat of jade moest vinden. Daarom nam ik lucifers mee van het 2nd Street Café en stopte ze in een afsluitbaar zakje om ze tegen de regen te beschermen.

Voor Chanoeka vroeg ik een slaapzak. Op de slaapzak die mijn moeder voor me kocht zaten roze hartjes; het was er een van flanel en hij zou me bij een temperatuur onder het vriespunt ongeveer vijf seconden in leven houden voordat ik bezweek aan onderkoeling. Ik vroeg haar of we hem mochten ruilen voor een dikke donzen slaapzak. 'Waar wou je dan gaan slapen, in de poolcirkel?' vroeg ze. Ik dacht: daar of misschien in het Peruaanse Andesgebergte, omdat pappa daar een keer had gekampeerd. Om van onderwerp te veranderen vertelde ik haar over dollekervel, wilde wortels en pastinaak, maar dat bleek geen goed idee te zijn omdat ze volschoot, en toen ik haar vroeg wat eraan scheelde zei ze 'Niets,' ze werd er alleen door herinnerd aan de wortels die pappa vroeger verbouwde in de tuin in Ramat Gan. Ik wilde haar vragen wat hij nog meer kweekte, afgezien van olijven, citroenen en wortels, maar ik wilde haar niet nog verdrietiger maken.

Ik begon aantekeningen bij te houden in een schrift, getiteld *Overleven in de wildernis.*

18 MIJN MOEDER IS ALTIJD VERLIEFD OP MIJN VADER GEBLEVEN

Ze hield haar liefde voor hem even levend als de zomer waarin ze elkaar voor het eerst hadden ontmoet. Om dit te kunnen doen heeft ze zich afgekeerd van het leven. Soms leeft ze dagenlang op water en lucht. Omdat ze de enige bekende complexe levensvorm is die dit doet, zou er eigenlijk een species naar haar vernoemd moeten worden. Oom Julian vertelde me een keer dat de beeldhouwer en schilder Alberto Giacometti heeft gezegd dat je soms afstand moet doen van de gehele figuur om alleen maar een hoofd te kunnen schilderen. Om een blad te kunnen schilderen moet je het hele landschap opofferen. Aanvankelijk lijk je jezelf misschien beperkingen op te leggen, maar na een tijdje besef je dat je een betere kans hebt om een bepaald gevoel van het universum vast te houden wanneer je ergens een halve centimeter van hebt dan wanneer je doet alsof je je met de hele hemel bezighoudt.

Mijn moeder koos geen blad of hoofd. Ze koos mijn vader, en om een bepaald gevoel vast te kunnen houden deed ze afstand van de wereld.

Soms raken er bladzijden van die woordenboeken los. Ze hopen zich als de blaadjes van een onmetelijk grote bloem rond haar voeten op: *schakering, schaking, schal, schaleend, schalen, schalenmaker, schalie, schalieblauw.* Toen ik klein was, dacht ik dat die bladzijden op de grond vol woorden stonden die ze nooit meer zou kunnen gebruiken en probeerde ik ze met plakband weer op hun plaats vast te zetten, uit angst dat mijn moeder op een dag tot stilzwijgen zou vervallen.

Het eerste was vijf jaar geleden, toen ik tien was, met een dikke Engelse redacteur van een van de uitgeverijen die haar vertalingen publiceren. Aan zijn linkerpink droeg hij een ring met een familiewapen dat misschien wel en misschien ook niet zijn eigen wapen is geweest. Elke keer dat hij het over zichzelf had zat hij met die hand te gebaren. Er vond een gesprek plaats waarin werd vastgesteld dat mijn moeder en deze man, Lyle, in dezelfde tijd in Oxford hadden gezeten. Op basis van dit toeval had hij haar mee uit gevraagd. Mijn moeder is door tal van mannen uit gevraagd en ze heeft altijd nee gezegd. Om een of andere reden stemde ze deze keer toe. Op zaterdagavond verscheen ze in de woonkamer met opgestoken haar; ze had de rode sjaal die mijn vader voor haar in Peru had gekocht om haar schouders geslagen. 'Hoe zie ik eruit?' Ze zag er beeldschoon uit, maar ergens was het niet eerlijk dat ze die sjaal omhad. Er was geen tijd om daar iets over te zeggen want op hetzelfde moment kwam Lyle hijgend bij de voordeur aan. Hij maakte het zich gemakkelijk op de bank. Ik vroeg hem of hij iets afwist van overleven in de wildernis en hij zei: 'Absoluut.' Ik vroeg of hij verschil kon zien tussen dollekervel en wilde wortels, en hij deed me uitvoerig verslag van de laatste momenten van een roeiwedstrijd in Oxford waarin zijn boot zich tijdens de laatste drie seconden in winnende positie wist te werken. 'Potverdikke,' zei ik op een toon die als sarcastisch had kunnen worden uitgelegd. Ook haalde Lyle warme herinneringen op aan punteren op de Cherwell. Mijn moeder zei dat ze het niet zou weten omdat ze nooit op de Cherwell had gepunterd. Ik dacht: nou, dat verbaast me niks.

Toen ze weg waren, bleef ik op om naar een televisieprogramma over de albatrossen van Antarctica te kijken: die zetten soms jarenlang geen voet op vaste grond, slapen al zwevend door de lucht, drinken zeewater, huilen het zout uit en keren jaar in jaar uit terug om met hetzelfde mannetje of wijfje jongen groot te brengen. Ik moet in slaap zijn gevallen, want het was al bijna één uur toen ik mijn moeders sleutel in het slot hoorde. Er waren een paar krullen bij haar nek losgesprongen en haar mascara was uitgelopen, maar toen ik haar vroeg hoe het was gegaan zei ze dat ze orang-oetangs kende met wie ze opwindender gesprekken kon voeren.

Ongeveer een jaar later brak Vogel zijn pols toen hij bij onze buren van het balkon wilde springen, waarna de lange, licht gebochelde dokter door wie hij op de eerste-hulpafdeling werd geholpen mijn moeder om een afspraakje vroeg. Misschien kwam het omdat hij Vogel aan het lachen wist te maken, ook al stond zijn hand in een verschrikkelijke hoek ten opzichte van zijn pols, maar voor de tweede keer sinds mijn vaders overlijden zei mijn moeder ja. De dokter heette Henry Lavendel, wat volgens mij een goed voorteken was (Alma Lavendel!). Toen de deurbel ging vloog Vogel de trap af, naakt op zijn gipsverband na, zette 'That's Amore' op de grammofoon en vloog weer terug. Mijn moeder schoot de trap af zonder haar rode sjaal om en rukte de naald eraf. Er klonk een krassend geluid en de plaat draaide geluidloos rond op de draaitafel terwijl Henry Lavendel binnenkwam en een glas witte wijn accepteerde en ons vertelde over zijn verzameling schelpen, waarvan hij een groot aantal zelf had opgedoken tijdens reisjes naar de Filippijnen. Ik begon me al een toekomst voor te stellen waarin hij ons meenam op duikexpeditie en wij viertjes elkaar onder water toelachten, door onze maskers heen. De volgende ochtend vroeg ik mijn moeder hoe het was gegaan. Ze zei dat het een ontzettend aardige vent was. Ik zag dat als iets positiefs, maar toen Henry Lavendel die middag belde, was mijn moeder naar de supermarkt, en ze belde hem niet terug. Twee dagen later deed hij nog een poging. Dit keer was mijn moeder even een wandeling door het park aan het maken. Ik vroeg: 'Je bent niet van plan hem terug te bellen, hè?' en ze zei: 'Nee.' Toen Henry Lavendel een derde keer belde was ze verdiept in een verhalenbundel, waarbij ze telkens uitriep dat de auteur postuum de Nobelprijs verdiende. Mijn moeder deelt voortdurend postume Nobelprijzen uit. Ik dook met de handset de keuken in. En daar zei ik tegen hem dat ik dacht dat mijn moeder hem echt aardig vond, en ook al zou een normaal iemand waarschijnlijk heel graag met hem praten en zelfs nog een keer met hem uitgaan, ik kende mijn moeder al elfenhalf jaar en ze had nog nooit iets normaals gedaan.

21 IK DACHT DAT HET ALLEEN KWAM OMDAT ZE NIET DE JUISTE PERSOON HAD ONTMOET

Het feit dat ze de hele dag thuisbleef om in haar pyjama boeken te vertalen van voornamelijk dode mensen leek ook al geen schot in de zaak te brengen. Soms bleef ze uren steken in een zin, en daar liep ze dan mee rond als een hond met een bot totdat ze gilde: 'IK HEB HET,' en op haar bureau afstoof om een gat te graven en het onder de grond te stoppen. Ik besloot in te grijpen. Op een dag werd er bij ons in groep zes een praatje gehouden door een dierenarts. Hij heette dokter Tucci. Hij had een mooie stem en een groene papegaai die Gordo heette en humeurig op zijn schouder uit het raam zat te staren. Hij had ook een leguaan, twee fretten, een landschildpad, drie kikkers, een eend met een gebroken vleugel en een boa constrictor die Mahatma heette en kort geleden zijn huid had afgeworpen. In zijn achtertuin hield hij twee lama's. Terwijl iedereen zich na het praatje met Mahatma bezighield, vroeg ik of hij getrouwd was en toen hij met een verbaasde uitdrukking op zijn gezicht nee zei, vroeg ik om zijn visitekaartje. Er stond een plaatje van een aap op, en een paar andere kinderen verloren hun belangstelling voor de slang en wilden nu ook een visitekaartje hebben.

Die avond vond ik een aardig kiekje van mijn moeder in een badpak om naar dokter Frank Tucci te sturen, samen met een uitgetikt lijstje van haar beste eigenschappen. Daar stond onder andere op HOOG IQ, LEEST VEEL, AANTREKKELIJK (ZIE FOTO), GEESTIG. Vogel nam het lijstje door en stelde na even nadenken voor om er ook EIGENGEREID bij te zetten, wat een woord was dat hij van mij had geleerd, en ook KOPPIG. Toen ik zei dat ik niet vond dat dat haar beste of zelfs maar goede eigenschappen waren, zei Vogel dat ze misschien goed gingen líjken doordat ze op het lijstje stonden en dat dokter Tucci meteen niet meer zou schrikken als hij haar inderdaad wilde ontmoeten. Dat leek op dat ogenblik een goed argument, dus zette ik er EIGENGEREID en KOPPIG bij. Onderaan schreef ik ons telefoonnummer. Toen deed ik het lijstje op de post.

Er ging een week voorbij zonder dat hij belde. Er gingen drie dagen voorbij en ik vroeg me af of ik dat EIGENGEREID en KOPPIG misschien had moeten weglaten.

De volgende dag ging de telefoon en hoorde ik mijn moeder vragen: 'Frank wie?' Het bleef een hele tijd stil. 'Wát zegt u?' Nog een stilte. Toen begon ze hysterisch te lachen. Ze legde op en kwam naar mijn kamer. 'Wat was dat allemaal?' vroeg ik op onschuldige toon. 'Wat was wát allemaal?' vroeg mijn moeder op nog onschuldiger toon. 'Degene die net belde,' zei ik. 'O, dát,' zei ze. 'Ik hoop dat je het niet erg vindt, ik heb een afspraakje gemaakt voor ons viertjes, ik met de slangenbezweerder en jij met Herman Cooper.'

Herman Cooper was een nachtmerrie uit groep acht, die bij ons in de straat woonde, iedereen Penis noemde en altijd idioot hard lachte om de kolossale ballen van de hond van onze buren.

'Ik lik nog liever de stoep schoon,' zei ik.

22 DAT JAAR DROEG IK DE TRUI VAN MIJN VADER TWEEËNVEERTIG DAGEN AAN ÉÉN STUK DOOR

Op de twaalfde dag liep ik op de gang langs Sharon Newman en haar vriendinnen. 'WAT IS DAT TOCH MET DIE WALGELIJKE TRUI?' vroeg ze.

Vreet jij maar een hap dollekervel, dacht ik en ik besloot pappa's trui de rest van mijn leven aan te houden. Dat lukte bijna tot het eind van het schooljaar. Het was alpacawol, en half mei al niet meer om in uit te houden. Volgens mijn moeder was het een uitgesteld rouwproces. Maar ik probeerde geen record te vestigen. Ik vond hem gewoon prettig aanvoelen.

23 MIJN MOEDER HEEFT NAAST HAAR BUREAU EEN FOTO VAN MIJN VADER AAN DE MUUR HANGEN

Een of twee keer kwam ik langs haar deur en hoorde ik haar hardop tegen die foto praten. Ik weet dat ze eenzaam is, zelfs als wij in huis zijn, maar soms krijg ik buikpijn als ik eraan denk wat er met mijn moeder gaat gebeuren als ik volwassen ben en wegga om aan de rest van mijn leven te beginnen. Op andere momenten stel ik me voor dat het me helemaal nooit zal lukken om weg te gaan.

24 ALLE VRIENDEN DIE IK OOIT HEB GEHAD ZIJN WEG

Op mijn veertiende verjaardag werd ik wakker doordat Vogel op mijn bed sprong en 'Ze leve hoog, ze leve hoog' begon te zingen. Hij gaf me een gesmolten reep van melkchocolade en een rode wollen muts die hij bij Gevonden Voorwerpen had gehaald. Ik plukte er een blonde krulhaar van af en hield hem de rest van de dag op. Van mijn moeder kreeg ik een parka waarvan de kwaliteit was goedgekeurd door Tenzing Norgay – de sherpa die met sir Edmund Hillary de Mount Everest beklom – en een oude leren pilotenhelm van het soort dat werd gedragen door Antoine de Saint-Exupéry, een van mijn grote helden. Mijn vader las me op mijn zesde voor uit *De kleine prins* en vertelde dat Saint-Exupéry een geweldige piloot was die zijn leven in de waagschaal stelde door postroutes naar afgelegen plekken open te houden. Op het eind werd hij neergeschoten door een Duits gevechtsvliegtuig en raakten hij en zijn vliegtuig voorgoed onvindbaar in de Middellandse Zee.

Naast het jasje en de pilotenhelm gaf mijn moeder me ook een boek van iemand die Daniel Eldridge heette en volgens haar een Nobelprijs verdiende als er Nobelprijzen aan paleontologen werden uitgereikt. 'Is hij dood?' vroeg ik. 'Waarom vraag je dat?' 'Zomaar,' zei ik. Vogel vroeg wat een paleontoloog was en mijn moeder zei dat als hij een complete geïllustreerde gids van het Metropolitan Museum of Art zou nemen om die in honderd stukjes te scheuren en die stukjes vanaf het museumbordes liet wegwaaien en na een paar weken terugkwam om Fifth Avenue en Central Park uit te kammen op zo veel mogelijk overgebleven fragmenten als hij maar kon vinden, en vervolgens zou proberen de geschiedenis van de schilderkunst, met inbegrip van scholen, stijlen, genres en schildersnamen, uit zijn fragmenten te reconstrueren, hij dan hetzelfde zou doen als wat een paleontoloog deed. Het enige verschil is dat paleontologen fossielen bestuderen om de oorsprong en de evolutie van het leven vast te stellen. Iedere veertienjarige zou iets moeten weten over waar ze vandaan komt, zei mijn moeder. Het zou ongepast zijn om rond te lopen zonder enig benul van hoe het allemaal is begonnen. En toen, heel vlug, alsof het daar juist niet om ging, zei ze dat het boek van pappa was geweest. Vogel schoot erop af en legde zijn hand op de omslag.

Het heette *Het leven zoals we het niet kennen*. Op de achterflap stond een foto van Eldridge. Hij had donkere ogen met dichte wimpers en een baard en hij hield een fossiel van een eng uitziende vis omhoog. Daaronder stond dat hij hoogleraar aan Columbia University was. Die avond begon ik erin te lezen. Ik dacht dat pappa misschien aantekeningen in de kantlijn zou hebben geschreven, maar dat was niet zo. Het enige teken dat hij had achtergelaten was zijn naam op het schutblad. Het boek beschreef hoe Eldridge en een paar andere geleerden in een duikboot naar de bodem van de oceaan waren gegaan en hydrothermale openingen hadden ontdekt op de plaatsen waar tectonische schollen elkaar raakten, spleten waar mineraalrijke gassen werden uitgebraakt die temperaturen van meer dan 370 graden Celsius bereikten. Tot dan toe hadden de geleerden gedacht dat de oceaanbodem een woestijn was, met weinig tot geen leven. Maar Eldridge en zijn collega's namen in de koplampen van hun onderzeeër honderden organismen waar die nooit eerder door menselijke ogen waren aanschouwd – een compleet ecosysteem waarvan ze beseften dat het heel, heel oud was. Ze noemden het de donkere biosfeer. Er zaten daarbeneden een heleboel hydrothermale spleten en al gauw kwamen ze tot de conclusie dat er micro-organismen leefden op de rotsen rond de spleten, bij temperaturen die hoog genoeg waren om lood te smelten. Toen ze een aantal van deze organismen mee naar boven namen, roken ze naar rotte eieren. Ze beseften dat deze vreemde organismen leefden van de zwavelwaterstof die uit de spleten stroomde en dat ze zwavel uitademden zoals de planten op het land zuurstof produceerden. Volgens het boek van dr. Eldridge waren ze gestuit op iets wat niet minder was dan een kijkvenster op de chemische wegen die miljarden jaren geleden naar de dageraad van de evolutie hadden geleid.

Het idee van de evolutie is heel mooi en triest. Vanaf het bestaan van de eerste levensvormen op aarde zijn er tussen de vijf en vijftig miljard species geweest, waarvan er vandaag de dag nog slechts vijf tot vijftig miljoen over zijn. Dus negenennegentig procent van alle soorten die ooit op de aarde hebben geleefd zijn uitgestorven.

25 MIJN BROER, DE MESSIAS

Toen ik 's avonds lag te lezen, liep Vogel mijn kamer binnen en kwam bij me in bed liggen. Hij was elfenhalf en klein voor zijn leeftijd. Hij drukte zijn kleine koude voetjes tegen mijn been. 'Vertel eens wat over pappa,' fluisterde hij. 'Je bent vergeten je teennagels te knippen,' zei ik. Met de bal van zijn voeten maakte hij knedende bewegingen op mijn kuit. 'Toe nou,' zei hij smekend. Ik probeerde na te denken en omdat ik me niets kon herinneren wat ik hem al niet honderd keer eerder had verteld, verzon ik maar iets. 'Hij hield van rotsen beklimmen. Hij heeft een keer een rots beklommen die wel zestig meter hoog was. Ergens in de Negev, geloof ik.' Vogel blies zijn hete adem in mijn nek. 'Massada?' vroeg hij. 'Zou best kunnen,' zei ik. 'Hij vond het gewoon leuk. Het was een hobby,' zei ik. 'Hield hij van dansen?' vroeg

Vogel. Ik had geen idee of hij van dansen hield, maar ik zei: 'Hij was er dol op. Hij kon zelfs de tango dansen. Dat had hij in Buenos Aires geleerd. Hij en mamma waren altijd aan het dansen. Hij schoof de salontafel tegen de muur en gebruikte de hele kamer. Hij tilde haar op en liet haar zakken en zong in haar oor.' 'Was ik daarbij?' 'Ja hoor,' zei ik. 'Hij gooide je altijd in de lucht en ving je weer op.' 'Hoe wist hij dat hij me niet zou laten vallen?' 'Dat wist hij gewoon.' 'Hoe noemde hij me?' 'Van alles. Maatje, Kleine Vent, Jan Klaassen.' Ik lag gewoon maar wat te verzinnen. Vogel leek niet onder de indruk. 'Judas de Maccabeeër,' zei ik. 'Gewoon Maccabeeër. Mac.' 'En hoe noemde hij me het méést?' 'Emanuel volgens mij.' Ik deed alsof ik nadacht. 'Nee, wacht. Het was Manny. Hij noemde je altijd Manny.' 'Mánny,' zei Vogel om het uit te proberen. Hij kroop dichter tegen me aan. 'Ik wil je een geheim vertellen,' fluisterde hij. 'Omdat je jarig bent.' 'Wat dan?' 'Eerst moet je beloven dat je me gelooft.' 'Oké.' 'Zeg "Ik beloof het".' 'Ik beloof het.' Hij haalde diep adem. 'Ik denk dat ik misschien een *lamedwovnik* ben.' 'Een wat?' 'Een van de *lamedwovniks*,' fluisterde hij. 'De zesendertig heilige mensen.' 'Wélke zesendertig heilige mensen?' 'De zesendertig rechtvaardigen van wie het voortbestaan van de wereld afhangt.' 'O, díé. Doe niet zo –' 'Je hebt het beloofd,' zei Vogel. Ik zweeg. 'Het zijn er altijd zesendertig,' fluisterde hij. 'Niemand weet wie het zijn. Alleen hun gebeden dringen door tot Gods oor. Dat zegt meneer Goldstein.' 'En jij denkt dat je er misschien een van bent,' zei ik. 'Wat zegt meneer Goldstein nog meer?' 'Hij zegt dat als de Messias komt, hij dan een van de *lamedwovniks* zal zijn. In elke generatie is er iemand die het in zich heeft om de Messias te worden. Misschien maakt hij het waar, misschien ook niet. Misschien is de wereld klaar voor hem of misschien ook niet. Dat is alles.' Ik lag in het donker te bedenken wat ik het beste kon zeggen. Ik begon buikpijn te krijgen.

26 DE TOESTAND WAS OP HET RANDJE VAN KRITIEK

De zaterdag daarna stopte ik *Het leven zoals we het niet kennen* in mijn rugzak en ging met de metro naar Columbia University. Ik zwierf drie kwartier rond over de campus totdat ik het kantoor van Eldridge had gevonden, in het gebouw van de geowetenschappen. Toen ik daar aankwam zei de secretaris, die een afhaalmaaltijd zat te eten, dat dr. Eldridge er niet was. Ik zei dat ik wel zou wachten en hij zei dat ik misschien maar een ander keertje moest terugkomen, omdat dr. Eldridge er pas over een paar uur weer zou zijn. Ik zei tegen hem dat ik dat niet erg vond. Hij ging verder met eten. Onder het wachten las ik een heel nummer van *Fossil Magazine*. Toen vroeg ik de secretaris, die hardop zat te lachen om iets op zijn computer, of hij dacht dat dr. Eldridge gauw terug zou zijn. Hij hield op met lachen en keek me aan alsof ik zojuist het belangrijkste ogenblik van zijn leven had verpest. Ik ging weer zitten en las een heel nummer van *The Paleontologist Today*.

Ik kreeg honger en liep daarom de gang op om iets lekkers uit de automaat te trekken. Daarna viel ik in slaap. Toen ik wakker werd was de secretaris weg. De deur van de werkkamer van dr. Eldridge stond open en er was licht aan. Binnen stond een heel oude man met wit haar naast een dossierkast onder een aanplakbiljet waarop stond: DERHALVE, ZONDER OUDERS, DOOR SPONTANE GEBOORTE, ONTSTAAN DE EERSTE SPIKKELS TOT LEVEN GEWEKTE AARDE – *ERASMUS DARWIN*.

'Nou, ik had eerlijk gezegd nog niet bij die mogelijkheid stilgestaan,' zei de oude man in de telefoon. 'Ik betwijfel of hij zelfs maar zou willen solliciteren. Hoe dan ook, ik denk dat we onze man al hebben. Ik zal eerst met de vakgroep moeten praten, maar dat het er goed uitziet valt niet te ontkennen.' Hij zag me in de deuropening staan en maakte een gebaar dat hij zo klaar was. Ik wilde net zeggen dat het niet gaf, dat ik op dr. Eldridge stond te wachten, maar hij draaide zich om en tuurde uit het raam. 'Mooi. Fijn dat ik het hoor. Zeg, ik moet ervandoor. Afgesproken. Het beste dan. Ja, dag.' Hij keerde zich naar me om. 'Het spijt me ontzettend,' zei hij. 'Waar kan ik je mee helpen?' Ik krabde aan mijn arm en zag het vuil onder mijn nagels. 'U bent toch niet dr. Eldridge, hè?' vroeg ik. 'Jawel,' zei hij. Mijn hart zonk in mijn schoenen. Er moest dertig jaar zijn verstreken sinds de foto op het boek was genomen. Ik hoefde niet erg lang na te denken om te weten dat hij me niet kon helpen met de zaak waarvoor ik was gekomen, want zelfs al verdiende hij een Nobelprijs omdat hij de grootste levende paleontoloog was, hij verdiende er ook een omdat hij de oudste was.

Ik wist niet wat ik moest zeggen. 'Ik heb uw boek gelezen,' wist ik uit te brengen, 'en ik zit erover te denken om paleontoloog te worden.' Hij zei: 'Nou, dan hoef je niet zo teleurgesteld te klinken.'

27 IETS WAT IK NOOIT ZAL DOEN ALS IK EENMAAL GROOT BEN

Is verliefd worden, mijn studie niet afmaken, leren leven op water en brood, een soort naar me laten vernoemen en mijn leven verknallen. Toen ik klein was, kreeg mijn moeder altijd een bepaalde blik in haar ogen en dan zei ze: 'Op een dag word je verliefd op iemand.' Ik wilde zeggen, maar zei nooit: in geen duizend jaar.

De enige jongen die ik ooit heb gekust was Misja Shklovsky. Hij had het van zijn nichtje geleerd in Rusland, waar hij woonde voordat hij naar Brooklyn verhuisde, en hij leerde het mij. 'Iets minder tong,' zei hij alleen maar.

28 ER ZIJN WEL HONDERD DINGEN WAARDOOR JE LEVEN KAN VERANDEREN, EEN BRIEF IS ER EEN VAN

Er gingen vijf maanden voorbij en ik had al bijna opgegeven dat ik iemand zou vinden om mijn moeder gelukkig te maken. Toen gebeurde het: half februari kwam er een brief, getypt op blauw luchtpostpapier, met het poststempel van Venetië, doorgestuurd naar mijn moeder door haar uitgever. Vogel zag hem als eerste en ging ermee naar mamma om te vragen of hij de postzegels mocht hebben. We waren met z'n allen in de keuken. Ze maakte hem open en las hem staande. Toen las ze hem nog een keer, zittend. 'Dat is toch onvoorstelbaar,' zei ze. 'Wat?' vroeg ik. 'Ik heb een brief van iemand gekregen over *De geschiedenis van de liefde*. Het boek waar pappa

en ik je naar vernoemd hebben.' Ze las de brief hardop aan ons
voor.

Geachte mevrouw Singer,
Ik heb net uw vertaling van de gedichten van Nicanor Parra uit, een
dichter die, zoals u zegt, 'op zijn revers een Russisch astronautje droeg
en altijd rondliep met de brieven van een vrouw die hem voor een ander verliet'. De bundel ligt hier naast me op tafel in mijn kamer in een
pensione met uitzicht over het Canal Grande. Ik weet niet wat ik erover
moet zeggen, behalve dat ik erdoor werd aangegrepen op een manier
waarop een mens elke keer aangegrepen hoopt te worden wanneer hij
aan een boek begint. Wat ik bedoel is dat ik erdoor ben veranderd, op
een manier die ik bijna onmogelijk zou vinden om te beschrijven.
Maar daar zal ik verder niet op ingaan. Het feit is dat ik u niet schrijf
om u te bedanken, maar om u een verzoek te doen, een misschien wat
ongewoon verzoek. In uw inleiding hebt u het terloops over een weinig
bekende schrijver, Zvi Litvinoff, die in 1941 uit Polen naar Chili is ont-
komen en wiens enige gepubliceerde werk, geschreven in het Spaans,
De geschiedenis van de liefde heet. Mijn vraag is: zou u willen overwe-
gen om het te vertalen? Het zou alleen voor persoonlijk gebruik zijn; ik
heb geen enkel voornemen om het te publiceren en de rechten zouden
bij u blijven berusten voor het geval u dat zélf zou willen. Ik zou bereid
zijn om alles te betalen wat in uw ogen een billijke vergoeding voor het
werk is. Ik vind dat soort dingen altijd lastig. Zouden we kunnen zeggen $100.000? Daar. Laat het me alstublieft weten als u dat te weinig
vindt.

Ik probeer me een voorstelling te maken van uw reactie tijdens het
lezen van deze brief – die eerst een weekje of twee in deze lagune zal
hebben doorgebracht en daarna nog een maandje de chaos van de Ita-
liaanse posterijen zal hebben doorlopen voordat hij ten slotte de At-
lantische Oceaan oversteekt en belandt bij de Amerikaanse posterijen,
die hem in een zak zal hebben overgeheveld zodat hij op een wagen-
tje kan worden voortgeduwd door een postbode die door regen of
sneeuw zal zijn gebaggerd om hem bij u in de brievenbus te kunnen
stoppen, waar hij op de vloer zal zijn gevallen en ligt te wachten tot u

hem vindt. En nu ik me daar een voorstelling van heb gemaakt, ben ik op het ergste voorbereid, namelijk dat u me aanziet voor een soort gek. Maar misschien kan het ook anders. Als ik u alleen maar vertel dat iemand me ooit, een hele tijd geleden, vlak voordat ik in slaap viel, een paar bladzijden heeft voorgelezen uit een boek met dezelfde titel die door u in uw inleiding wordt genoemd en dat ik die nacht of die bladzijden na al die jaren nog steeds niet ben vergeten, misschien dat u het dan zou begrijpen.

Ik zou het erg prettig vinden als u uw reactie hierheen kunt sturen, naar hetzelfde adres. In het geval ik al mocht zijn vertrokken als uw brief aankomt, zal de conciërge hem naar me doorsturen.

In gretige afwachting,
Jacob Marcus

Potverdikke! dacht ik. Wat een meevaller, ik kon het nauwelijks geloven en dacht erover Jacob Marcus zelf terug te schrijven, zogenaamd om toe te lichten dat het laatste zuidelijke stuk van de postroute naar Zuid-Amerika in 1929 door Saint-Exupéry was ingesteld, helemaal naar de uiterste punt van het werelddeel. Jacob Marcus leek grote belangstelling voor postbezorging te hebben en verder had mijn moeder ooit gewezen op het feit dat het deels aan de moed van Saint-Exupéry te danken was dat Zvi Litvinoff, de auteur van *De geschiedenis van de liefde*, naderhand de laatste brieven van zijn familie en vrienden uit Polen had kunnen ontvangen. Aan het eind van die brief zou ik laten doorschemeren dat mijn moeder ongetrouwd was. Maar ik bedacht me, voor het geval ze er op een of andere manier achter kwam en verpestte wat zo goed was begonnen, zonder andermans bemoeizucht. Honderdduizend dollar was een smak geld. Maar ik wist dat mijn moeder altijd op het voorstel van Jacob Marcus zou zijn ingegaan, ook al had hij vrijwel niets willen betalen.

'Eva mag de eerste vrouw zijn geweest, maar het eerste meisje zal altijd Alma zijn,' vertelde ze dan, met het Spaanse boek open op haar schoot, terwijl ik in bed lag. Dat was op mijn vierde of vijfde, voordat pappa ziek werd en het boek ergens op een plank werd weggezet. 'Misschien was je tien, de eerste keer dat je haar zag. Stond ze in de zon aan haar been te krabben. Of met een stok letters in het zand te tekenen. Trok er iemand aan haar haar. Of trok zij aan iemands haar. Enerzijds werd je door haar aangetrokken en anderzijds verzette je je – wilde je op je fiets wegrijden, een steen wegschoppen, ongecompliceerd blijven. In een en dezelfde adem voelde je de kracht van een man en een zelfmedelijden waardoor je je klein en gekwetst voelde. Enerzijds dacht je: *kijk alsjeblieft niet naar me. Als je het niet doet, kan ik me nog omdraaien.* En anderzijds dacht je: *kijk naar me.*

Als je je herinnert wanneer je Alma voor het eerst hebt gezien, herinner je je ook de laatste keer. Ze schudde haar hoofd. Of verdween over een wei. Of achter je raam. *Kom terug, Alma!* schreeuwde je. *Kom terug!*

Maar dat deed ze niet.

En hoewel je toen al volwassen was, had je hetzelfde verloren gevoel als een kind. En hoewel je trots geknakt was, voelde je je even onmetelijk als je liefde voor haar. Ze was weg en alles wat er resteerde was de ruimte waar je om haar heen was gegroeid, als een boom die om een schutting heen groeit.

Een hele tijd bleef die ruimte hol. Misschien wel jaren. En toen ze eindelijk weer gevuld was, wist je dat de nieuwe liefde die je voor een vrouw voelde zonder Alma onmogelijk zou zijn geweest. Als zij er niet was geweest, zou er nooit een lege ruimte zijn geweest, noch de behoefte om die ruimte te vullen.

Natuurlijk zijn er bepaalde gevallen waarin de jongen in kwestie koppig en luidkeels om Alma blijft schreeuwen. In hongerstaking gaat. Smeekt. Een boek volschrijft met zijn liefde. Net zo lang doorgaat totdat er niets anders voor haar op zit dan terug te komen. Telkens als zij probeert weg te gaan, wetende dat dat moet gebeuren, houdt de jongen haar tegen, soebattend als een idioot. En daarom komt ze altijd terug, ongeacht hoe vaak ze weggaat of hoe ver ze weggaat; ze verschijnt geluidloos achter hem en legt haar handen voor zijn ogen en bederft voor hem iedereen die ooit na haar zou kunnen komen.'

30 DE ITALIAANSE POST DOET ER ZO LANG OVER DAT ER DINGEN VERLOREN GAAN EN MENSENLEVENS VOORGOED KAPOT WORDEN GEMAAKT

Het moet weer een paar weken hebben geduurd voordat het antwoord van mijn moeder in Venetië aankwam, en op dat moment was Jacob Marcus hoogstwaarschijnlijk al vertrokken en had hij opdracht gegeven om hem zijn post na te sturen. Aanvankelijk stelde ik me hem voor als heel lang en mager, met een chronische hoest, iemand die de paar woorden Italiaans die hij kende uitsprak met een verschrikkelijk accent, een van die trieste mensen die nooit ergens thuis zijn. Vogel zag hem als een John Travolta in een Lamborghini met een koffer vol geld. Als mijn moeder zich een voorstelling van hem maakte, zei ze daar niets over.

Maar zijn tweede brief kwam eind maart, zes weken na zijn eerste, afgestempeld in New York en met de hand geschreven op de achterkant van een oude zwart-witansicht van een Zeppelin. De manier waarop ik hem zag ontwikkelde zich tot iets anders. In plaats van een hoest gaf ik hem een wandelstok, waarmee hij liep sinds het auto-ongeluk dat hij als twintiger had gehad, en ik besloot dat zijn triestheid voortvloeide uit het feit dat hij als kind te veel alleen was gelaten door zijn ouders, die vervolgens dood waren gegaan en hem al hun geld hadden nagelaten. Achter op die ansicht schreef hij:

Geachte mevrouw Singer,
Ik was erg blij antwoord van u te krijgen en te vernemen dat u aan de vertaling kunt beginnen. Laat me alstublieft weten wat uw banknum-

mer is, dan zal ik meteen telegrafisch de eerste $25.000 overmaken. Zou u het erg vinden om me het boek in porties van een kwart toe te zenden, gaandeweg de vertaling? Neem me mijn ongeduld niet kwalijk en schrijf die maar toe aan mijn opgewonden verwachting dat ik nu Litvinoffs boek, en dat van u, te lezen krijg. En tevens aan het feit dat ik graag post ontvang en het liefst zo lang mogelijk geniet van een ervaring waarvan ik verwacht dat ze me diep zal ontroeren.

Hoogachtend,
J.M.

31 ELKE ISRAËLIET HOUDT DE EER VAN ZIJN GEHELE VOLK IN ZIJN HANDEN

Het geld arriveerde een week later. Om het te vieren nam mijn moeder ons mee naar een ondertitelde Franse film over twee meisjes die van huis weglopen. Op drie andere mensen na was de bioscoop leeg. Een van hen was de ouvreuse. Vogel had zijn chocoladekaramels al tijdens de begincredits opgegeten en stormde in een suikerroes heen en weer door het gangpad totdat hij in slaap viel op de voorste rij.

Niet lang daarna, in de eerste week van april, klom hij op het dak van het gebouw waar hij joodse les had, en verstuikte zijn pols bij een val. Om zichzelf op te beuren zette hij een klaptafeltje uit voor ons huis en schilderde een bordje waarop stond: VERSE LIMO(NADE) 50 CENT ZELF INSCHENKEN AUB (VERSTUIKTE POLS). Weer of geen weer zat hij buiten met zijn kan limonade en een schoenendoos om het geld in te ontvangen. Toen hij de klantenkring bij ons in de straat had uitgeput, ging hij een eind verderop staan, voor een onbebouwd stuk grond. Na verloop van tijd zat hij daar steeds vaker. Bij weinig klandizie liet hij het klaptafeltje aan zijn lot over en vermaakte zich door over het terrein rond te zwerven. Elke keer dat ik erlangs kwam had hij iets gedaan om de boel op te knappen: hij had het doorgeroeste hek naar de kant gesleept, het onkruid weggehaald of een vuilniszak met afval gevuld. Wanneer het donker werd kwam hij met geschramde benen thuis, zijn *kipa* scheef op zijn hoofd. 'Wat een troep,' zei hij dan. Maar als ik vroeg wat hij daar van plan was, haalde hij alleen maar zijn schouders op. 'Een stuk grond is van iedereen die er gebruik van kan maken,' zei hij tegen me. 'O, bedankt, meneer Dali Lamedwovnik. Heb je dat van meneer Goldstein gehoord?' 'Nee.' 'Nou, wat voor bijzonder gebruik maak jij er dan van?' riep ik hem achterna. In plaats van antwoord te geven liep hij naar het deurkozijn, stak zijn arm omhoog om iets aan te raken, kuste zijn hand en liep de trap op. Het was een plastic mezoeza; hij had ze in huis aan elke deurlijst bevestigd. Er zat er zelfs een op de deur van de badkamer.

De volgende dag vond ik het derde deel van *Overleven in de wildernis* in Vogels kamer. Boven aan elke bladzijde had hij met viltstift Gods naam gekrabbeld. 'WAT HEB JE MET MIJN SCHRIFT GEDAAN?' schreeuwde ik. Hij zweeg. 'JE HEBT HET VERPEST.' 'Nee hoor, nietes. Ik ben er heel voorzichtig –' 'Voorzichtig? Voorzíchtig? Wie heeft jou gezegd dat je er zelfs maar mocht áánkomen? Heb je nooit van het woord PRIVÉ gehoord?' Vogel keek naar het schrift in mijn hand. 'Wanneer ga je je eindelijk eens normaal gedragen?' 'Wat is daarbeneden aan de hand?' riep mamma van boven aan de trap. 'Niets!' zeiden we samen. Even later hoorde we haar naar haar werkkamer teruggaan. Vogel legde zijn arm voor zijn gezicht en begon in zijn neus te peuteren. 'Verdorie, Vogel,' siste ik zachtjes. 'Probeer dan in elk geval normaal te doen. Je moet het in elk geval probéren.'

32 TWEE MAANDEN LANG KWAM MIJN MOEDER NAUWELIJKS DE DEUR UIT

Toen ik in de laatste week voor de zomervakantie 's middags thuiskwam van school, zat mijn moeder in de keuken met een pakketje voor Jacob Marcus in haar handen. Er stond een adres in Connecticut op. Ze was klaar met de vertaling van het eerste kwart van *De geschiedenis van de liefde* en vroeg of ik het naar het postkantoor wilde brengen. 'Ja hoor,' zei ik en stak het onder mijn arm. Maar eerst liep ik naar het park en wrikte daar mijn duimnagel onder de afsluiting. Bovenop lag een brief, van één zin, geschreven in het piepkleine Engelse handschrift van mijn moeder:

Beste meneer Marcus,
Ik hoop dat deze hoofdstukken aan al uw verwachtingen beantwoorden; mocht dat niet zo zijn, dan ligt dat geheel aan mij.

Hoogachtend,
Charlotte Singer

De moed zonk me in de schoenen. Eenentwintig saaie woorden zonder een zweempje romantiek! Ik wist dat ik het op de post zou moeten doen, dat het niet mijn taak was, dat het niet eerlijk is je met andermans zaken te bemoeien. Maar ja, er is zoveel niet eerlijk.

33 *DE GESCHIEDENIS VAN DE LIEFDE*, HOOFDSTUK 10

In het glazen tijdperk geloofde iedereen dat hij of zij een bepaald lichaamsdeel had dat uiterst breekbaar was. Voor sommigen was het een hand, voor anderen een dijbeen en weer anderen geloofden dat hun neus van glas was. Het glazen tijdperk volgde op het stenen tijdperk als evolutionaire correctie die in de menselijke betrekkingen een nieuw besef van breekbaarheid introduceerde dat als voedingsbodem fungeerde voor het mededogen. Deze periode duurde een betrekkelijk korte periode in de geschiedenis van de liefde – ongeveer een eeuw – totdat een dokter die Ignacio da Silva heette een behandeling ontdekte waarbij mensen werd gevraagd op een divan te gaan liggen en hij ze vervolgens als bewijs van de waarheid een verkwikkende klap op het desbetreffende lichaamsdeel gaf. De anatomische illusie die zo echt had geleken trok langzaam weg en werd – net als zoveel dat we niet langer nodig hebben, maar waarvan we geen afstand kunnen doen – rudimentair. Maar zo nu en dan, om redenen die niet altijd te begrijpen zijn, komt zij toch weer bovendrijven, hetgeen erop wijst dat het glazen tijdperk net als het stille tijdperk nooit helemaal is geëindigd.

Neem bijvoorbeeld de man die daar op straat loopt. Hij zou je niet hoeven opvallen, hij is niet het soort man dat er meteen uitspringt; alles aan zijn kleren en zijn gedrag vraagt erom onopvallend te mogen blijven. Normaal gesproken – dat zou hij je zelf ook vertellen – zal geen mens hem zien staan. Hij heeft niets bij zich. Althans, hij lijkt niets bij zich te hebben, zelfs geen paraplu, hoewel het dreigt te gaan regenen, of een aktetas, hoewel het spitsuur is en overal om hem heen mensen voorovergebogen tegen de wind op weg zijn naar hun warme huis aan de rand van de stad, waar hun kinderen zich aan de keukentafel over hun huiswerk buigen, omgeven door de geur van het avondeten, en met waarschijnlijk ook een hond, want in dat soort huizen heb je altijd een hond.

In de tijd dat deze jonge man nog jong was besloot hij op een avond naar een feestje te gaan. Daar liep hij een meisje tegen het lijf bij wie hij sinds de lagere school altijd in de klas had gezeten, een meisje op wie hij steeds een beetje verliefd was geweest, ook al was hij er zeker van dat ze niet wist dat hij bestond. Ze had de mooiste naam die hij ooit had gehoord: Alma. Toen ze hem bij de deur zag staan lichtte haar gezicht op, en ze kwam door de kamer op hem af om met hem te praten. Hij kon het niet geloven.

Er ging een uur of twee voorbij. Het moet een fijn gesprek zijn geweest, want plotseling zei Alma tegen hem dat hij zijn ogen dicht moest doen. En toen kuste ze hem. Haar kus was een vraag die hij de rest van zijn leven wilde beantwoorden. Hij voelde zijn lichaam trillen. Hij was bang dat hij de beheersing over zijn spieren zou verliezen. Ieder ander had er geen moeite mee gehad, maar voor hem was het minder makkelijk, omdat deze man geloofde – en dat al zo lang als hij zich kon herinneren – dat hij gedeeltelijk van glas was. Hij stelde zich een verkeerde beweging voor waardoor hij aan gruzelementen viel waar zij bij stond. Met tegenzin maakte hij zich van haar los. Hij stond naar Alma's voeten te lachen, in de hoop dat ze het zou begrijpen. Ze spraken uren met elkaar.

Die avond ging hij dol van blijdschap naar huis. Hij kon niet slapen, zo opgewonden was hij voor de volgende dag. Hij en Alma hadden afgesproken naar de film te gaan. Hij ging haar de volgende avond ophalen en gaf haar een bosje gele narcissen. In de bioscoop vocht hij – en triomfeerde hij – over de perikelen die het gaan zitten met zich meebracht. Hij bekeek de hele film voorovergeleund, zodat zijn gewicht op de onderkant van zijn dijen rustte en niet op het lichaamsdeel dat van glas was. Als Alma het al in de gaten had zei ze er niets van. Hij bewoog zijn knie een stukje, en nog een stukje, totdat hij tegen die van haar aan rustte. Hij zweette. Toen de film was afgelopen, had hij geen idee waar hij over was gegaan. Hij stelde voor een eindje door het park te lopen. Deze keer was hij het die bleef staan, Alma in zijn armen nam en haar kuste. Toen zijn knieën begonnen te trillen en hij zichzelf al in scherven op de grond zag liggen, vocht hij tegen de drang om zich los te rukken. Hij ging met zijn vingers over haar blouse langs haar ruggengraat en even vergat hij het gevaar waarin hij zich bevond, dankbaar dat de wereld opzettelijk grenzen aanbrengt, zodat we die kunnen overschrijden, met een gevoel van vreugde dat we dichterbij komen, ook al kunnen we diep in ons hart nooit het droevige feit van ons afzetten dat er onoverkomelijke verschillen tussen ons bestaan. Voordat hij het wist, stond hij heftig te trillen. Hij spande zijn spieren om te proberen daar een eind aan te maken. Alma voelde zijn aarzeling. Ze boog zich naar achteren en keek hem met een zekere gekwetstheid aan, en toen zei hij bijna, maar toch net niet, de twee zinnetjes die hij al jaren van plan was te zeggen: *Ik ben gedeeltelijk van glas*, en ook: *Ik hou van je.*

Hij zag Alma nog een laatste keer. Hij had er geen idee van dat het de laatste keer zou zijn. Hij dacht dat alles juist begon. Hij was de hele middag bezig een ketting van kleine vogeltjes voor haar te maken, gevouwen uit papier en aaneengeregen met een draad. Vlak voordat hij de deur uit ging, griste hij in een opwelling een geborduurd kussentje van zijn moeders bank en stak het achter in zijn broek als beschermende maatregel. Nauwelijks had hij dat gedaan of hij vroeg zich af waarom hij daar niet eerder aan had gedacht.

Nadat hij Alma die avond de ketting had gegeven – hij bond hem voorzichtig om haar hals terwijl zij hem kuste, en hij voelde slechts een lichte trilling, niet eens zo verschrikkelijk, en zij ging met haar vingers langs zijn ruggengraat, heel even wachtend voordat ze haar hand achter in zijn broek liet glijden, waarna ze hem meteen terugtrok terwijl er een blik op haar gezicht verscheen die het midden hield tussen hilariteit en afgrijzen, een blik die hem herinnerde aan een soort pijn die hij nooit niét had gekend – vertelde hij haar de waarheid. Althans, hij probeerde de waarheid te vertellen, maar wat eruit kwam was slechts de halve waarheid. Later, veel later, merkte hij dat hij twee dingen betreurde, die hij niet uit zijn hoofd kon zetten: ten eerste dat hij, op het moment dat ze zich naar achteren boog, bij het licht van de lantaarn zag dat de ketting die hij had gemaakt haar keel had geschramd, en ten tweede dat hij op het belangrijkste moment van zijn leven het verkeerde zinnetje had gekozen.

Een hele tijd zat ik daar de hoofdstukken te lezen die mijn moeder had voltooid. Toen ik het tiende had uitgelezen, wist ik wat me te doen stond.

Ik frommelde het briefje van mijn moeder in elkaar en gooide de prop in de afvalbak. Ik holde naar huis om boven in mijn slaapkamer een nieuwe brief op te stellen aan de man van wie ik geloofde dat hij een verandering bij mijn moeder teweeg kon brengen. Ik werkte er uren aan. Veel later op die avond, toen zij en Vogel al waren gaan slapen, kwam ik uit bed, liep op mijn tenen door de gang en droeg de schrijfmachine van mijn moeder mijn kamer in, de machine die ze nog steeds graag gebruikt voor brieven die bestaan uit meer dan eenentwintig woorden. Ik moest de brief een heleboel keer overtypen voordat het me lukte er een foutloos te krijgen. Ik las hem nog een laatste keer door. Toen ondertekende ik hem met mijn moeders naam en ging slapen.

Neem me niet kwalijk

Vrijwel alles wat er over Zvi Litvinoff bekend is komt uit de inleiding die zijn vrouw schreef voor de heruitgave van *De geschiedenis van de liefde*, een paar jaar na zijn overlijden. De toon van haar proza, teder en zichzelf wegcijferend, wordt gekleurd door de toewijding van iemand die zich al haar hele leven voor andermans werk inzet. Het begint met: *Ik heb Zvi leren kennen in Valparaíso, in het najaar van 1951, kort nadat ik twintig was geworden. Ik had hem al vaak gezien in de cafés aan het water waar ik met mijn vrienden kwam. Hij had zelfs in de warmste maanden een jas aan en zat humeurig naar het uitzicht te staren. Hij was bijna twaalf jaar ouder dan ik, maar hij had iets waardoor ik werd aangetrokken. Ik wist dat hij een vluchteling was omdat ik zijn accent had gehoord, de enkele keer dat er even een bekende van hem, ook uit die andere wereld, bij zijn tafeltje bleef staan. Mijn ouders waren uit Kraków naar Chili geëmigreerd toen ik nog heel jong was, dus voor mij had hij iets vertrouwds dat me ontroerde. Ik zat eindeloos achter mijn ene kop koffie te kijken hoe hij de krant doorlas. Mijn vriendinnen lachten me uit en noemden hem* un viéjon, *en op een dag werd ik door een meisje dat Gracia Stürmer heette uitgedaagd hem aan te spreken.*

En dat deed Rosa. Ze sprak die dag bijna drie uur met hem, terwijl de middag lengde en de koele lucht vanaf het water landinwaarts trok. En Litvinoff zelf – in zijn nopjes met de aandacht van deze jonge vrouw met een bleek gezicht en donker haar, opgetogen dat zij flarden Jiddisch verstond, opeens vervuld van een verlangen waarvan hij niet wist dat hij het al jaren met zich meedroeg – kwam tot leven en hield haar bezig door verhalen te vertellen en uit gedichten te citeren. Die avond ging Rosa duizelig van geluk naar huis. Bij de verwaande, ik-gerichte jongens van de universiteit met hun gepommadeerde haar en hun loze gepraat over filosofie en de paar melodramatische types die haar hun liefde hadden betuigd bij de aanblik van haar naakte lichaam zat er niet één met nog maar half zoveel levenservaring als Litvinoff. De volgende middag, na haar colleges, haastte Rosa zich terug naar het café. Litvinoff zat er op haar te wachten, en opnieuw praatten ze urenlang opgewonden met elkaar: over het geluid van de cello, stomme films en de herinneringen die voor hen aan de geur van zout water kleefden. Dit ging zo twee weken door. Ze hadden heel veel gemeenschappelijk, maar tussen hen hing een donker en zwaar verschil waardoor Rosa nog dichter naar hem werd toegetrokken, omdat ze probeerde er greep op te krijgen, al was het maar een heel klein beetje. Maar Litvinoff sprak zelden over zijn verleden en alles wat hij was kwijtgeraakt. En niet één keer vertelde hij waarmee hij tegenwoordig bezig was, 's avonds aan de oude tekentafel in de kamer waar hij woonde, het boek dat zijn meesterwerk zou worden. Het enige wat hij vertelde was dat hij les gaf op een joodse school, in deeltijd. Rosa kon zich de man die tegenover haar zat – donker als een kraai vanwege zijn jas, met iets van de plechtstatigheid van een oude foto – heel moeilijk voorstellen in een klaslokaal vol lachende, door elkaar krioelende kinderen. *Pas twee maanden later*, zo schrijft Rosa, *tijdens de eerste momenten van treurigheid, die ongemerkt door het open raam naar binnen leken te glijden, als inbreuk op de verheven sfeer die bij het begin van liefde hoort, las Litvinoff me de eerste bladzijden van de* Geschiedenis *voor.*

Ze waren geschreven in het Jiddisch. Later, met behulp van Rosa, zou Litvinoff ze in het Spaans vertalen. Het oorspronkelijke Jiddische, handgeschreven manuscript ging verloren toen de Litvinoffs een tijdje weg waren, naar de bergen, en hun huis door een overstroming onder water kwam te staan. Er resteert slechts één, door Rosa geredde bladzijde, die ronddreef op het oppervlak van roerloos water dat in Litvinoffs werkkamer de hoogte van zestig centimeter had bereikt. *Op de bodem zag ik opeens de gouden dop van de pen die hij altijd in zijn borstzak had*, schrijft ze, *en ik moest mijn arm tot aan de schouder in het water steken om erbij te kunnen*. De inkt was doorgelopen, en op sommige plaatsen was het handschrift onleesbaar. Maar de naam die hij haar in het boek had gegeven, de naam die aan iedere vrouw in de *Geschiedenis* toebehoorde, stond nog steeds in Litvinoffs schuine handschrift onderaan op de bladzijde.

Anders dan haar man was Rosa Litvinoff geen schrijver en toch wordt de inleiding gestuurd door een natuurlijke intelligentie en overal bijna intuïtief beschaduwd met pauzes, suggesties en ellipsen waarvan het algehele effect een soort halflicht is waarop de lezer zijn of haar eigen verbeelding kan projecteren. Ze beschrijft het open raam en de manier waarop Litvinoffs stem trilde van emotie toen hij haar uit het begin voorlas, maar vertelt niets over de kamer zelf – waarvan we maar aannemen dat het Litvinoffs kamer moet zijn geweest, met in de hoek de tekentafel die ooit aan de zoon van zijn hospita had toebehoord en waarop in een hoek de woorden van het belangrijkste van alle joodse gebeden gekerfd stonden, *Sjema Jisrael Adonai elohenoe Adonai echad*, zodat Litvinoff elke keer dat hij achter het schuin aflopende blad ging zitten schrijven bewust of onbewust een gebed opzei –, niets over het smalle bed waarin hij sliep of over de sokken die hij de vorige avond had gewassen en uitgewrongen en die nu als twee uitgeputte dieren over een stoelrug hingen, niets over de ene, ingelijste foto, die met de voorkant naar het afbladderende behang toe gedraaid stond (een foto die Rosa moet hebben bekeken toen Litvinoff even op de gang naar de wc was), van een jongen en een meisje die met hun armen stijfjes langs hun zij stonden, hand in hand, hun knieën bloot, ter plekke tot stilstand gekomen, terwijl buiten, gezien door het raam in de andere hoek van de lijst, de middag zich langzaam van hen verwijderde. En ofschoon Rosa beschrijft hoe ze na verloop van tijd met haar donkere kraai trouwde, hoe haar vader overleed en het grote huis van haar jeugd, met zijn zoetgeurende tuinen, werd verkocht en ze op een of andere manier geld hadden, hoe ze een kleine witte bungalow op de rotsen boven het water buiten

Valparaíso kochten en hoe Litvinoff een tijdje zijn schoolbetrekking kon opgeven en 's middags en 's avonds meestal zat te schrijven, vertelt ze niets over Litvinoffs aanhoudende hoestbuien die hem in het holst van de nacht vaak naar buiten joegen, het terras op, waar hij dan over het zwarte water stond uit te staren, niets over zijn lange zwijgperioden of de manier waarop zijn handen soms beefden of hoe ze hem oud zag worden waar ze bij stond, alsof de tijd voor hem sneller verstreek dan voor ieder ander in zijn omgeving.

Wat Litvinoff zelf betreft, we weten alleen maar wat er geschreven staat op de bladzijden van het enige boek dat hij schreef. Hij hield geen dagboek bij en schreef weinig brieven. De brieven die hij wel heeft geschreven zijn verloren geraakt of vernietigd. Afgezien van een paar boodschappenlijstjes en persoonlijke aantekeningen en die ene, door Rosa uit de overstroming geredde bladzijde van het Jiddische manuscript is er, voor zover bekend, slechts één brief overgebleven, een ansichtkaart uit 1964, geadresseerd aan een neef in Londen. In die tijd was de *Geschiedenis* al in een bescheiden oplaag van een paar duizend exemplaren gepubliceerd en gaf Litvinoff weer les, dit keer – als blijk van waardering voor het feit dat hij onlangs iets had gepubliceerd – literatuurcollege aan de universiteit. De ansichtkaart is te bezichtigen in een met sleets blauw fluweel beklede vitrine in het stoffige historisch museum van de stad, dat vrijwel altijd gesloten is als iemand op het idee komt het te bezoeken. Achterop staat eenvoudig:

Beste Boris,

Ik vond het heel fijn om te horen dat je geslaagd was voor je examens. Je moeder, moge haar herinnering een zegen zijn, zou ontzettend trots zijn. Een heuse dokter! Je zult het nu drukker krijgen dan ooit, maar als je wilt komen logeren, er is altijd een kamer vrij. Kom maar zo lang je wilt. Tante Rosa kan lekker koken. Dan kun je aan het strand zitten en er een echte vakantie van maken. Hoe staat het met de meisjes? Zomaar een vraagje. Daar mag je het nooit te druk voor hebben. Gefeliciteerd en hartelijke groeten.

je oom Zvi

De voorkant van de ansichtkaart, een met de hand ingekleurde foto van de zee, hangt als reproductie op het wandpaneel, met als bijschrift: *Zvi Litvinoff, auteur van* De geschiedenis van de liefde, *werd geboren in Polen en woonde zevenendertig jaar in Valparaíso, tot aan zijn dood in 1978. Deze ansicht werd geschreven aan Boris Perlstein, de zoon van zijn oudste zuster.* In kleinere letters, links onderaan gedrukt, staat: *Geschonken door Rosa Litvinoff.* Wat er niet bij staat is dat Miriam, zijn zuster, door een nazi-officier door het hoofd werd geschoten in het getto van Warschau of dat Litvinoff afgezien van Boris, die middels een kindertransport ontsnapte en de resterende oorlogsjaren – zijn jeugd dus – in een weeshuis in Surrey doorbracht, en later Boris' kinderen, die soms de vertwijfeling en de angst waarmee hun vaders liefde gepaard ging als verstikkend ondergingen, geen andere overlevende familieleden had. Er staat ook niet bij dat de ansicht nooit is verstuurd, maar iedere oplettende kijker kan zien dat de postzegel ongestempeld is.

Wat er níét over Zvi Litvinoff bekend is, is eindeloos. Zo is bijvoorbeeld niet bekend dat hij in het najaar van 1954 tijdens zijn eerste en laatste reis naar New York – waar Rosa per se heen wilde om er zijn manuscript aan een aantal uitgeverijen voor te leggen – in een druk warenhuis net deed alsof hij zijn vrouw was kwijtgeraakt, naar buiten slenterde, de straat overstak en knipperend in het zonlicht in Central Park bleef staan. Dat hij, terwijl zij tussen de vitrines met panty's en leren handschoenen naar hem zocht, door een iepenlaan liep. Dat hij, toen Rosa eenmaal een bedrijfsleider had gevonden en er een mededeling door de luidspreker werd gedaan – *de heer Litvinoff, oproep voor de heer Litvinoff, wilt u zich alstublieft bij uw vrouw vervoegen op de afdeling damesschoeisel* – bij een vijver was aangekomen en daar naar een bootje keek dat door een jong stelletje werd voortgeroeid en afdreef naar het riet waarachter hij stond en dat het meisje, in de veronderstelling dat niemand haar zag, haar blouse losknoopte en er twee witte borsten zichtbaar werden. Dat Litvinoff bij de aanblik van deze borsten was vervuld van een verzengend gevoel van spijt en dat hij zich door het park had teruggehaast naar het warenhuis, waar hij Rosa – met rood aangelopen gezicht en vochtige nekhaartjes – aantrof in gesprek met een tweetal politieagenten. Dat ze vervolgens haar armen om hem heen sloeg, tegen hem zei dat hij haar halfdood had laten schrikken en hem vroeg waar hij in hemelsnaam had gezeten, waarop Litvinoff antwoordde dat hij naar de wc was geweest en zich per ongeluk in het hokje had opgesloten. Dat de Litvinoffs later, in een hotelbar, een afspraak hadden met de ene redacteur die hen wél had willen ontmoeten, een nerveuze man met een mager lachje en vingers vol nicotinevlekken, die hun meedeelde dat hij het boek ondanks het feit dat hij het erg goed vond niet kon uitgeven omdat niemand het zou kopen. Als blijk van zijn waardering gaf hij hun een boek cadeau dat net door zijn uitgeverij was uitgebracht. Na een uur verontschuldigde hij zich met de woorden dat hij naar een etentje moest, haastte zich de deur uit en liet de rekening aan de Litvinoffs over.

Nadat Rosa die nacht in slaap was gevallen, sloot Litvinoff zich echt op in de badkamer. Hij deed dat vrijwel elke nacht omdat hij het gênant vond dat zijn vrouw zijn grote boodschap zou moeten ruiken. Terwijl hij op de wc zat, las hij de eerste bladzijde van het boek dat ze van die redacteur hadden gekregen. Ook huilde hij.

Het is niet bekend dat de pioen Litvinoffs favoriete bloem was. Dat het vraagteken zijn favoriete leesteken was. Dat hij verschrikkelijke dromen had en alleen in slaap viel – áls het hem al lukte in slaap te vallen – met een glas warme melk. Dat hij zich vaak zijn eigen dood voorstelde. Dat hij dacht dat de vrouw die van hem hield daar geen gelijk in had. Dat hij platvoeten had. Dat de aardappel zijn favoriete kost was. Dat hij zichzelf graag als filosoof beschouwde. Dat hij alle dingen in twijfel trok, zelfs de meest eenvoudige, tot in het extreme toe. Wanneer Litvinoff bijvoorbeeld iemand tegenkwam die zijn hoed afnam en 'goedendag' zei, bleef hij vaak zó lang zwijgen om het bewijsmateriaal af te wegen dat de bewuste persoon al was doorgelopen op het moment dat hij een antwoord had vastgesteld, zodat hij in zijn eentje op straat bleef staan. Deze dingen waren in vergetelheid geraakt, zoals zoveel andere dingen over zovelen die geboren worden en overlijden zonder dat iemand ooit de tijd neemt om het allemaal op te schrijven. Dat Litvinoff een zo toegewijde vrouw had is eerlijk gezegd de enige reden dat iemand überhaupt iets over hem weet.

Een paar maanden nadat het boek was gepubliceerd door een klein uitgeverijtje in Santiago ontving Litvinoff een pakketje met de post. Op het ogenblik dat de postbode aanbelde, zweefde Litvinoffs pen boven een leeg vel papier; zijn ogen waren waterig van openbaringen en vervuld van het gevoel dat hij op het punt stond ergens het wezen van te doorgronden. Maar toen de bel klonk, ging die gedachte verloren en slofte de nu weer normale Litvinoff door de donkere gang om de deur open te doen, en daar stond de postbode in het zonlicht. 'Goedendag,' zei de postbode en overhandigde hem een grote, keurig dichtgeplakte bruine envelop, en Litvinoff hoefde niet lang te wikken en te wegen om tot de conclusie te komen dat de dag, die nog een ogenblik geleden op het randje van veelbelovend was geweest, meer dan waarop hij had kunnen hopen, opeens was veranderd, als de richting van een regenbui aan de horizon. Dit werd nader bevestigd toen Litvinoff het pakketje openmaakte en hij de gezette tekst van *De geschiedenis van de liefde* aantrof, tezamen met het volgende kattebelletje van zijn uitgever: *De hierbij ingesloten afgehandelde stukken zijn niet langer door ons benodigd en worden aan u teruggegeven.* Litvinoff kromp ineen, omdat hij niet wist dat het de gewoonte was om de strokenproeven aan de auteur terug te geven. Hij vroeg zich af of Rosa's mening over het boek hierdoor beïnvloed zou worden. Omdat hij dat niet te weten wilde komen, verbrandde hij het briefje samen met de stukken en bleef toekijken terwijl de brandende resten knetterden en omkrulden in de haard. Toen zijn vrouw terugkwam van het boodschappen doen, de ramen opengooide om licht en frisse lucht naar binnen te laten en vroeg waarom hij op zo'n mooie dag de haard had aangestoken, haalde Litvinoff zijn schouders op en klaagde over een koutje.

Van de tweeduizend oorspronkelijk gedrukte exemplaren van *De geschiedenis van de liefde* werden er sommige gekocht en gelezen, vele gekocht en niet gelezen, andere cadeau gegeven; sommige stonden in etalages te verschieten en als landingsplatform voor vliegen te dienen, andere werden geamendeerd met potlood en een flink aantal werd naar de papiervernietiger gestuurd waar ze tegelijk met andere ongelezen of ongewenste boeken tot pulp werden vermalen en waar hun zinnen in de tollende bladen van de machine werden ontleed en fijngehakt. Terwijl hij uit het raam naar buiten staarde, stelde Litvinoff zich de tweeduizend exemplaren van *De geschiedenis van de liefde* voor als een vlucht van tweeduizend postduiven die hun vleugels konden uitslaan om naar hem terug te keren en verslag uit te brengen over het aantal tranen dat was vergoten, het aantal keren dat er was gelachen, het aantal passages dat was voorgelezen, het aantal keren dat het boek na lezing van amper een bladzijde wreed was dichtgeslagen en het aantal exemplaren dat zelfs nooit was opengeslagen.

Hij kon het niet geweten hebben, maar van de oorspronkelijke oplage van *De geschiedenis van de liefde* (na Litvinoffs overlijden laaide de belangstelling weer op en werd het boek na korte tijd opnieuw gedrukt, nu met Rosa's inleiding) was minstens één exemplaar bestemd om iemands leven te veranderen – het leven van meer dan één iemand. Dit speciale exemplaar werd gedrukt als een van de laatste van die eerste oplaag en lag langer dan de rest vocht op te nemen in een magazijn in een buitenwijk van Santiago. Vandaar werd het ten slotte naar een boekhandel in Buenos Aires gestuurd. De achteloze eigenaar keek er amper naar om en zo stond het een paar jaar weg te kwijnen op de plank en een schimmeldessin op de omslag te kweken. Het was een dun boekje en zijn plaats op de plank was bepaald niet prominent: weggedrukt tussen links een lijvige biografie van een tweederangs actrice en rechts de ooit zeer succesvolle roman van een auteur die sindsdien door iedereen was vergeten, bleef zijn rug vrijwel onzichtbaar, zelfs voor de meest rigoureuze snuffelaar. Toen de winkel van eigenaar veranderde viel het ten prooi aan een grootscheepse opruiming en werd het per vrachtwagen afgevoerd naar een volgend magazijn, vuil en groezelig, wemelend van de langpootmuggen, waar het in de vochtige duisternis bleef liggen voordat het uiteindelijk naar een klein tweedehandszaakje werd verzonden, niet ver van het huis van de schrijver Jorge Luis Borges. Borges was toen al volkomen blind en had geen reden om het boekwinkeltje te bezoeken – hij kon namelijk niet meer lezen en had zijn hele leven al zoveel gelezen, hele lappen Cervantes, Goethe en Shakespeare vanbuiten geleerd, dat hij alleen maar in het duister hoefde te zitten nadenken. Dikwijls zochten bezoekers die van de schrijver Borges hielden zijn adres op om bij hem aan te kloppen, maar wanneer ze binnen werden gelaten, zagen ze daar de lezer Borges, die net zo lang met zijn vingers over de rug van zijn boeken ging tot hij het boek dat hij wilde horen had gevonden, waarna hij het overhandigde aan zijn bezoek, dat geen enkele andere keuze had dan te gaan zitten en het aan hem voor te lezen. Af en toe verliet hij Buenos Aires om op reis te gaan met zijn vriendin, María Kodama, aan wie hij zijn gedachten over het genot van een tochtje in een heteluchtballon of over de schoonheid van de tijger dicteerde. Maar het tweedehandsboekwinkeltje bezocht hij niet, alhoewel hij in de tijd dat hij de eigenares nog kon zien op goede voet met haar had gestaan.

De eigenares nam er de tijd voor om de boeken die ze goedkoop en in het groot van het magazijn had gekocht uit te pakken. Toen ze op een ochtend alle dozen doornam, ontdekte ze het beschimmelde exemplaar van *De geschiedenis van de liefde*. Ze had er nooit over gehoord, maar de titel trok haar aandacht. Ze legde het opzij en toen het een uurtje rustig was in de winkel las ze het eerste hoofdstuk, getiteld 'Het stille tijdperk':

De eerste taal waarover de mens beschikte was een taal van gebaren. Deze taal die uit mensenhanden vloeide had niets primitiefs; alles wat we vandaag de dag zeggen kon ook destijds worden gezegd met de eindeloze reeks bewegingen die mogelijk waren met de fijne botjes van vingers en polsen. De gebaren waren complex en subtiel en vereisten een verfijndheid van bewegingen die sindsdien verloren is gegaan.

Tijdens het Stille tijdperk communiceerden de mensen méér, niet minder. De strijd om het bestaan vereiste dat de handen vrijwel geen stilstand kenden, en daarom was het alleen tijdens hun slaap (en soms zelfs dan niet) dat de mensen niet het een en ander zeiden. Er werd geen onderscheid gemaakt tussen de gebaren van de taal en de gebaren van het leven. De arbeid van het bouwen van een huis, bijvoorbeeld, of het bereiden van een maaltijd, had niet minder uitdrukkingskracht dan het maken van het teken voor *ik hou van je* of *ik ben in een ernstige stemming*. Wanneer iemand schrok van een hard geluid en zijn hand gebruikte om zijn gezicht te beschermen werd er iets gezegd en wanneer iemand zijn vingers gebruikte om op te pakken wat een ander had laten vallen werd er ook iets gezegd, en zelfs wanneer de handen in rust waren wilde ook dat iets zeggen. Uiteraard waren er misverstanden. Het kwam wel eens voor dat er een vinger omhoog werd gebracht om aan een neus te krabben, en als er op dat moment achteloos oogcontact werd gemaakt met een liefdespartner, zou het gemaakte gebaar per ongeluk kunnen worden opgevat als het gebaar voor *Nu besef ik dat mijn liefde voor jou een vergissing was*, dat daar niet zoveel van verschilde. Deze vergissingen waren hartverscheurend. Omdat de mensen echter wisten hoe makkelijk ze konden worden gemaakt en omdat ze niet in de illusie verkeerden dat ze andermans uitspraken volmaakt begrepen, waren ze eraan gewend elkaar in de rede te vallen om te vragen of ze het goed hadden begrepen. Soms waren deze misverstanden zelfs wenselijk, aangezien ze mensen een reden gaven om te zeggen: *Neem me niet kwalijk, ik wou alleen maar aan mijn neus krabben. Natuurlijk weet ik dat ik er altijd goed aan heb gedaan om van je te houden.* Doordat deze vergissingen zo vaak voorkwamen, ontwikkelde het gebaar om excuus te vragen zich tot de meest eenvoudige vorm die denkbaar was. Gewoon je handpalm openen betekende dat je zei: *Neem me niet kwalijk.*

Op één uitzondering na is deze eerste taal vrijwel nergens vastgelegd. Deze uitzondering, waarop alle kennis over dit onderwerp is gebaseerd, bestaat uit een verzameling van negenenzeventig fossiele gebaren, afdrukken van mensenhanden, verstard halverwege een zin en ondergebracht in een klein museum in Buenos Aires. Een ervan behelst het gebaar voor *Soms, als het regent*, een ander voor *Na al die jaren*, een ander voor *Is mijn liefde voor jou een vergissing geweest?* Ze werden in 1903 door een Argentijnse dokter die Antonio Alberto de Biedma heette aangetroffen in een grot in Marokko. Tijdens een trektocht door de Hoge Atlas ontdekte hij de grot waar de negenenzeventig gebaren in het leisteen gedrukt stonden. Hij bestudeerde ze jarenlang zonder er iets van te begrijpen, totdat hij op een dag, toen de dysenterie waaraan hij zou bezwijken hem al koortsig maakte, opeens in staat was de betekenissen van deze verfijnde, in steen opgesloten bewegingen van vuisten en vingers te ontcijferen. Kort daarna werd hij naar een ziekenhuis in Fez overgebracht, en op zijn sterfbed bewogen zijn handen als vogels en vormden ze talloze gebaren die al die jaren een sluimerend bestaan hadden geleid.

Als je handen op grote bijeenkomsten of feesten of in gezelschap van mensen met wie je geen voeling hebt soms onhandig aan de uiteinden van je armen bungelen – als je geen idee hebt wat je ermee moet aanvangen, overweldigd bent door verdriet dat ontstaat wanneer je de vreemdheid van je eigen lichaam inziet – komt dat omdat je handen zich een tijd herinneren waarin de scheiding tussen lichaam en geest, hersens en hart, binnenkant en buitenkant, zoveel minder was. Het is niet zo dat we de taal van gebaren helemaal zijn vergeten. Dat we gewoon zijn onze handen te bewegen tijdens het spreken is er een restant van. Klappen, wijzen, goedkeurend je duim opsteken: allemaal artefacten van heel oude gebaren. Elkaars hand vasthouden is bijvoorbeeld een manier om je te herinneren hoe het aanvoelt om samen niets te zeggen. En 's nachts, als het te donker is om te zien, vinden we het nodig om op elkaars lichaam gebaren te maken, zodat we verstaanbaar worden.

De eigenares van het tweedehandsboekwinkeltje zette de radio zachter. Ze bladerde snel terug naar de achterflap van het boek om iets meer over de auteur aan de weet te komen, maar daar stond alleen dat Zvi Litvinoff was geboren in Polen en in 1941 was verhuisd naar Chili, waar hij ook nu nog woonde. Er stond geen foto bij. Die dag, tussen het helpen van klanten door, las ze het boek uit. Voordat ze de zaak 's avonds afsloot, legde ze het in de etalage, een beetje weemoedig dat ze er afstand van moest doen.

De volgende ochtend vielen de eerste zonnestralen op *De geschiedenis van de liefde*. De eerste van een groot aantal vliegen streek neer op de stofomslag. De beschimmelde bladzijden begonnen uit te drogen in de hitte, terwijl de blauwgrijze Perzische kat die de baas speelde over het winkeltje rakelings langs het boek sloop om een plas zonlicht voor zich op te eisen. Een paar uur later wierp de eerste van vele voorbijgangers er een vluchtige blik op terwijl hij langs de etalage liep.

De eigenares van de winkel deed geen poging het boek aan een van haar klanten op te dringen. Ze wist dat een dergelijk boek in de verkeerde handen makkelijk terzijde kon worden gelegd, of nog erger, ongelezen kon blijven. En daarom liet ze het gewoon rustig liggen, in de hoop dat het door de juiste lezer zou worden ontdekt.

En zo geschiedde. Op een middag zag een lange jongeman het boek in de etalage. Hij kwam de winkel in, pakte het op, las een paar bladzijden en ging ermee naar de kassa. Toen hij de eigenares aansprak kon ze zijn accent niet thuisbrengen. Ze vroeg hem waar hij vandaan kwam, benieuwd naar de persoon die het boek zou meenemen. Uit Israël, zei hij, en hij vertelde dat hij kort geleden zijn diensttijd had voltooid en een paar maanden op rondreis was door Zuid-Amerika. De eigenares wilde het boek al in een tasje stoppen, maar de jongeman zei dat hij geen tasje hoefde en schoof het in zijn rugzak. De winkelbel klingelde nog na terwijl ze hem zag verdwijnen. Zijn sandalen klepperden over de hete, helle straat.

Die avond, hemdloos in een huurkamer, onder een ventilator die lui de hete lucht rondduwde, sloeg de jongeman het boek open en zette er zijn naam in, met een zwierige handtekening waaraan hij al jarenlang schaafde. *David Singer.*

Vervuld van rusteloosheid en verlangen begon hij te lezen.

Een blijvend vermaak

Ik weet niet wat ik verwachtte, maar ik verwachtte iets. Met trillende vingers ging ik elke keer naar beneden om mijn brievenbus open te maken. Ik ging op maandag. Niets. Ik ging op dinsdag en woensdag. Op donderdag lag er ook niets. Tweeënhalve week nadat ik mijn boek op de post had gedaan ging de telefoon. Ik wist zeker dat het mijn zoon was. Ik had zitten dutten in mijn stoel en er lag kwijl op mijn schouder. Ik vloog overeind om op te nemen. JA MET GURSKY. Maar. Het was alleen maar de docent van de tekencursus, die zei dat ze mensen zocht voor een project dat ze ergens in een galerie ging doen en dat ze daarbij aan mij dacht, vanwege mijn dwingende aanwezigheid, zoals ze het omschreef. Natuurlijk voelde ik me gevleid. Op elk ander moment zou het reden genoeg zijn geweest om me te buiten te gaan aan een schaal krabbetjes. En toch. *Wat voor project?* vroeg ik. Ze zei dat ik alleen maar naakt op een metalen kruk hoefde te gaan zitten, midden in een vertrek, om vervolgens, als ik er zin in had en daar hoopte ze dan op, mijn lichaam in een vat met koosjer runderbloed te laten zakken en over de bijgeleverde grote witte vellen papier te rollen.

Ik mag dan gek zijn, maar wanhopig ben ik niet. Er zijn grenzen, dus ik bedankte haar hartelijk voor haar aanbod maar zei dat ik het moest afslaan omdat ik al op de lijst stond om op mijn duim te gaan zitten en rond te draaien overeenkomstig de bewegingen van de aarde om de zon. Ze was teleurgesteld. Maar ze leek het wel te begrijpen. Als ik wilde komen kijken naar de tekeningen die de klas van me gemaakt had, zei ze, kon ik naar de tentoonstelling komen die ze over een maand zouden inrichten. Ik schreef de datum op en legde de telefoon neer.

Ik had de hele dag in huis gezeten. Het werd al donker, dus ik besloot een eindje te gaan wandelen. Ik ben een oude man. Maar ik kom nog overal. Ik stiefelde langs Zafi's Luncheonette en The Original Mr. Man-herenkapper en Kossars Uienbroodjes, waar ik op zaterdagavond soms een warme bagel ga halen. Vroeger maakten ze er geen bagels. Waarom zouden ze ook? Als het Uienbroodjes heet, dan zijn het uienbroodjes. En toch.

Ik wandelde verder. Ik ging de drogist in en liep een display van KY-glijmiddel omver. Maar. Het ging niet van harte. Toen ik voorbij het Center kwam hing daar een groot spandoek waarop stond: DUDU FISCHER ZONDAGAVOND A.S. KOOP NU KAARTJES. Waarom ook niet, dacht ik. Ik moet er zelf niet veel van hebben, maar Bruno is dol op Dudu Fischer. Ik ging naar binnen en kocht twee kaartjes.

Ik had geen vast doel voor ogen. Het begon donker te worden maar ik zette door. Toen ik een Starbucks zag, ging ik naar binnen en nam een kop koffie omdat ik zin in koffie had, niet omdat ik iemands aandacht wilde trekken. Normaal gesproken zou ik een hele toer hebben gebouwd: *Geef mij maar een Grande Vente, ik bedoel een Grote Grande, Geef mij maar een Chai Super Vente Grande of wil ik een Kleine Frappe?* en daarna, als interpunctie, zou ik een klein ongelukje krijgen bij de melkbar. Deze keer niet. Ik schonk de melk in als een normaal mens, een wereldburger, en ging in een leunstoel zitten, tegenover een man die de krant las. Ik legde mijn handen om de koffie. De warmte deed me goed. Aan het volgende tafeltje zat een meisje met blauw haar over een schrift gebogen op een balpen te kauwen en aan het tafeltje naast het hare zat een jongetje in voetbalplunje met zijn moeder, die tegen hem zei: *Het meervoud van elf is elven.* Er ging een golf van geluk door me heen. Het gaf me een duizeligmakend gevoel om deel van dat alles uit te maken. Om als een normaal mens een kop koffie te drinken. Ik wilde het uitschreeuwen: *Het meervoud van elf is elven! Wat een taal! Wat een wereld!*

Er hing een munttelefoon bij de wc's. Ik zocht in mijn broekzak naar een kwartje en draaide Bruno's nummer. Hij ging negen keer over. Het meisje met het blauwe haar liep langs me naar de wc. Ik lachte haar toe. Niet te geloven! Ze lachte terug. Bij de tiende keer nam hij op.

Bruno?

Ja?

Is het niet heerlijk om te leven?

Nee dank u, ik wil niets kopen.

Ik probeer je ook niets te verkopen! Je spreekt met Leo. Moet je horen. Ik zat hier in Starbucks koffie te drinken en opeens werd ik erdoor overvallen.

Door wie werd je overvallen?

Ach, luister nou! Dat het zo heerlijk is om te leven, daardoor werd ik overvallen. Te léven! En dat wilde ik aan jou vertellen. Begrijp je wat ik zeg? Ik zeg dat het leven een schone zaak is, Bruno. Een schone zaak en een blijvend vermaak.

Het bleef even stil.

Gelijk heb je, Leo. Het leven is een schone zaak.

En een blijvend vermaak, zei ik.

Zo is het maar net, zei Bruno. Blijvend vermaak.

Ik wachtte.

En een blijvend vermaak.

Ik wilde net ophangen toen Bruno vroeg: *Leo?*

Ja?

Bedoel je het leven van de mens?

Ik koesterde mijn koffie en wist het een halfuur te rekken. Het meisje deed haar schrift dicht en stond op om weg te gaan. De man had bijna zijn krant uit. Ik las de koppen. Ik was een klein onderdeel van iets dat groter was dan ikzelf. Ja, het leven van de mens. Het leven! De mens! Toen sloeg de man de pagina om, en mijn hart stond stil.

Het was een foto van Isaac. Ik had hem nooit eerder gezien. Ik verzamel al zijn knipsels; als er een fanclub zou bestaan, zou ik er voorzitter van wezen. Ik ben al twintig jaar geabonneerd op het blad waarin hij af en toe iets publiceert. Ik dacht dat ik elke foto van hem had gezien. Ik heb ze allemaal al duizend keer bekeken. En toch. Deze was nieuw voor me. Hij stond voor een raam. Met zijn kin naar beneden, zijn hoofd een beetje scheef gehouden. Misschien stond hij wel na te denken. Maar hij had zijn blik opgeslagen, alsof iemand vlak voordat de sluiter klikte zijn naam had geroepen. Ik wilde hem iets toeroepen. Het was maar een krant, maar ik wilde het luidkeels schreeuwen, uit alle macht. *Isaac! Hier ben ik! Kun je me horen, m'n kleine Isaac?* Ik wilde dat hij zijn blik op me richtte, net zoals hij dat had gedaan bij degene die hem zojuist uit zijn gedachten had opgeschrikt. Maar. Dat kon hij niet. Omdat de kop luidde: SCHRIJVER ISAAC MORITZ (60) OVERLEDEN.

Isaac Moritz, de gevierde auteur van zes romans, waaronder De remedie, *waarmee hij de National Book Award won, is dinsdagavond overleden. De doodsoorzaak was de ziekte van Hodgkin. Hij is 60 geworden.*

De romans van Moritz worden gekenmerkt door hun humor, mededogen en door de hoop waarnaar ze steeds blijven zoeken, te midden van de vertwijfeling. Hij heeft van meet af aan vurige voorvechters gehad, onder wie Philip Roth, een van de juryleden voor de National Book Award in 1972, aan Moritz toegekend voor zijn eerste roman. 'Wat aan De remedie ten grondslag ligt, is een levend menselijk hart, fel gedreven en smekend,' aldus Roth in een persbericht waarin de toekenning bekend werd gemaakt. Een andere bewonderaar van Moritz, Leon Wieseltier, noemde Moritz in een telefonisch gesprek vanochtend uit het kantoor van The New Republic *in Washington D.C. 'een van de belangrijkste en meest ondergewaardeerde schrijvers uit het eind van de twintigste eeuw'. 'Hem een joods schrijver noemen,' zo vervolgde hij, 'of nog erger, een experimentele schrijver, is volslagen voorbijgaan aan zijn menselijkheid, die zich niet in een hokje liet drukken.'*

Moritz werd in 1940 geboren in Brooklyn, als zoon van immigranten. Hij was een rustig en ernstig kind dat hele schriften volpende met uitvoerige beschrijvingen van gebeurtenissen uit zijn eigen leven. Een daarvan – een op twaalfjarige leeftijd geschreven aantekening waarin hij vertelt dat hij een hond doodgeranseld zag worden door een meute kinderen – diende hem later als inspiratie voor de beroemdste passage uit De remedie, *waarin de hoofdpersoon, Jacob, weggaat uit het appartement van een vrouw met wie hij zojuist voor het eerst naar bed is geweest, en in de schaduwen van een straatlantaarn in de vrieskou toekijkt terwijl een hond op wrede wijze door twee mannen wordt doodgetrapt. Op dat moment, overweldigd door de tedere wreedheid van het fysieke bestaan – met 'de onoplosbare tegenstrijdigheden van het feit dat we dieren zijn, behept met zelfreflectie, maar ook ethische wezens, behept met dierlijke instincten' – barst Jacob uit in een weeklacht, één enkele extatische alinea van vijf ononderbroken bladzijden lang, die door* Time Magazine *werd betiteld als een van de meest 'fonkelende, immer beklijvende passages' uit de hedendaagse literatuur.*

Afgezien van het feit dat hij er een stortvloed van loftuitingen en de National Book Award *mee verdiende, gaf* De remedie *Moritz ook landelijke bekendheid. In het eerste jaar van de publicatie gingen er 200.000 exemplaren over de toonbank en stond het op de bestsellerlijst van* The New York Times.

Naar zijn tweede proeve van bekwaamheid werd met hooggespannen verwachtingen uitgekeken, maar toen Glazen huizen, *een verhalenbundel, vijf jaar later ten slotte werd gepubliceerd waren de kritieken gemengd. Terwijl de bundel door sommige critici werd gezien als een stoutmoedig ingeslagen nieuwe koers, werd hij door andere, zoals Morton Levy, die een bijtende aanval schreef in* Commentary, *een fiasco genoemd. 'Moritz,' zo schreef Levy, 'wiens debuutroman aan kracht won door zijn eschatologische speculaties, heeft hier zijn aandachtspunt verlegd naar pure scatologie.' Geschreven in een fragmentarische en bij vlagen surreële stijl variëren de verhalen in* Glazen huizen *in onderwerp van engelen tot vuilnismannen.*

Een volgende vernieuwing van zijn stem werd Zing, *het derde boek van Moritz, geschreven in een uitgebeende taal die in* The New York Times *werd beschreven als 'een strakgespannen snaar, met niet één overbodig woord of slordige zinsnede'. Hoewel hij ook in zijn recentere twee romans bleef zoeken naar een nieuwe manier van verwoorden, veranderde er niets in Moritz' thematiek. Zijn werk was gefundeerd op een gepassioneerd humanisme en de onverschrokken verkenning van de relatie tussen de mens en zijn god.*

Isaac Moritz had één broer, Bernard Moritz.

Ik was als verdoofd. Ik dacht aan het gezicht van mijn zoon op vijfjarige leeftijd. En ook aan de keer dat ik hem aan de overkant van de straat zijn veter zag strikken. Ten slotte kwam er een werknemer van Starbucks met een ringetje door zijn wenkbrauw op me af. *We gaan sluiten*, zei hij. Ik keek om me heen. Het was waar. Iedereen was weg. Een meisje met gelakte nagels haalde traag een bezem over de vloer. Ik stond op. Althans, ik probeerde op te staan maar mijn benen weigerden dienst. De werknemer van Starbucks keek me aan alsof ik een kakkerlak in het browniedeeg was. Het kartonnen bekertje dat ik vasthad, was in mijn hand samengeperst tot een vochtige massa. Ik stak het hem toe en begon naar buiten te lopen. Toen herinnerde ik me de krant. De werknemer had hem al in de vuilnisbak gegooid, die hij nu wegrolde. Terwijl hij toekeek, viste ik de krant eruit, besmeurd en wel met ongegeten koffiebroodjes. Omdat ik geen bedelaar ben, stak ik de man de kaartjes voor Dudu Fischer toe.

Ik weet niet hoe ik thuis ben gekomen. Bruno moet gehoord hebben dat ik de deur van het slot deed, want een minuutje later kwam hij naar beneden en klopte aan. Ik deed niet open. Ik zat in het donker in de stoel bij het raam. Hij bleef aankloppen. Ten slotte hoorde ik hem weer naar boven gaan. Er ging een uur voorbij, misschien iets meer, en toen hoorde ik hem weer op de trap. Hij schoof een stuk papier onder de deur. Er stond op: HET LEVEN IS PRAGTIG. Ik duwde het weer naar buiten. Hij duwde het weer naar binnen. Ik duwde het naar buiten, hij duwde het naar binnen. Naar binnen, naar buiten, naar binnen, naar buiten. Ik staarde ernaar. HET LEVEN IS PRAGTIG. Ik dacht, misschien klopt dat wel. Misschien is dat het juiste woord voor het leven. Ik hoorde Bruno ademhalen aan de andere kant van de deur. Ik zocht naar een potlood. Ik krabbelde erop: EN EEN BLIJVENDE GRAP. Ik duwde het terug onder de deur. Korte stilte terwijl hij het las. En daarna liep hij tevreden gestemd de trap op.

Het is mogelijk dat ik huilde. Wat maakt het ook uit.

Vlak voor het aanbreken van de dag viel ik in slaap. Ik droomde dat ik ergens op een station stond. De trein reed het station binnen en mijn vader stapte uit. Hij had een camel jas aan. Ik rende op hem af. Hij herkende me niet. Ik vertelde hem wie ik was. Hij schudde zijn hoofd. Hij zei: *Ik heb alleen dochters gehad.* Ik droomde dat mijn tanden afbrokkelden, dat ik werd gesmoord door mijn dekens. Ik droomde over mijn broers, er was overal bloed. Ik zou graag zeggen: ik droomde dat het meisje van wie ik hield en ik samen oud werden. Of dat ik droomde over een gele deur en een open veld. Ik zou graag zeggen dat ik droomde dat ik was gestorven en dat mijn boek tussen mijn spullen werd gevonden en dat ik in de jaren na het eind van mijn leven beroemd werd. En toch.

Ik pakte de krant en knipte de foto van mijn Isaac uit. Er zaten kreukels in, maar ik streek ze glad. Ik stopte hem in mijn portemonnee, in het plastic stuk dat bestemd is voor een foto. Ik trok het klittenband een paar keer los om naar zijn gezicht te kunnen kijken. Toen zag ik dat er onder de plaats waar ik de foto had uitgeknipt *Er zal een gedenkdienst worden* stond – de rest kon ik niet lezen. Ik moest de foto eruit halen en beide delen tegen elkaar houden. *Er zal een gedenkdienst worden gehouden op zaterdag 7 oktober, 's morgens om tien uur, in de Central Synagogue.*

Het was vrijdag. Ik wist dat ik niet binnen moest blijven, dus dwong ik mezelf de deur uit te gaan. De lucht voelde anders aan in mijn longen. De wereld zag er niet meer hetzelfde uit. Je verandert en dan verander je opnieuw. Je wordt een hond, een vogel, een plant die altijd naar links overhelt. Pas nu mijn zoon was overleden besefte ik hoezeer ik voor hem had geleefd. Wanneer ik 's morgens wakker werd was dat omdat hij bestond en wanneer ik iets te eten liet komen was dat omdat hij bestond en toen ik mijn boek schreef was dat omdat hij bestond om het te lezen.

Ik nam de bus naar de stad. Ik zei tegen mezelf dat ik niet in de gekreukelde *sjmatta* die ik een pak noem naar de begrafenis van mijn eigen zoon kon gaan. Ik wilde hem niet voor schut zetten. Meer dan dat, ik wilde hem reden geven om trots op me te zijn. Op Madison Avenue stapte ik uit om etalages te kijken. Mijn zakdoek was koud en nat in mijn hand. Ik wist niet bij welke zaak ik naar binnen moest gaan. Ten slotte koos ik er een die er een beetje knap uitzag. Ik bevoelde de stof van een jasje. Er kwam een reusachtige *sjwartser* in een glimmend beige pak en cowboylaarzen op me af. Ik dacht dat hij me eruit zou smijten. *Ik voel alleen maar aan de stof*, zei ik. *Wilt u het aanpassen?* vroeg hij. Ik voelde me gevleid. Hij vroeg naar mijn maat. Ik wist het niet. Maar hij leek al genoeg te weten. Hij nam me eens goed op, ging me voor naar een paskamer en hing het pak aan het haakje. Ik trok mijn kleren uit. Er waren drie spiegels. Ik werd blootgesteld aan delen van mezelf die ik in geen jaren had gezien. Ondanks mijn verdriet bleef ik ze toch even bekijken. Toen trok ik het pak aan. De broek was stijf en krap en het jasje kwam praktisch tot aan mijn knieen. Ik zag eruit als een malloot. De *sjwartser* rukte het gordijn met een glimlach open. Hij fatsoeneerde me en knoopte me dicht en liet me ronddraaien. We keken allebei in de spiegel. *Zit u als gegoten*, verklaarde hij. *Als u wilt*, zei hij, terwijl hij op de rug wat stof bij elkaar pakte, *zouden we het hier een tikje kunnen innemen. Maar dat is voor u niet nodig. Het ziet eruit alsof het voor u gemaakt is.* Ik dacht: wat weet ik van mode af? Ik vroeg hem naar de prijs. Hij stak zijn hand achter in mijn broek en groef rond in mijn *toges. Deze hier... is duizend*, verklaarde hij. Ik keek hem aan. *Duizend wat?* vroeg ik. Hij lachte beleefd. We bleven voor de drie spiegels staan. Ik bleef mijn natte zakdoek maar opvouwen. Met een laatste greintje kalmte trok ik mijn onderbroek los op de plaats waar hij tussen mijn billen was gaan zitten. Er zou daar een woord voor moeten zijn. De eensnarige harp.

Buiten op straat liep ik verder. Ik wist dat het pak er niet toe deed. Maar. Ik had er behoefte aan om iets te doen. Om weer tot rust te komen.

Er was een zaak in Lexington Avenue waar ze met pasfoto's adverteerden. Soms vind ik het leuk om daarheen te gaan. Ik bewaar ze in een klein albumpje. Het merendeel is van mij, op één na, en die is van Isaac, op vijfjarige leeftijd, en nog een van mijn neef, de slotenmaker. Hij was amateur-fotograaf en op een dag liet hij me zien hoe je een gaatjescamera moest maken. Dat was in de lente van 1947. Ik zat achter in zijn piepkleine atelier naar hem te kijken terwijl hij het fotopapier in de doos vastmaakte. Hij zei dat ik moest poseren en richtte een lamp op mijn gezicht. Toen haalde hij de afdekking voor het gaatje weg. Ik zat zo stil dat ik amper ademhaalde. Toen het klaar was gingen we de donkere kamer in en legden het papier in de ontwikkelschaal. We wachtten. Niets. Waar ik had moeten staan was alleen een stuk grijs vol krassen. Mijn neef wilde het per se nog een keer doen, dus deden we het nog een keer, en nog een keer, niets. Drie keer probeerde hij met die gaatjescamera een foto van me te nemen en drie keer wilde ik niet te voorschijn komen. Mijn neef kon het maar niet begrijpen. Hij schold op de man van wie hij het papier had gekocht, en geloofde dat hem een slechte partij was gegeven. Maar ik wist dat het anders zat. Zoals anderen een been of een arm waren kwijtgeraakt, had ik namelijk verloren wat mensen onuitwisbaar maakt, wat dat ook mag zijn. Ik zei tegen mijn neef dat hij op de stoel moest gaan zitten. Eerst wilde hij niet, maar ten slotte stemde hij toe. Ik nam een foto van hem en terwijl we naar het papier in de ontwikkelschaal keken kwam zijn gezicht te voorschijn. Hij lachte. En ik lachte ook. De foto was door mij genomen en als dat het bewijs van zijn bestaan was, was het ook het bewijs van mijn eigen bestaan. Ik mocht de foto van hem houden. Telkens wanneer ik die foto uit mijn portefeuille haalde en naar mijn neef keek, wist ik dat hij eigenlijk naar mij keek. Ik kocht een fotoalbum en plakte hem op de tweede bladzijde. Op de eerste bladzijde deed ik de foto van mijn zoon. Een paar weken later kwam ik langs een drogisterij met een fotohokje. Ik ging naar binnen. En vanaf dat moment ging ik elke keer dat ik wat geld overhad naar dat hokje. In het begin was het altijd hetzelfde. Maar. Ik bleef het proberen. Toen bewoog ik me op een dag toevallig op het moment dat de sluiter klikte. Er verscheen een schaduw. De volgende keer zag ik het silhouet van mijn gezicht en een paar weken later mijn gezicht zelf. Het was het tegenovergestelde van verdwijnen.

Toen ik de deur van de fotowinkel opendeed rinkelde er een belletje. Tien minuten later stond ik weer op de stoep, met vier identieke foto's van mezelf in mijn hand. Ik bekeek ze. Je zou me heel wat dingen kunnen noemen. Maar. Knap zit daar niet bij. Ik stak er een in mijn portefeuille, naast de foto van Isaac uit de krant. De rest gooide ik in een afvalbak.

Ik keek op. Aan de overkant van de straat had je het warenhuis Bloomingdale. Ik was er in mijn goeie tijd een keer of twee geweest om een *sjprits* te halen bij de dametjes van de parfum. Wat zal ik ervan zeggen, we leven in een vrij land. Ik ging op en neer met de lift tot ik de kostuumafdeling vond, op de parterre. Dit keer keek ik eerst naar de prijzen. Er hing een donkerblauw pak aan het rek dat was afgeprijsd tot tweehonderd dollar. Het zag eruit alsof het mijn maat was. Ik ging ermee naar de paskamer en probeerde het aan. De broek was te lang, maar dat viel te verwachten. Ik liep het hokje uit. Een kleermaker met een meetlint om zijn nek gebaarde me op zijn verhoginkje te komen staan. Ik deed een stap naar voren en terwijl ik dat deed moest ik denken aan die keer dat mijn moeder me naar de kleermaker had gestuurd om mijn vaders nieuwe overhemden op te halen. Ik zal zo'n negen, tien jaar zijn geweest. In het schemerige interieur stonden de paspoppen bij elkaar in een hoek alsof ze op een trein wachtten. Kleermaker Grodzenski zat met trappende voet over zijn naaimachine gebogen. Gefascineerd keek ik naar hem. Onder zijn aanraking, met alleen de paspoppen als getuigen, ontstonden er elke dag kragen, manchetten, ruches en zakken uit saaie rollen stof. *Wil je het ook eens proberen?* vroeg hij. Ik ging op zijn stoel zitten. Hij deed me voor hoe je de machine aan de praat kreeg. Ik zag de naald op en neer springen, met achterlating van een wonderbaarlijk pad van blauwe steken. Terwijl ik trapte, haalde hij mijn vaders overhemden te voorschijn, verpakt in bruin papier. Hij gebaarde me achter de toonbank te komen. Hij haalde een ander pakje te voorschijn, met hetzelfde bruine papier eromheen. Voorzichtig haalde hij er een tijdschrift uit. Het was een paar jaar oud. Maar. In perfecte conditie. Hij hield het met zijn vingertoppen vast. Er stonden zwart- en zilverkleurige foto's in van vrouwen met een zachte, bleke huid, alsof ze vanbinnen werden verlicht. Ze showden jurken van een soort die ik nog nooit had gezien: jurken van puur parelmoer, van veren en franjes, kleren die benen, armen, de welving van een borst lieten zien. Er vloeide één enkel woord over Grodzenski's lippen: *Parijs.* Zwijgend bladerde hij om en zwijgend keek ik toe. Onze adem condenseerde op de bladzijden. Wat Grodzenski me met zijn stille trots liet zien was misschien wel de reden waarom hij onder het werken zachtjes neuriede. Ten slotte sloeg hij het tijdschrift dicht en schoof het terug in het papier. Hij ging weer aan de slag. Als iemand me toen had verteld dat Eva alleen maar van de appel had gegeten opdat de Grodzenski's van deze wereld konden bestaan, zou ik het geloofd hebben.

Grodzenski's arme familielid redderde om me heen met krijt en spelden. Ik vroeg hem of het mogelijk was dat hij de zoom van het pak innam terwijl ik erop wachtte. Hij keek me aan alsof ik twee hoofden had. *Ik hep daaro honderde pakke te verwerke ennu willu vammij dat ik dat vannu meteen doe?* Hij schudde zijn hoofd. *Twee weke, op se minst.*

Het is voor een begrafenis, zei ik. *Van mijn zoon.* Ik zocht steun, om niet te vallen. Ik greep naar mijn zakdoek. Toen herinnerde ik me dat hij in de zak van mijn broek zat, die in de paskamer in een hoopje op de grond lag. Ik stapte van de verhoging en liep gauw terug naar mijn hokje. Ik wist dat ik voor aap stond in dat mallotenpak. Een man moest een pak voor het leven kopen, niet voor de dood. Werd me dat niet ingefluisterd door de geest van Grodzenski? Ik kon Isaac niet voor schut zetten en ik kon hem niet trots op me maken. Omdat hij niet bestond.

En toch.

Die avond ging ik naar huis met het gezoomde pak in een plastic kledinghoes. Ik ging aan de keukentafel zitten en maakte één enkele scheur in de kraag. Ik had graag het hele geval aan flarden gescheurd. Maar ik hield me in. Fisjl de *tsaddek*, die misschien een idioot is geweest, heeft een keer gezegd: *Eén enkele scheur is moeilijker te verdragen dan honderd scheuren.*

Ik nam een bad. Geen gepoedel met een spons, maar een echt bad, zo een waarvan de rand in de kuip een tintje donkerder wordt. Ik stak mezelf in het nieuwe pak en haalde de wodka van de plank. Ik nam een slok en veegde mijn mond af met de rug van mijn hand, een herhaling van het gebaar dat honderden malen was gemaakt door mijn vader en diens vader en diens vaders vader, met mijn ogen halfdicht op het moment dat de scherpte van de alcohol de plaats innam van de scherpte van het verdriet. En daarna, toen de fles leeg was, begon ik te dansen. Eerst langzaam. Maar toen steeds sneller. Ik stampte met mijn voeten en schopte met mijn benen terwijl mijn gewrichten kraakten. Ik bonkte met mijn voeten en hurkte en trapte, dansend zoals mijn vader danste, en diens vader, en de tranen biggelden over mijn gezicht terwijl ik lachte en zong en alsmaar danste tot mijn voeten rauw waren en er bloed onder mijn teennagel zat, ik danste op de enige manier die ik kende: omwille van het leven, opbotsend tegen stoelen en tollend totdat ik erbij neerviel, zodat ik weer kon opstaan om te dansen tot het ochtend werd en ik languit op de grond lag, zo dicht bij de dood dat ik erin kon spuwen en fluisteren: *Lechajim*.

Ik werd wakker van duiven die op de vensterbank hun veren zaten op te schudden. Een van de mouwen van het pak was gescheurd, mijn hoofd bonkte, ik had gedroogd bloed op mijn wang. Maar ik ben niet van glas.

Ik dacht: Bruno. Waarom was hij niet gekomen? Ik had misschien niet opengedaan als hij had aangeklopt. Maar toch. Hij had me ongetwijfeld gehoord, tenzij hij zijn walkman op had gehad. Maar zelfs dan. Er was een lamp tegen de vlakte gegaan en ik had alle stoelen omgegooid. Ik wou net naar boven lopen om bij hem aan te kloppen toen ik op de klok keek. Het was al kwart over tien. Ik mag graag denken dat de wereld nog niet aan me toe was, maar misschien is het wel zo dat ík nog niet aan de wereld toe was. Ik arriveer altijd te laat voor mijn leven. Ik rende naar de bushalte. Of liever gezegd, ik strompelde, hees mijn broekspijpen omhoog, begon aan een cyclus van huppelen, hollen, stilstaan en hijgen, hees mijn broekspijpen omhoog, deed een stap, trok mijn andere voet bij, deed een stap, trok mijn andere voet bij et cetera. Ik pakte de bus naar het centrum. We kwamen vast te zitten in het verkeer. *Gaat dit ding niet harder*, zei ik met stemverheffing. De vrouw naast me kwam overeind en verkaste naar een andere plaats. Misschien had ik in mijn uitbundigheid een klap op haar dij gegeven. Ik weet het niet. Een man in een oranje jasje en een broek met een slangenvelprint stond op en begon een liedje te zingen. Iedereen keek uit het raam totdat duidelijk werd dat hij geen geld hoefde te hebben. Hij stond alleen maar te zingen.

Tegen de tijd dat ik bij de sjoel aankwam was de dienst al bijna voorbij, maar het was er nog stampvol mensen. Een man met een geel strikje en een wit jasje, zijn laatste restje haar over zijn schedel geplamuurd, zei: *Natuurlijk wisten we het, maar toen het ten slotte toch gebeurde waren we er geen van allen op voorbereid*, waarop een vrouw die naast hem stond antwoordde: *Wie kan daarop voorbereid zijn?* Ik stond in mijn eentje bij een grote plant. Mijn handpalmen waren klam, ik voelde dat ik duizelig werd. Misschien had ik beter niet kunnen gaan.

Ik wilde vragen waar hij begraven was; dat had niet in de krant gestaan. Opeens had ik spijt dat ik mijn eigen graf zo overhaast had gekocht. Als ik het had geweten, had ik bij hem kunnen gaan liggen. Morgen. Of overmorgen. Ik was er bang voor geweest dat ik aan de filistijnen zou worden overgeleverd. Ik was naar het stenen landschap van mevrouw Freid in Pinelawn gegaan en dat had er heel aardig uitgezien. Ik werd rondgeleid door een meneer Simchik, die me een folder gaf. Ik had me iets voorgesteld onder een boom, een treurwilg wellicht, misschien een bankje erbij. Maar. Toen hij vertelde wat dat kostte, kreeg ik een hartverzakking. Hij liet me de andere mogelijkheden zien, een paar perceeltjes die te dicht bij de weg lagen of waar het gras al kaal werd. *Helemaal niets met een boom?* vroeg ik. Simchik schudde met zijn hoofd. *Een struikje?* Hij likte aan zijn vinger en ritselde met zijn papieren. Met veel gehum en gehem gaf hij ten slotte toch toe. *We hebben misschien wel iets*, zei hij, *het is meer dan u van plan was te besteden, maar u kunt in termijnen betalen*. Het was helemaal achteraan, in de buitenwijken van het joodse gedeelte. Het was niet precies onder een boom, maar er stond er eentje dichtbij, voldoende dichtbij om in het najaar een paar van zijn bladeren op me te laten neerdwarrelen. Ik dacht erover na. Simchik zei tegen me dat ik er de tijd voor moest nemen en liep terug naar zijn kantoor. Ik bleef in het zonlicht staan. Toen ging ik op het gras liggen en draaide me op mijn rug. De grond was hard en koud onder mijn regenjas. Ik keek naar de voorbijdrijvende wolken boven me. Misschien ben ik wel in slaap gevallen. Want opeens torende Simchik boven me uit. *Noe? Neemt u hem?*

Vanuit een ooghoek zag ik Bernard, de halfbroer van mijn zoon. Een kolossale lummel, het sprekende evenbeeld van zijn vader, moge zijn nagedachtenis een zegen zijn. Ja, zelfs die van hem. Hij heette Mordecai. Ze noemde hem Morty. Morty! Hij ligt al drie jaar onder de groene zoden. Ik beschouw het als een kleine overwinning dat hij als eerste het hoekje is omgegaan. En toch. Als ik de doden gedenk, steek ik een *jartzeit*-kaars voor hem aan. Als ik het niet doe, wie dan wel?

De moeder van mijn zoon, het meisje op wie ik als tienjarige verliefd werd, is vijf jaar geleden gestorven. Ik verwacht dat ik me spoedig bij haar zal voegen, in elk geval in dat opzicht. Morgen. Of overmorgen. Daar ben ik van overtuigd. Ik dacht dat het vreemd zou zijn om op de wereld te leven, zonder haar erbij. En toch. Ik was het al heel lang gewend om met haar herinnering te leven. Pas op het allerlaatst heb ik haar weer gezien. Ik sloop heimelijk haar ziekenhuiskamer binnen en ging elke dag bij haar zitten. Er was een verpleegster, een jong meisje, en ik vertelde haar – nee, niet de waarheid. Maar. Een verhaal dat niet veel van de waarheid verschilde. Die verpleegster liet me na bezoektijd komen, als er geen kans was dat ik iemand tegen het lijf zou lopen. Ze werd kunstmatig in leven gehouden, met slangetjes in haar neus, al met één voet in de andere wereld. Als ik even mijn hoofd omdraaide, verwachtte ik half dat ze weg zou zijn als ik weer terugkeek. Ze was heel klein en gerimpeld en zo doof als een kwartel. Er was zo veel dat ik had moeten zeggen. En toch. Ik vertelde haar moppen. Ik was net Jackie Mason. Soms dacht ik een zweem van een lachje te zien. Ik probeerde het luchtig te houden. *Geloof het of niet, dit ding hier waar je arm buigt, dat noemen ze een elle-boog.* Ik zei: *Er liepen twee rabbijnen door een bos. Zegt de een tegen de ander: Laten we niet afdwalen.* Ik zei: *Moos gaat naar de dokter. Dokter, zegt hij,* et cetera et cetera. Veel dingen zei ik niet. Bijvoorbeeld. *Ik heb zo lang gewacht.* Ander voorbeeld. *En ben je gelukkig geweest? Met die nebbisje pummel, die onbenullige schlemiel van een man van je?* De waarheid was dat ik het wachten lang geleden had opgegeven. Het geschikte moment was voorbij, de deur tussen het leven dat we hadden kunnen leiden en het leven dat we leefden, was voor onze neus dichtgeslagen. Of liever gezegd, voor míjn neus. De grammatica van mijn leven: verbeter als vuistregel alles wat in het meervoud staat in een enkelvoud. Mocht ik er ooit een majesteitelijk *We* uit laten floepen, help me dan met een snelle klap op mijn hoofd uit mijn lijden.

Gaat het wel goed met u? U ziet een beetje bleek.

Het was de man die ik zo-even had gezien, degene met de gele vlinderdas. Als je broek om je enkels ligt, dan komen alle mensen opdagen, nooit een moment eerder, wanneer je misschien in de positie verkeert om ze te ontvangen. Ik probeerde steun te zoeken tegen de grote plant.

Het gaat prima, prima, zei ik.

En waar kent u hem van? vroeg hij terwijl hij me van top tot teen opnam.

We waren – ik wrikte mijn knie tussen de kuip en de muur, in de hoop beter in evenwicht te blijven. *Bloedverwanten.*

Familie? Sorry, neem me niet kwalijk. Ik dacht dat ik alle misjpooche *had ontmoet!* Zoals hij het uitsprak klonk het als *mispotsje.*

Natuurlijk, ik had het kunnen raden. Hij nam me nog een keertje op en streek met zijn hand over zijn haar om te controleren of het nog veilig op zijn plek lag. *Ik dacht dat u een van de fans was,* zei hij met een gebaar naar het al wat uitdunnende publiek. *Van welke kant dan?*

Ik pakte me vast aan het dikste gedeelte van de plant. Terwijl de zaal op en neer ging, probeerde ik me op 's mans vlinderdasje te concentreren.

Allebei, zei ik.

Allebei, herhaalde hij ongelovig en keek naar de wortels, die zich inspanden om hun greep op de aarde te behouden.

Ik ben – begon ik. Maar opeens schoot de plant los uit de kuip en werd ik naar voren geslingerd; alleen zat mijn been nog zo vast dat het ongesteunde been werd gedwongen in zijn eentje naar voren te schieten, waardoor de rand van de kuip geen andere kant op kon dan met geweld in de richting van mijn kruis, en mijn hand geen enkele andere keus resteerde dan het gezicht van de man met het gele vlinderdasje in te wrijven met de kluit aarde die aan de wortels bengelde.

Sorry, zei ik terwijl de pijn omhoogschoot door mijn kruis en mijn *kisjkes* elektrocuteerde. Ik probeerde rechtop te gaan staan. Mijn moeder, moge haar nagedachtenis een zegen zijn, zei vroeger altijd: *Niet met kromme rug staan.* Het regende aarde uit de neusgaten van de man. Als klap op de vuurpijl haalde ik mijn aangekoekte zakdoek te voorschijn en drukte hem tegen zijn neus. Hij sloeg mijn hand weg en haalde zijn eigen zakdoek te voorschijn, fris gewassen en in een keurig vierkantje gestreken. Hij schudde hem open. Een capitulatievlag. Er ontstond even een pijnlijk moment waarin hij zichzelf schoonmaakte en ik mijn onderste regionen beetpakte.

En voordat ik het in de gaten had stond ik tegenover de halfbroer van mijn zoon, met mijn mouw tussen de tanden van de pitbull met het vlinderdasje. *Kijk eens wat ik heb opgedoken*, blafte hij. Bernard trok zijn wenkbrauwen op. *Hij zegt dat hij mispotsje is.*

Bernard glimlachte beleefd, terwijl hij eerst de torn in mijn kraag en daarna de scheur in mijn arm bekeek. *Neem me niet kwalijk*, zei hij. *Ik herinner me u niet. Hebben wij elkaar al eens ontmoet?*

De pitbull stond zichtbaar te kwijlen. Er gleed een fijn laagje aarde door de plooi van zijn overhemd. Ik wierp een blik op het bordje met UITGANG. Ik had misschien de benen genomen als ik niet ernstig gewond was geweest aan mijn klok- en hamerspel. Er ging een golf van misselijkheid door me heen. En toch. Soms moet je een list verzinnen, en kijk eris aan, de list verzint zichzelf.

Doe redts Jidisj? fluisterde ik met schorre stem.

Sorry?

Ik greep Bernard bij zijn mouw. De hond had die van mij vast en ik die van Bernard. Ik bracht mijn gezicht dicht naar het zijne. Zijn ogen waren bloeddoorlopen. Hij was misschien een druiloor maar hij was een goed mens. En toch had ik geen keus.

Ik verhief mijn stem. DOE REDTS JIDISJ? Ik proefde de verschaalde alcohol in mijn adem. Ik greep hem bij zijn kraag. Terwijl hij achteruitdeinsde zwollen de aderen in zijn nek op. FARSJTEJSTOE?

Sorry. Bernard schudde zijn hoofd. *Ik versta het niet.*

Mooi zo, ging ik verder in het Jiddisch, *omdat deze sufferd hier*, zei ik met een gebaar naar de man met het vlinderdasje, *deze zeikerd hier zich bij mijn toges naar binnen heeft gewrongen en hij alleen niet te lozen is omdat ik niet uit eigen vrije wil kan kakken. Zou je hem alsjeblieft willen vragen om zijn poten van me af te halen voordat ik me gedwongen zie nog een plant in zijn sjnoitsl te steken, en dan neem ik niet de moeite hem eerst uit zijn pot te halen.*

Robert? Bernard spande zich in het te begrijpen. Hij leek te besef-fen dat ik het had over de man die met zijn tanden aan mijn elleboog bleef hangen. *Robert was Isaacs vaste redacteur. Hebt u Isaac gekend?*

De pitbull verstevigde zijn greep. Ik deed mijn mond open. En toch.

Sorry, zei Bernard. *Ik wou dat ik Jiddisch sprak, maar helaas. Be-dankt voor uw komst. Het is ontroerend om te zien hoeveel mensen er zijn verschenen. Isaac zou er blij mee zijn geweest.* Hij nam mijn hand tussen zijn beide handen en drukte hem. Hij draaide zich om en wil-de weglopen.

Slonim, zei ik. Ik was het niet van plan geweest. En toch.

Bernard draaide zich weer om.

Sorry?

Ik zei het nog eens.

Ik kom uit Slonim, zei ik.

Slonim? herhaalde hij.

Ik knikte.

Hij keek opeens als een kind wiens moeder hem te laat komt op-halen, en pas nu ze er is, veroorlooft hij het zich om toe te geven aan zijn tranen.

Daar vertelde ze ons vroeger altijd over.

Wie is ze? wilde de hond weten.

Mijn moeder. Hij komt uit dezelfde plaats als mijn moeder, zei Ber-nard. *Ik heb er heel veel verhalen over gehoord.*

Ik wou hem eigenlijk een klopje op zijn arm geven, maar hij maak-te een beweging om iets uit zijn oog te vegen, met als gevolg dat ik hem klopjes op zijn mannenborst stond te geven. Niet wetend wat ik verder moest doen gaf ik er een kneepje in.

De rivier, hè? Waar ze altijd ging zwemmen, zei Bernard.

Het water was ijskoud. We trokken onze kleren uit en doken van de brug af, onder het slaken van ijselijke kreten. Ons hart stond stil. Ons lichaam versteende. Heel even hadden we het gevoel dat we ver-dronken. Wanneer we happend naar lucht weer de oever op klauter-den, waren onze benen zwaar, met een vlijmende pijn bij onze enkels.

Je moeder was mager en had kleine bleke borstjes. Ik lag slapend in de zon op te drogen en schrok wakker van steenkoud water op mijn rug. En haar gelach.

Hebt u de schoenenwinkel van haar vader gekend? vroeg Bernard.

Elke ochtend ging ik haar daar ophalen zodat we samen naar school konden lopen. Behalve die ene keer dat we ruzie kregen en drie weken niet met elkaar hebben gesproken, ging er nauwelijks een dag voorbij dat we niet samen opliepen. In die kou kwamen er ijspegeltjes in haar natte haar te zitten.

Ik zou wel uren kunnen doorgaan, al die verhalen die ze ons vertelde. Het veldje waar ze altijd speelde.

Ja, zei ik en klopte hem op zijn hand. *Het feltje.*

Een kwartier later zat ik, ingeklemd tussen de pitbull en een jonge vrouw, achter in een stretchlimousine, je zou bijna denken dat ik er een gewoonte van maakte. We gingen naar Bernards huis voor een kleine bijeenkomst van familie en vrienden. Ik zou het liefst naar het huis van mijn zoon zijn gegaan, om daar tussen zijn spullen om hem te treuren, maar ik moest er genoegen mee nemen dat we naar het huis van zijn halfbroer gingen. Er zaten twee anderen op de bank tegenover me. Wanneer er eentje in mijn richting knikte en glimlachte, knikte en glimlachte ik terug. *Familie van Isaac?* vroeg er een. *Kennelijk,* antwoordde de hond, graaiend naar een haarlok die was losgeschoten in de tocht uit het zojuist door de jonge vrouw naar beneden gedraaide raampje.

Het duurde bijna een uur om bij Bernards huis te komen. Ergens op Long Island. Prachtige bomen. Ik had nog nooit zulke mooie bomen gezien. Buiten op de oprijlaan had een van Bernards neefjes zijn broekspijpen tot aan de knie opgeknipt; hij rende heen en weer in de zon om te zien of de wind er vat op kreeg. In huis stonden mensen rond een tafel met een hoop eten over Isaac te praten. Ik wist dat ik er niet thuishoorde. Ik voelde me een idioot en een bedrieger. Ik ging bij het raam staan om mezelf onzichtbaar te maken. Ik had niet gedacht dat het zo pijnlijk zou zijn. En toch. Het was bijna niet te verdragen om mensen te horen praten over de zoon die ik me alleen maar had kunnen voorstellen, alsof hij voor hen even vertrouwd was als een familielid. Dus kneep ik ertussenuit. Ik zwierf door de kamers van het huis van Isaacs halfbroer. Ik dacht: mijn zoon heeft over dit tapijt gelopen. Ik kwam bij een logeerkamer. Ik dacht: af en toe heeft hij in dit bed geslapen. Ditzelfde bed! Zijn hoofd op deze kussens. Ik ging liggen. Ik was moe, ik kon er niets aan doen. Het kussen zakte in onder mijn wang. En wanneer hij hier lag, dacht ik, keek hij uit ditzelfde raam, naar diezelfde boom.

Wat ben je toch een dromer, zegt Bruno, en misschien ben ik dat ook wel. Misschien droomde ik ook dit, nog even en er zou worden aangebeld, ik zou mijn ogen opendoen en Bruno zou daar staan met de vraag of ik een rol wc-papier had.

Ik moet in slaap zijn gevallen, want opeens stond Bernard naast het bed.

Neem me niet kwalijk! Ik had niet in de gaten dat hier iemand was. Bent u ziek?

Ik schoot overeind. Als het woord 'schieten' ooit van toepassing is geweest op mijn bewegingen, dan was dit het juiste moment. En toen zag ik haar. Ze stond op een plank vlak achter zijn schouder. In een zilveren fotolijstje. Ik zou zeggen 'duidelijk zichtbaar', maar die uitdrukking heb ik nooit begrepen. Wat kan minder duidelijk zijn dan zichtbaar?

Bernard draaide zich om.

O, die, zei hij terwijl hij de foto van de plank pakte. *Even kijken. Dit is mijn moeder als kind. Mijn moeder, ziet u wel? Hebt u haar destijds gekend, zoals ze er op deze foto uitziet?*

('Laten we onder een boom gaan staan,' zei ze. 'Waarom?' 'Omdat dat leuker is.' 'Misschien moet jij op een stoel gaan zitten, dan kom ik naast je staan, zoals ze dat altijd met getrouwde mensen doen.' 'Dat is stom.' 'Waarom is dat stom?' 'Omdat we niet getrouwd zijn.' 'Moeten we elkaars hand vasthouden?' 'Dat mag niet.' 'Waarom niet?' 'Omdat de mensen het dan weten.' 'Wat weten?' 'Over ons.' 'Wat geeft het als ze het weten?' 'Het is beter als het een geheim is.' 'Waarom?' 'Dan kan niemand het van ons afpakken.')

Isaac vond hem na haar overlijden tussen haar spullen, zei Bernard. *Het is een aardige foto, hè? Geen flauw benul wie hij is. Herkent u hem?*

Ze had niet veel, van ginds. Een paar foto's van haar ouders en haar zus-
jes, dat is alles. Natuurlijk had ze geen idee dat ze hen nooit meer zou
zien, dus veel meegenomen had ze niet. Maar deze heb ik pas gezien op
de dag dat Isaac hem vond in een la, ergens in haar appartement. Hij zat
in een envelop bij een paar brieven. Ze waren allemaal in het Jiddisch.
Volgens Isaac waren ze van iemand op wie ze vroeger verliefd was in Slo-
nim. Maar dat betwijfel ik. Ze heeft het nooit over iemand gehad. U ver-
staat geen woord van wat ik zeg, hè?

('Als ik een fototoestel had,' zei ik, 'zou ik elke dag een foto van je
nemen. Op die manier zou ik me herinneren hoe je eruitzag, elke dag
van je leven.' 'Ik zie er precies hetzelfde uit.' 'Nee, hoor. Je verandert
voortdurend. Elke dag een heel klein beetje. Als ik kon, zou ik het elke
dag bijhouden.' 'Nou, als je zo slim bent, hoe ben ik dan vandaag veranderd?' 'Je bent een fractie van een millimeter langer geworden, bijvoorbeeld. Je haar is een fractie van een millimeter bijgegroeid. En je
borsten zijn een fractie van een millimeter –' 'Niet waar!' 'Wel waar.'
'niet waar.' 'Wel waar.' 'En wat verder, grote vuilak?' 'Je bent een
beetje gelukkiger geworden en ook een beetje verdrietiger.' 'Wat betekent dat ze elkaar opheffen en dat ik precies hetzelfde ben gebleven.'
'Helemaal niet. Het feit dat je vandaag een beetje gelukkiger bent geworden verandert niets aan het feit dat je ook een beetje ongelukki-
ger bent geworden. Elke dag word je een beetje meer van allebei, en
dat betekent dat je op dit moment, exact op dit moment, het geluk-
kigst en het verdrietigst van je hele leven bent.' 'Hoe weet je dat?'
'Denk maar na. Ben je ooit gelukkiger geweest dan nu, zoals je hier in
het gras ligt?' 'Ik geloof van niet. Nee.' 'En ben je ooit verdrietiger geweest?' 'Nee.' 'Dat geldt niet voor iedereen, moet je weten. Sommige
mensen, zoals jouw zusje, worden alleen maar elke dag steeds gelukkiger. En sommige mensen, zoals Beyla Ash, worden alleen maar
steeds verdrietiger. En sommige mensen, zoals jij, worden allebei.'
'En jij dan? Ben jij nu ook gelukkiger en verdrietiger dan je ooit bent
geweest?' 'Natuurlijk ben ik dat.' 'Waarom?' 'Omdat niets me gelukkiger maakt en niets me verdrietiger maakt dan jij.')

Mijn tranen vielen op het fotolijstje. Gelukkig zat er glas in.

Ik zou hier graag nog wat herinneringen blijven ophalen, zei Bernard, *maar ik moet er eigenlijk vandoor. Al die mensen hier in huis*, gebaarde hij. *Laat maar weten als u iets nodig hebt.* Ik knikte. Hij deed de deur achter zich dicht en toen, God sta me bij, pakte ik de foto en stak hem in mijn broek. Ik ging de trap af en de deur uit. Op de oprijlaan klopte ik op het raampje van een van de limousines. De chauffeur schudde zijn slaap van zich af.

Ik ben zover om terug te gaan, zei ik.

Tot mijn verbazing stapte hij uit, deed het portier open en hielp me naar binnen.

Toen ik terugkwam in mijn appartement, dacht ik dat er was ingebroken. Het meubilair was omvergegooid en er lag een laagje wit poeder op de grond. Ik greep de honkbalknuppel die ik in de paraplubak heb staan en volgde het spoor van voetstappen naar de keuken. Elk oppervlak was bedekt met potten en pannen en vuile schalen. Het leek wel alsof degene die bij me had ingebroken rustigjes een maaltje had bereid. Ik stond daar met de foto in mijn broek. Achter me klonk een geraas en ik draaide me om en haalde blindelings uit. Maar het was alleen een pan die van het aanrecht was gegleden en over de vloer rolde. Op de keukentafel, naast mijn schrijfmachine, stond een grote taart die in het midden was ingezakt. Maar hij stond er wel. Hij was afgewerkt met geel suikerglazuur en op de bovenkant stond in slordige roze letters: WIE IS DE KOEKENBAKKER? Aan de andere kant van mijn schrijfmachine lag een briefje: HEB DE HELE DAG GEWACHT.

Ik moest lachen, ik kon er niets aan doen. Ik zette de honkbalknuppel weg, hees het meubilair, waarvan ik me herinnerde dat ik het vannacht omver had gelopen, weer overeind, haalde het fotolijstje te voorschijn, ademde op het glas, wreef erover met mijn overhemd en zette het op mijn nachtkastje. Ik ging de trap op naar Bruno's verdieping. Ik wilde net aankloppen toen ik het briefje op de deur zag. Er stond op: NIET STOREN. CADEAU ONDER JE KUSSEN.

Het was lang geleden dat ik van iemand een cadeau had gekregen. Mijn hart werd zachtjes aangestoten door een geluksgevoel. Het gevoel dat ik elke dag wakker kan worden en mijn handen kan verwarmen aan een kop hete thee. Dat ik duiven kan zien vliegen. Dat Bruno me aan het eind van mijn leven niet heeft vergeten.

Ik ging dus weer de trap af. Om het genoegen waarvan ik wist dat het me te wachten stond even uit te stellen ging ik eerst mijn post ophalen. Ik liet mezelf weer mijn appartement in. Bruno was erin geslaagd over de hele vloer van het appartement een dun laagje bloem achter te laten. Misschien had de wind naar binnen gewaaid, wie weet. In de slaapkamer zag ik dat hij op de grond was gaan liggen en een engeltje in de bloem had gemaakt door met zijn armen op en neer te gaan. Ik stapte eromheen, omdat ik niet wilde vernietigen wat met zoveel liefde was gemaakt. Ik tilde mijn kussen op.

Het was een grote bruine envelop. Voorop stond mijn naam, geschreven in een handschrift dat ik niet herkende. Ik maakte hem open. Er zat een stapel uitgeprinte bladzijden in. Ik begon te lezen. De woorden kwamen me bekend voor. Even kon ik ze niet thuisbrengen. Toen besefte ik dat het mijn eigen woorden waren.

De tent van mijn vader

1 MIJN VADER HIELD NIET VAN BRIEVEN SCHRIJVEN

In het oude koekblik met mijn moeders brieven zit niet één van zijn antwoordbrieven. Ik heb overal naar ze gezocht, maar ze nergens gevonden. Ook liet hij geen brief aan me na die ik kon openmaken als ik wat ouder ben. Dat weet ik omdat ik aan mijn moeder heb gevraagd of hij dat heeft gedaan en zij nee zei. Ze zei dat hij daar niet de man naar was. Toen ik haar vroeg wat voor een man hij wél was dacht ze een poosje na. Er verschenen rimpels in haar voorhoofd. Ze dacht nog wat langer na. Toen zei ze dat hij het soort man was dat graag autoriteit aanvocht. 'En ook,' zei ze, 'kon hij niet stilzitten.' Dat is anders dan ik me hem herinner. Ik herinner me hem zittend op een stoel of liggend in een bed. Behalve toen ik heel klein was en dacht dat 'werktuigkundige' betekende dat hij monteur was. Dan stelde ik me hem voor terwijl hij met een schroevendraaier in een overall kapotte koelkasten en kooktoestellen in elkaar zette. Op een dag begon mijn vader te lachen en hielp me uit de droom. Alles werd opeens haarscherp. Het is een van die onvergetelijke momenten die zich in je kindertijd voordoen, wanneer je ontdekt dat je de hele tijd door de wereld bent misleid.

'Hij doet het ook zonder zwaartekracht,' zei mijn vader terwijl ik de pen in het fluwelen doosje met de NASA-vignetten bekeek. Het was op mijn zevende verjaardag. Hij lag in een ziekenhuisbed met een petje op omdat hij geen haar had. Op zijn deken lag glimmend pakpapier, in elkaar gefrommeld. Hij hield mijn hand vast en vertelde me een verhaal over toen hij zes was en hij een jongen door wie zijn broertje werd gepest een steen naar het hoofd had gegooid en dat ze daarna allebei nooit meer door iemand waren lastiggevallen. 'Je moet voor jezelf opkomen,' zei hij. 'Maar je mag niet met stenen naar mensen gooien,' zei ik. 'Dat weet ik,' zei hij. 'Jij bent slimmer dan ik. Jij vindt wel iets beters dan stenen.' Toen de verpleegster kwam, ging ik uit het raam kijken. De 59th Street-brug glom in het donker. Ik telde de voorbijvarende schepen op de rivier. Toen dat begon te vervelen ging ik kijken naar de oude man die een bed aan de andere kant van het gordijn had. Hij lag meestal te slapen, en als hij wakker was beefden zijn handen. Ik liet hem de pen zien. Ik zei tegen hem dat hij het ook zonder zwaartekracht deed, maar hij begreep het niet. Ik probeerde het nog eens uit te leggen, maar hij wist nog steeds niet wat ik bedoelde. Ten slotte zei ik: 'Hij is om te gebruiken als ik in de kosmos ben.' Hij knikte en deed zijn ogen dicht.

3   DE MAN DIE NIET AAN DE ZWAARTEKRACHT KON ONTSNAPPEN

Toen ging mijn vader dood, en ik borg de pen op in een la. Er gingen jaren voorbij en toen werd ik elf en kreeg ik een Russische correspondentievriendin. Dat werd via de joodse les geregeld door de plaatselijke afdeling van Hadassa. Eerst zouden we corresponderen met Russische joden die net naar Israël waren geëmigreerd, maar toen dat niet doorging kregen we echte Russische joden toegewezen. Op Soekot stuurden we de klas van onze correspondentievrienden een *etrog* bij onze eerste brief. Die van mij heette Tatjana. Ze woonde in Sint Petersburg, vlak bij het Veld van Mars. Ik vond het leuk om te doen alsof ze in de kosmos woonde. Tatjana's Engels was niet zo best en vaak begreep ik niet wat er in haar brieven stond. Maar ik zat er altijd vol spanning op te wachten. *Vader is wiskundige*, schreef ze. *Mijn vader wist hoe hij zich in de wildernis in leven moest houden*, schreef ik terug. Voor elke brief van haar schreef ik er twee. *Heb je een hond? Hoeveel mensen gebruiken jullie wc? Bezit je iets dat van de tsaar is geweest?* Op een dag kwam er een brief. Ze wilde weten of ik ooit naar Sears Roebuck was geweest. Aan het eind stond er een PS. Daarin stond: *Jongen in mijn klas heeft verhuisd naar New York. Misschien jij wilt hem schrijven omdat hij kent niemand.* Dat was het laatste wat ik van haar hoorde.

4 IK KWAM OP HET SPOOR VAN ANDERE LEVENSVORMEN

'Waar ligt Brighton Beach?' vroeg ik. 'In Engeland,' zei mijn moeder terwijl ze in de keukenkastjes naar iets zocht wat ze kwijt was geraakt. 'Ik bedoel het Brighton Beach in New York.' 'Bij Coney Island, geloof ik.' 'Hoe ver is het naar Coney Island?' 'Een halfuurtje of zo.' 'Met de auto of lopend?' 'Je kunt er met de metro heen.' 'Hoeveel haltes is het?' 'Dat weet ik niet. Wat heb je opeens met Brighton Beach?' 'Ik heb daar een vriendje. Hij heet Misja en hij is Russisch,' zei ik vol bewondering. 'Alleen maar Russisch?' vroeg mijn moeder vanuit het kastje onder de gootsteen. 'Wat bedoel je met alléén maar Russisch?' Ze stond op en draaide zich naar me om. 'Niets,' zei ze. Toen keek ze me aan met de uitdrukking die soms op haar gezicht komt te liggen als ze net iets verbluffend fascinerends heeft bedacht. 'Het is alleen zo dat jij bijvoorbeeld voor één kwart Russisch, voor één kwart Hongaars, voor één kwart Pools en voor één kwart Duits bent.' Ze trok een la open en schoof hem dicht. 'In feite,' zei ze, 'zou je kunnen zeggen dat je voor driekwart Pools en voor één kwart Hongaars bent, want de ouders van Boebe kwamen uit Polen voordat ze naar Neurenberg verhuisden, en de stad van oma Sasja lag oorspronkelijk in Wit-Rusland voordat hij bij Polen ging horen.' Ze trok een ander, met plastic zakken volgepropt, kastje open en begon erin te wroeten. Ik draaide me om en wilde weggaan. 'Nu ik erbij stilsta,' zei ze, 'volgens mij zou je ook kunnen zeggen dat je voor driekwart Pools en voor één kwart Tsjechisch bent, want de stad waar Zejde vandaan kwam lag vóór 1918 in Hongarije en daarna in Slowakije, hoewel de Hongaren zich als Hongaars bleven beschouwen en tijdens de Tweede Wereldoorlog zelfs heel kort weer Hongaars zijn geworden. Natuurlijk zou je ook gewoon kunnen zeggen dat je half Pools, voor één kwart Hongaars en voor één kwart Engels bent, want opa Simon vertrok op zijn negende uit Polen om in Londen te gaan wonen.' Ze trok een velletje papier van de blocnote naast de telefoon en begon energiek te schrijven. Er ging een minuut voorbij waarin ze de bladzijde volkalkte. 'Kijk!' zei ze terwijl ze het velletje papier naar mij schoof, zodat ik het goed kon zien. 'Je kunt zowaar zéstien cirkeldiagrammen maken, die allemaal ook nog kloppen!' Ik keek op het papier. Er stond op:

Russisch	Pools		Pools	Pools		Pools	Pools		Russisch	Pools
Duits	Hongaars		Duits	Hongaars		Pools	Hongaars		Pools	Hongaars

Russisch	Pools		Pools	Pools		Pools	Pools		Russisch	Pools
Pools	Tsjechisch		Pools	Tsjechisch		Duits	Tsjechisch		Duits	Tsjechisch

Russisch	Engels		Russisch	Engels		Russisch	Engels		Russisch	Engels
Duits	Tsjechisch		Pools	Tsjechisch		Duits	Hongaars		Pools	Hongaars

Pools	Engels		Pools	Engels		Pools	Engels		Pools	Engels
Duits	Tsjechisch		Duits	Hongaars		Pools	Hongaars		Pools	Tsjechisch

'Aan de andere kant kun je ook altijd gewoon vasthouden aan half Engels en half Israëlisch, omdat – "IK BEN AMERIKAANS!" schreeuwde ik. Mijn moeder knipperde met haar ogen. 'Dat moet je zelf weten,' zei ze en ging water opzetten. Uit de hoek van de kamer, waar hij foto's in een tijdschrift zat te bekijken, mompelde Vogel: 'Nee hoor. Je bent joods.'

5 IK HEB DIE PEN EEN KEER GEBRUIKT OM AAN MIJN VADER TE SCHRIJVEN

We waren in Jeruzalem voor mijn bat mitswa. Mijn moeder wilde hem bij de Klaagmuur houden, zodat Boebe en Zejde, de ouders van mijn vader, erbij konden zijn. Toen Zejde in 1938 naar Palestina ging, zei hij dat hij er nooit meer zou vertrekken en dat heeft hij ook niet gedaan. Iedereen die hem wilde zien moest maar naar hun flat komen, in het hoge gebouw in Kirjat Wolfson, met uitzicht op de Knesset. Het stond er vol met de oude donkere meubels en oude donkere foto's die ze uit Europa hadden meegenomen. 's Middags lieten ze de metalen jaloezieën zakken om alles tegen het verblindende licht te beschermen omdat geen van hun bezittingen op dat soort weersomstandigheden berekend was.

Mijn moeder zocht weken naar goedkope tickets en vond ten slotte drie tickets van $ 700 bij El Al. Voor ons was dat nog steeds een smak geld, maar ze zei dat het een verantwoorde uitgave was. De dag voor mijn bat mitswa nam mamma ons mee naar de Dode Zee. Boebe kwam ook mee. Ze droeg een strooien hoed die met een band onder haar kin bleef vastzitten. Toen ze uit de kleedkamer kwam, leverde ze in haar badpak een fascinerende aanblik op, met haar gerimpelde en geplooide huid die was overdekt met blauwe aderen. We zagen haar gezicht rood aanlopen in de hete zwavelbronnen; het zweet parelde op haar bovenlip. Toen ze eruit kwam gleed het water in straaltjes van haar af. We liepen achter haar aan naar de rand van het water. Vogel ging met gekruiste benen in de modder staan. 'Als je moet plassen, doe het dan in het water,' zei Boebe met luide stem.

Een groep zware Russische vrouwen, overdekt met de zwarte minerale klei, keek onze kant op. Als Boebe het al in de gaten had, kon het haar niets schelen. We dreven op onze rug terwijl zij vanonder de brede rand van haar hoed over ons waakte. Ik had mijn ogen dicht, maar ik voelde haar schaduw over me heen. 'Heb jai keen boezem? Wat is aan de hand?' Ik voelde mijn gezicht heet worden en deed alsof ik niets had gehoord. 'Heb jai friendjes?' vroeg ze. Vogel leefde op. 'Nee,' mompelde ik. 'Wat?' 'Néé.' 'Waroem niet?' 'Ik ben twaalf.' 'Nou en! Toen iek zo oud was als jai had iek drie, misskien wel vier. Je bent jong en knap, *kejn nehore*.' Ik peddelde weg om een eindje bij haar reusachtige, indrukwekkende boezem vandaan te komen. Haar stem kwam me achterna. 'Maar dat zal niet altaid zo blaiven.' Ik probeerde te gaan staan en gleed uit in de klei. Ik speurde het vlakke water af naar mijn moeder totdat ik haar in het oog kreeg. Ze was al voorbij de verste zwemmer en zwom nog steeds door.

De volgende ochtend stond ik nog stinkend naar zwavel bij de Klaagmuur. De spleten tussen de massieve stenen zaten vol propjes papier. De rabbijn zei dat ik een briefje aan God mocht schrijven als ik wilde, om het daarna in een van de spleten te stoppen. Ik geloofde niet in God, dus schreef ik maar aan mijn vader: *Lieve pappa, ik schrijf dit met de pen die ik van jou heb gekregen. Gisteren vroeg Vogel aan me of je de Heimlich-greep kon doen en ik zei van ja. Ik heb hem ook verteld dat je een hovercraft kon besturen. Ik heb trouwens je tent in de kelder gevonden. Ik denk dat mamma hem over het hoofd heeft gezien toen ze alles wat van jou is geweest de deur uit deed. Hij rook naar schimmel, maar hij lekt nergens. Soms zet ik hem op in de achtertuin en ga erin liggen en dan denk ik eraan dat jij er vroeger ook in hebt gelegen. Ik schrijf dit, maar ik weet dat je het niet kunt lezen. Liefs, Alma.* Boebe schreef er ook een. Toen ik dat van mij in de muur probeerde te proppen, viel dat van haar eruit. Ze was druk aan het bidden, dus ik raapte het briefje op en vouwde het open. Er stond in: *Baroech Hasjeem, dat ik en mijn man de dag van morgen mogen beleven en dat mijn Alma moge opgroeien met de zegen van gezondheid en schoonheid en zou dat nou zo erg zijn een paar mooie borsten.*

Toen ik terugkwam in New York lag Misja's eerste brief op me te wachten. *Beste Alma,* begon hij. *Groeten! Ik ben erg blij om jouw welkom!* Hij was bijna dertien, vijf maanden ouder dan ik. Zijn Engels was beter dan dat van Tatjana omdat hij de tekst van vrijwel alle Beatlesliedjes uit zijn hoofd had geleerd. Hij zong ze terwijl hij zichzelf begeleidde op de accordeon die hij van zijn grootvader had gekregen, de grootvader die bij hen introk nadat Misja's grootmoeder was overleden en haar ziel, althans volgens Misja, in de vorm van een vlucht ganzen was neergestreken op de Zomertuinen in Sint Petersburg. Haar ziel bleef er twee aaneengesloten weken staan gakken in de regen en bij haar vertrek lag het gras vol drollen. Zijn grootvader arriveerde een paar weken later. Hij sleepte een gehavende koffer met de achttien delen van *De geschiedenis van de joden* achter zich aan. Hij nam zijn intrek in de toch al krappe kamer die Misja deelde met Svetlana, zijn oudere zuster, haalde zijn accordeon te voorschijn en begon zijn levenswerk te produceren. Aanvankelijk schreef hij alleen variaties op Russische volksliedjes, vermengd met loopjes uit joodse liederen. Na verloop van tijd ging hij over op donkerder, onstuimiger versies en op het allerlaatst speelde hij helemaal niets meer dat voor hen herkenbaar was en huilde hij bij het aanhouden van de lange noten, en al waren Misja en Svetlana nog zulke stomkoppen, ze hadden niemand nodig om hun te vertellen dat hij eindelijk de componist was geworden die hij altijd had willen zijn. Hij had een ouwe brik, die in het steegje achter hun appartement stond. Zoals Misja het vertelt, reed hij erin als een blinde en liet hij de auto vrijwel op eigen houtje de weg zoeken en dingen overhoop rijden; alleen wanneer de situatie levensbedreigend werd gaf hij met zijn vingertoppen een lichte draai aan het stuur. Als hun grootvader hen kwam ophalen van school, hielden Misja en Svetlana hun handen voor hun oren en probeerden ze de andere kant op te kijken. Als hij de motor liet brullen en het onmogelijk werd hem te negeren, schoten ze met gebogen hoofd op de auto af en kropen naar binnen, de achterbank op. Ze schoven achterin dicht tegen elkaar terwijl hun grootvader achter het stuur zat mee te neuriën met een bandje van Pussy Ass Mother Fucker, de punk-groep van hun neef Lev. Maar hij haalde altijd de woorden door elkaar. Voor 'Ik kreeg mot met een vent en ramde zijn bek tegen de autodeur,' kon hij zingen: 'O mijn mooie beursstudent, je hebt een gezicht als een bellefleur,' en voor 'Je bent een secreet, maar je ziet er lekker uit,' zong hij, 'Het is hier te heet, zet de wekker maar uit.' Als Misja en zijn zus hem op zijn vergissingen wezen, deed hun grootvader heel verbaasd en zette hij het bandje harder om het nog beter te kunnen horen, maar de volgende keer zong hij precies hetzelfde. Toen hij stierf, liet hij Svetlana de achttiendelige *Geschiedenis van de joden* na en Misja de accordeon. Rond dezelfde tijd vroeg Levs zus, die blauwe oogschaduw droeg, Misja bij zich op haar kamer, speelde 'Let it Be' voor hem en leerde hem hoe hij moest zoenen.

7 DE JONGEN MET DE ACCORDEON

Misja en ik schreven over en weer eenentwintig brieven. Dat was het jaar waarin ik twaalf was, twee jaar voordat Jacob Marcus naar mijn moeder schreef om haar te vragen of ze *De geschiedenis van de liefde* wilde vertalen. Misja's brieven stonden vol uitroeptekens en vragen als *Wat betekent: je hol is wollig?* en die van mij stonden vol vragen over het leven in Rusland. Toen nodigde hij me uit op zijn bar mitswa-feestje.

Mijn moeder maakte vlechten in mijn haar, leende me haar rode sjaal en bracht me met de auto naar het flatgebouw in Brighton Beach waar Misja woonde. Ik belde aan en wachtte tot hij naar beneden kwam. Mijn moeder wuifde naar me uit de auto. Ik stond te rillen van de kou. Er kwam een lange jongen met donker pluis op zijn bovenlip naar buiten. 'Alma?' vroeg hij. Ik knikte. 'Welkom, mijn vriendin!' zei hij. Ik wuifde naar mijn moeder en liep achter hem aan naar binnen. In de hal hing een zurige lucht van kool. Boven zat het huis vol etende mensen die in het Russisch schreeuwden. In een hoek van de eetkamer was een bandje opgesteld en de gasten probeerden aan één stuk door te dansen hoewel er geen ruimte voor was. Misja stond druk met iedereen te praten en enveloppen in zijn zak te steken, dus ik zat het grootste deel van het feestje op de hoek van de bank met een bord reusachtige garnalen. Ik eet niet eens garnalen, maar dat was het enige wat ik ervan herkende. Wanneer ik werd aangesproken moest ik uitleggen dat ik geen Russisch sprak. Een oude man bood me wodka aan. Op dat moment vloog Misja uit de keuken met zijn accordeon omgegespt. De accordeon was aangesloten op een versterker en Misja barstte los in gezang. '*You say it's your birthday!*' schreeuwde hij. De gasten kregen iets zenuwachtigs. '*Well, it's my birthday, too!*' gilde hij, en de accordeon kwam krijsend tot leven. Dat ging over in 'Sgt. Pepper's Lonely Hearts Club Band' en dat ging weer over in 'Here Comes the Sun' en uiteindelijk, na vijf of zes liedjes, barstten The Beatles los in 'Hava Nagila' en gingen de gasten uit hun dak. Iedereen begon mee te zingen en probeerde te dansen. Toen de muziek ten slotte ophield kwam Misja op me af, zijn gezicht roze en bezweet. Hij greep mijn hand en ik liep achter hem aan de flat uit, de gang door, vijf trappen op en door een deur naar buiten, het dak op. In de verte zag je de oceaan, de lichtjes van Coney Island en daarachter een niet meer gebruikte achtbaan. Mijn tanden begonnen te klapperen en Misja trok zijn jasje uit en legde het om mijn schouders. Het was warm en rook naar zweet.

8 БЛЯДЬ

Ik vertelde Misja alles. Over hoe mijn vader was gestorven en over mijn moeders eenzaamheid en Vogels onwankelbare geloof in God. Ik vertelde hem over de drie delen van *Overleven in de wildernis* en de Engelse redacteur en zijn roeiwedstrijd en Henry Lavendel en zijn Filippijnse schelpen en de dierenarts Tucci. Ik vertelde hem over dr. Eldridge en *Het leven zoals we het niet kennen*, en later – twee jaar nadat we met elkaar waren gaan schrijven, zeven jaar nadat mijn vader was overleden en 3,9 miljard jaar na het eerste leven op de aarde – toen de eerste brief van Jacob Marcus uit Venetië arriveerde, vertelde ik Misja over *De geschiedenis van de liefde*. Meestal schreven we elkaar brieven of spraken we elkaar telefonisch, maar soms zagen we elkaar in het weekend. Ik vond het leuker om naar Brighton Beach te gaan, want mevrouw Shklovsky bracht ons altijd thee met zoete kersen in porseleinen kopjes, en meneer Shklovsky, die altijd donkere zweetkringen onder zijn oksels had, leerde me vloeken in het Russisch. Soms huurden we een film, vooral spionageverhalen of thrillers. Onze favorieten waren *Rear Window*, *Strangers On a Train* en *North by Northwest*, die we al tien keer hadden gezien. Toen ik aan Jacob Marcus schreef, zogenaamd als mijn moeder, vertelde ik Misja erover en las hem telefonisch de slotversie voor. 'Wat vind je?' 'Ik vind dat je hol –' 'Laat maar zitten,' zei ik.

9 DE MAN DIE NAAR EEN STEEN ZOCHT

Er ging een week voorbij nadat ik mijn brief of die van mijn moeder, of hoe je het ook wilt noemen, op de post had gedaan. Er ging nog een week voorbij en ik vroeg me al af of Jacob Marcus soms het land uit was, naar Caïro misschien, of mogelijk naar Tokio. Er ging een week voorbij en ik bedacht dat hij misschien op een of andere manier achter de waarheid was gekomen. Er gingen vier dagen voorbij en ik bestudeerde mijn moeders gezicht op blijken van woede. Het was al eind juli. Er ging een dag voorbij en ik bedacht dat ik Jacob Marcus misschien maar moest schrijven om mijn excuses aan te bieden. De volgende dag kwam zijn brief.

De naam van mijn moeder, Charlotte Singer, stond met vulpen op de envelop geschreven. De telefoon ging net toen ik de brief achter de tailleband van mijn korte broek schoof. 'Ja hallo?' zei ik ongeduldig. 'Is de *Masjiach* thuis?' sprak de stem aan de andere kant. 'Wíé?' 'De *Masjiach*,' zei het joch, en op de achtergrond hoorde ik gesmoord gelach. Het klonk een beetje als kleine Louis, die een straat verderop woonde en vroeger Vogels vriendje was totdat hij andere vriendjes leerde kennen die hij leuker vond, waarna hij niet meer met Vogel sprak. 'Laat hem met rust,' zei ik en terwijl ik ophing wilde ik dat ik iets beters had bedacht.

Ik holde de straat uit naar het park, met mijn hand tegen mijn zij gedrukt om de envelop niet te laten vallen. Het was buiten heet en ik liep meteen te zweten. Ik scheurde de brief open naast een afvalbak op Long Meadow. De eerste bladzijde ging erover dat Jacob Marcus helemaal weg was van de hoofdstukken die mijn moeder had opgestuurd. Dat gedeelte las ik vluchtig door en toen kwam ik op de tweede bladzijde bij een zin die luidde: *Ik heb het nog steeds niet over uw brief gehad.* Hij schreef:

Ik ben gevleid door uw nieuwsgierigheid. Ik zou willen dat ik interessantere antwoorden op al uw vragen had. Ik moet zeggen dat ik tegenwoordig alleen maar langdurig uit het raam zit te kijken. Vroeger hield ik veel van reizen. Maar het reisje naar Venetië heeft me meer energie gekost dan ik dacht, en ik betwijfel of ik het nog een keer ga doen. Om redenen waarop ik zelf geen invloed heb, is mijn leven teruggebracht tot de meest simpele elementen. Hier op mijn bureau ligt bijvoorbeeld een steen. Een donkergrijs stuk graniet, doorsneden met een witte ader. Ik heb er het grootste deel van de ochtend over gedaan om hem te vinden. Eerst zijn er een groot aantal stenen afgekeurd. Toen ik erop uittrok had ik geen vastomlijnd idee van die steen. Ik dacht dat ik hem wel zou herkennen als ik hem tegenkwam. Onder het zoeken kwamen er bepaalde eisen bij me op waaraan hij moest voldoen. Hij moest prettig in de hand liggen, glad zijn, bij voorkeur grijs etc. Dus dat was mijn ochtend. De afgelopen paar uurtjes heb ik besteed aan op krachten komen.

Zo is het niet altijd geweest. Er was een tijd dat een dag voor mij geen enkele waarde had als ik niet een zekere hoeveelheid werk had verzet. Al dan niet oog hebben voor de mankheid van de tuinman, het ijs op het meer, de lange, gewichtige uitstapjes van mijn buurkind dat geen vriendjes lijkt te hebben – dat soort dingen deed er niet toe. Maar dat is nu anders geworden.

U vroeg of ik getrouwd ben. Vroeger wel, maar dat is een hele tijd geleden, en we zijn verstandig of dom genoeg geweest om geen kind te nemen. We kwamen elkaar tegen toen we jong waren, voordat we genoeg van teleurstellingen af wisten, en toen we dat wel wisten bleek dat we die teleurstellingen toch bij elkaar bleven oproepen. Ik denk dat je zou kunnen zeggen dat ook ik een klein Russisch astronautje op mijn revers draag. Ik woon tegenwoordig alleen, wat ik niet heel erg vind. Of misschien een klein beetje. Maar er zou een ongewone vrouw voor nodig zijn om me gezelschap te willen houden nu ik amper in staat ben om heen en weer naar het begin van de oprijlaan te lopen om de post op te halen. Ik doe het overigens nog wel. Twee keer per week komt een vriend wat kruidenierswaren brengen, en mijn buurvrouw komt één keer per dag een kijkje nemen onder het mom dat ze wil zien hoe de aardbeien die ze bij me in de tuin heeft geplant het doen. Ik houd niet eens van aardbeien.

Ik laat het erger klinken dan het is. Ik ken u nog niet eens en nu al hengel ik naar begrip.

U hebt ook gevraagd wat ik doe. Ik lees. Vanochtend heb ik *De straat van de krokodillen* voor de derde keer uitgelezen. Ik vond het bijna onverdraaglijk mooi.

Ook kijk ik naar films. Mijn broer heeft een dvd-speler voor me gekocht. U zult het niet geloven hoeveel films ik de afgelopen maand heb gezien. Dat doe ik dus. Films kijken en lezen. Soms doe ik zelfs alsof ik schrijf, maar er is niemand die daarin trapt. O, en ik loop naar de brievenbus.

Genoeg. Ik was helemaal weg van uw boek. Stuur me alstublieft nog meer.

JM

10 IK LAS DE BRIEF WEL HONDERD KEER

En elke keer dat ik hem las, kreeg ik het gevoel dat ik weer iets minder van Jacob Marcus af wist. Hij zei dat hij de hele ochtend bezig was om een stuk steen te zoeken, maar hij zei verder niet één keer waarom *De geschiedenis van de liefde* zo belangrijk voor hem was. Natuurlijk was het me niet ontgaan dat hij had geschreven: *Ik ken u nog niet eens.* Nog niet! Moest dat betekenen dat hij ervan uitging dat hij ons beter zou leren kennen, of in elk geval mijn moeder, aangezien hij niet op de hoogte was van het bestaan van Vogel en mij. (Nog niet!) Maar waarom was hij amper in staat om naar de brievenbus te lopen en weer terug? En waarom zou er een ongewone vrouw voor nodig zijn om hem gezelschap te houden? En waarom droeg hij een Russisch astronautje op zijn revers?

Ik besloot een lijst met aanwijzingen te maken. Ik ging naar huis, deed mijn slaapkamerdeur dicht en haalde het derde deel van *Overleven in de wildernis* te voorschijn. Ik sloeg een nieuwe bladzijde op. Ik besloot alles in code op te schrijven, voor het geval er iemand besloot in mijn spullen te snuffelen. Ik herinnerde me Saint-Exupéry. Bovenaan schreef ik *Overleven als je parachute niet opengaat*. Toen schreef ik:

1   *Zoek naar een steen*
2   *Woon in de buurt van een meer*
3   *Heb een manke tuinman*
4   *Lees* De straat van de krokodillen
5   *Heb een ongewone vrouw nodig*
6   *Heb moeite met alleen maar naar de brievenbus lopen*

Dat waren alle aanwijzingen die ik uit zijn brief kon halen en daarom glipte ik de werkkamer van mijn moeder in op een moment dat zij beneden was en haalde ik zijn andere brieven uit haar bureaula. Ik las ze door op verdere aanwijzingen. Toen herinnerde ik me dat zijn eerste brief begon met een citaat uit mijn moeders inleiding bij Nicanor Parra, het citaat over dat hij een Russisch astronautje op zijn revers droeg en rondliep met de brieven van een vrouw die hem voor een ander verliet. Jacob Marcus schreef dat hij ook een Russisch astronautje droeg; hield dat in dat zijn vrouw hem voor iemand anders had verlaten? Omdat ik het niet zeker wist, noteerde ik het niet als aanwijzing. In plaats daarvan schreef ik:

7 *Maak een reisje naar Venetië*

8 *Laat je lang geleden door iemand voorlezen uit* De geschiedenis van
de liefde *terwijl je in slaap valt*

9 *Dit nooit vergeten*

Ik bekeek mijn aanwijzingen. Ik schoot er geen zier mee op.

11 HOE HET MET ME GAAT

Ik kwam tot de conclusie dat als ik er echt achter wilde komen wie
Jacob Marcus was en waarom het zo belangrijk voor hem was om het
boek te laten vertalen, er nog maar één plek was om te zoeken, namelijk in *De geschiedenis van de liefde.*

Ik glipte naar boven, mijn moeders werkkamer in, om te kijken of
ik de door haar vertaalde hoofdstukken kon uitdraaien. De enige
moeilijkheid was dat ze voor haar computer zat. 'Da-ag,' zei ze.
'Da-ag,' zei ik zo nonchalant mogelijk. 'Hoe gaat het met je?' vroeg
ze. 'Goeddankjeenhoegaatmetjou?' antwoordde ik, want dat heeft ze
me geleerd om te zeggen, net zoals ze me geleerd heeft hoe ik mijn
mes en vork op de juiste manier moet vasthouden, hoe ik een theekopje tussen twee vingers moet beetpakken en wat de beste manier is
om zonder aandacht te trekken een etensrestje tussen mijn tanden
uit te graven, voor het hoogst onwaarschijnlijke geval dat ik door de
koningin van Engeland op de thee word gevraagd. Toen ik erop wees
dat ik niemand kende die zijn mes en vork op de juiste manier vasthield, trok ze een ongelukkig gezicht en zei dat ze haar best deed een
goede moeder te zijn, en als ik het niet van haar zou leren, van wie dan
wel? Toch wou ik dat ze dat maar niet deed, want soms is goedgema-
nierd zijn erger dan ongemanierd zijn, zoals die keer dat Greg Feld-
man op school langs me liep in de gang en zei: 'Hé Alma, hoe is het ermee?' en ik zei: 'Goeddankjeenhoegaatmetjou?' en hij staan bleef, me
aankeek alsof ik met een parachute naar beneden was gekomen van
Mars en vroeg: 'Waarom kun je niet gewoon een keertje zeggen: Gaat
wel."?'

Het werd buiten donker en mijn moeder zei dat er niets te eten in huis was, en hadden we soms zin om iets van de Thai te bestellen, of misschien iets West-Indisch of wat dachten we van de Cambodjaan. 'Waarom kunnen we niet zelf iets klaarmaken?' vroeg ik. 'Macaroni met kaas?' vroeg mijn moeder. 'Mevrouw Shklovsky maakt heel lekkere kip à l'orange,' zei ik. Mijn moeder kreeg een twijfelachtige uitdrukking op haar gezicht. 'Chili con carne?' vroeg ik. Terwijl ze in de supermarkt was, ging ik naar haar werkkamer en draaide de hoofdstukken 1 tot en met 15 van *De geschiedenis van de liefde* uit, want zover was ze gekomen. Ik nam de bladzijden mee naar beneden en verborg ze in mijn survivalrugzak onder het bed. Een paar minuten later kwam mijn moeder thuis met een pond kalkoengehakt, een stronk broccoli, drie appels, een pot augurken en een uit Spanje geïmporteerde doos marsepein.

13   DE EEUWIGE TELEURSTELLING VAN HET LEVEN ZOALS HET IS

Na een avondmaal van in de magnetron opgewarmde kipkluifjes van namaakvlees ging ik vroeg naar bed en las onder de dekens met een zaklantaarn wat mijn moeder had vertaald van *De geschiedenis van de liefde*. Ik las het hoofdstuk over hoe de mensen vroeger met hun handen praatten, het hoofdstuk over de man die dacht dat hij van glas was en een hoofdstuk dat ik nog niet had gelezen en dat 'Het ontstaan van het gevoel' heette. *Gevoelens zijn niet zo oud als de wereld,* zo begon het.

Net zoals er een eerste ogenblik was waarop iemand met twee stokjes tegen elkaar wreef om een vonk te maken, was er ook een eerste keer dat er vreugde werd gevoeld, en een eerste keer voor verdriet. Een tijd lang werden er voortdurend nieuwe gevoelens uitgedacht. De begeerte ontstond al vroegtijdig, evenals de spijt. Toen er voor de eerste keer koppigheid werd gevoeld, bracht dat een kettingreactie op gang waaruit enerzijds de wrok en anderzijds de vervreemding en de eenzaamheid voortkwam. Misschien is de geboorte van de extase wel ingeluid door een bepaalde, tegen de klok in gaande, heupbeweging; misschien heeft een bliksemflits het eerste gevoel van ontzag veroorzaakt. Of misschien kwam het door het lichaam van een meisje dat Alma heette. Tegen alle logica in ontstond het gevoel van verrassing niet meteen. Dat kwam pas nadat de mensen voldoende tijd hadden gehad om gewend te raken aan de dingen zoals ze zijn. En toen er wél genoeg tijd voorbij was gegaan en iemand het eerste gevoel van verrassing voelde, was er iemand anders, elders, die de eerste steek van heimwee onderging.

Ook is het zo dat mensen soms dingen voelden die onbenoemd bleven, omdat er geen woord voor was. De oudste bestaande emotie is misschien wel de ontroering, maar die te beschrijven – er gewoon een naam aan te geven – moet ongeveer hetzelfde zijn geweest als grijpen naar iets dat onzichtbaar is.

(Aan de andere kant, misschien is het oudste bestaande gevoel wel gewoon de verwarring geweest.)

Toen de mensen eenmaal waren begonnen met voelen nam hun verlangen om te voelen steeds meer toe. Ze wilden méér voelen, dieper voelen, ongeacht hoeveel pijn het soms deed. De mensen raakten verslaafd aan voelen. Ze spanden zich in om nieuwe emoties aan het licht te brengen. Het is goed mogelijk dat op die manier de kunst is ontstaan. Er werden nieuwe vormen van vreugde in het leven geroepen, tegelijk met nieuwe vormen van verdriet: de eeuwige teleurstelling van het leven zoals het is, de opluchting van een onverwacht respijt, de angst om te sterven.

Zelfs vandaag de dag bestaan nog niet alle denkbare gevoelens. Er zijn nog steeds gevoelens die onze vermogens en onze verbeelding te boven gaan. Af en toe, wanneer er een muziekstuk ontstaat dat nog door niemand is geschreven of een schilderij dat nog door niemand is geschilderd of wanneer zich iets anders voordoet dat onmogelijk te voorspellen, te peilen of nog te beschrijven is, doet een nieuw gevoel zijn intrede in de wereld. En dan, voor de miljoenste keer in de geschiedenis van het gevoel, zwelt het hart en laat het het nieuwe gevoel op zich inwerken.

Alle hoofdstukken waren min of meer zo, en uit geen ervan kwam ik eigenlijk te weten waarom het boek zo belangrijk voor Jacob Marcus was. Maar nu begon ik over mijn vader na te denken. Over hoeveel *De geschiedenis van de liefde* voor hem moest hebben betekend als hij het al twee weken na hun ontmoeting aan mijn moeder had gegeven, ondanks het feit dat hij wist dat ze nog geen Spaans las. Waarom? Omdat hij verliefd op haar was, natuurlijk.

Toen dacht ik aan iets anders. Stel dat mijn vader iets had geschreven in het exemplaar van *De geschiedenis van de liefde* dat hij aan mijn moeder gaf. Het was nooit bij me opgekomen om daarnaar te kijken.

Ik kwam uit bed en ging naar boven. Mamma's werkkamer was leeg en het boek lag naast de computer. Ik pakte het van het bureau en sloeg de titelpagina op. In een handschrift dat ik niet herkende stond: *Voor Charlotte, mijn Alma. Dit is het boek dat ik voor jou zou hebben geschreven als ik kon schrijven. Liefs, David.*

Ik ging weer in bed liggen en dacht een hele tijd over mijn vader en die eenentwintig woorden na.

En toen begon ik na te denken over haar. Alma. Wie was ze? Mijn moeder zou zeggen dat ze iedereen was, elk meisje en elke vrouw die ooit door iemand zijn bemind. Maar hoe meer ik erover nadacht, hoe meer ik besefte dat ze ook zélf iemand moest zijn geweest. Want hoe kon Litvinoff zoveel over de liefde hebben geschreven zonder zelf verliefd te zijn? Op iemand in het bijzonder. En die iemand moet hebben geheten —

Onder de negen aanwijzingen die ik al had opgeschreven zette ik een nieuwe:

10 *Alma*

14 HET ONTSTAAN VAN HET GEVOEL

Ik vloog naar beneden, de keuken in, maar die was leeg. Aan de andere kant van het raam, in onze verwilderde achtertuin, midden tussen het onkruid, stond mijn moeder. Ik duwde de hordeur open. 'Over

Alma,' zei ik hijgend. 'Hmm?' zei mijn moeder. Ze had een planten-schepje in haar hand. Ik had geen tijd om erbij stil te staan waarom ze een plantenschepje in haar hand had terwijl juist mijn vader, en niet zij, had getuinierd, en het ook al bijna halftien in de avond was. 'Wat is haar achternaam?' vroeg ik. 'Waar heb je het over?' vroeg mijn moeder. 'Alma,' zei ik ongeduldig. 'Het meisje in het boek. Wat is haar achternaam?' Mijn moeder wiste zich het voorhoofd af, waardoor er een veeg aarde achterbleef. 'Tja, nu je het erover hebt – in een van de hoofdstukken wordt inderdaad een achternaam genoemd. Maar het is vreemd, want terwijl alle andere namen in het boek Spaans zijn, is haar achternaam...' Mijn moeder fronste haar wenkbrauwen. 'Nou?' vroeg ik opgewonden. 'Hoe heet ze dan?' 'Mereminski,' zei mijn moe-der. 'Mereminski,' herhaalde ik. Ze knikte. 'M-E-R-E-M-I-N-S-K-I. Mereminski. Pools. Het is een van de weinige aanwijzingen die Lit-vinoff geeft over waar hij vandaan kwam.'

Ik rende terug naar boven, klom in bed, knipte mijn zaklantaarn aan en sloeg het derde deel van *Overleven in de wildernis* open. Naast *Alma* schreef ik *Mereminski*.

De volgende dag ging ik naar haar op zoek.

De narigheid met denken

Als Litvinoff met het verstrijken van de jaren steeds meer hoestte – een droge hoest die door zijn hele lichaam trok, hem deed dubbelslaan en hem dwong van tafel op te staan tijdens etentjes, telefoontjes te weigeren en te bedanken voor uitnodigingen voor spreekbeurten die hij af en toe kreeg – was het minder omdat hij ziek was dan omdat er iets was wat hij wilde zeggen. Hoe meer tijd er voorbijging, hoe liever hij het wilde zeggen en hoe onmogelijker het werd om het te zeggen. Soms werd hij panisch wakker uit zijn dromen. *Rosa!* schreeuwde hij dan. Maar nog voordat de woorden zijn mond uit waren voelde hij haar hand op zijn borst en bij het horen van haar stem – *Wat is er? Wat scheelt eraan, lieverd?* – verloor hij de moed, overweldigd door angst voor de gevolgen. En dus, in plaats van te zeggen wat hij wilde zeggen, zei hij: *Het is niets. Een nare droom, meer niet,* en wachtte tot ze weer in slaap was gevallen voordat hij de dekens van zich af duwde en het balkon op liep.

Toen hij jong was, had Litvinoff een vriend. Het was niet zijn beste vriend, maar een goede vriend. Hij zag deze vriend voor het laatst op de dag dat hij zelf uit Polen vertrok. De vriend stond op een straathoek. Ze waren al uiteengegaan, maar draaiden zich allebei om zodat ze de ander konden zien weglopen. Een hele tijd bleven ze daar staan. De pet van zijn vriend lag samengepropt in een tegen zijn borst gedrukte knuist. Hij stak zijn hand op, groette Litvinoff en glimlachte. Toen trok hij zijn pet over zijn voorhoofd, draaide zich om en verdween met lege handen tussen de mensen. Er ging tegenwoordig geen dag voorbij zonder dat Litvinoff aan dat moment of aan die vriend terugdacht.

Als hij 's nachts niet kon slapen ging Litvinoff soms naar zijn werkkamer om zijn exemplaar van *De geschiedenis van de liefde* te voorschijn te halen. Hij herlas het veertiende hoofdstuk, 'Het tijdperk van het touw', zo vaak dat de band er nu als vanzelf bij openviel.

Er gaan heel veel woorden verloren. Ze verlaten de mond en verliezen de moed; ze zwerven doelloos rond totdat ze net als dode bladeren in de goot worden geveegd. Op regenachtige dagen hoor je ze in koor voorbijzoeven: *IkbeneenbeeldschoonmeisjegeweestNietweggaanalsje blieftOokikgeloofdatmijnlichaamvanglasisIkhebnooitvaniemandgehou denIkbeschouwmezelfalsraarNeemmenietkwalijk...*

Er is een tijd geweest dat het niet ongewoon was om een stukje touw te gebruiken om woorden te geleiden die anders misschien op weg naar hun bestemming zouden afdwalen. Verlegen mensen hadden altijd een rolletje touw op zak, maar mensen van wie anderen vonden dat ze een grote mond hadden konden evenmin zonder touw, want degenen die gewend waren door iedereen gehoord te worden wisten vaak niet hoe ze iemand naar zich moesten laten luisteren. De fysieke afstand tussen twee mensen die gebruikmaakten van touw was dikwijls klein; hoe kleiner de afstand, hoe groter soms de behoefte aan het touw.

De praktijk om kommetjes aan de uiteinden van het touw te bevestigen kwam pas veel later. Volgens sommigen is ze verwant aan de onbedwingbare neiging om schelpen tegen je oor te drukken, zodat je de nog steeds naklinkende echo kunt horen van de eerste keer dat er op de wereld iets werd geuit. Volgens anderen was daarmee begonnen door een man die het eind van een touw vasthield, een touw dat over de hele oceaan werd afgerold door een meisje dat naar Amerika vertrok.

Toen de wereld in omvang toenam en er niet voldoende touw was om te voorkomen dat de dingen die de mensen wilden zeggen in de onmetelijke ruimte verdwenen, werd de telefoon uitgevonden.

Soms is geen enkel stuk touw lang genoeg om te zeggen wat er gezegd moet worden. In dergelijke gevallen kan het touw, in welke vorm dan ook, alleen maar iemands zwijgen geleiden.

Litvinoff hoestte. Het gedrukte boek in zijn hand was een kopie van een kopie van een kopie van een kopie van het origineel, dat niet meer bestond, behalve in zijn hoofd. Niet het 'origineel', in de zin van het ideale boek dat een schrijver zich voorstelt alvorens te gaan zitten schrijven. Het origineel dat in Litvinoffs hoofd bestond was de herinnering aan het met de hand, in zijn moedertaal geschreven manuscript, het manuscript dat hij in zijn handen had gehouden op de dag dat hij voor het laatst afscheid had genomen van zijn vriend. Ze hadden niet geweten dat het de laatste keer zou worden. Maar in hun hart hadden ze het zich allebei wel afgevraagd.

In die tijd was Litvinoff journalist. Hij werkte bij een dagblad en schreef necrologieën. Af en toe ging hij 's avonds na het werk naar een café waar veel kunstenaars en filosofen kwamen. Omdat Litvinoff er niet veel mensen kende, bestelde hij gewoonlijk alleen maar een drankje en deed hij alsof hij een krant las die hij al had gelezen en luisterde hij naar de gesprekken die er om hem heen werden gevoerd:

De gedachte aan tijd buiten onze eigen ervaring is onverdraaglijk!

Marx, mijn reet.

De roman is dood!

Voordat we onze toestemming geven moeten we eerst zorgvuldig onderzoeken –

Bevrijding is alleen maar een middel om de vrijheid te bereiken; het is er niet synoniem mee!

Malevitsj? Mijn snot is interessanter dan die lulhannes.

En dat, mijn vriend, is de narigheid met denken!

Soms was Litvinoff het oneens met iemands betoog en stak hij in zijn hoofd een briljante weerlegging af.

Op een avond hoorde hij achter zich een stem: 'Dat moet een goed artikel zijn – je zit het al een halfuur te lezen.' Litvinoff schrok en toen hij opkeek werd hij toegelachen door het vertrouwde gezicht van zijn oude jeugdvriend. Ze omhelsden elkaar en registreerden de lichte veranderingen die door de tijd op het uiterlijk van de ander waren aangebracht. Litvinoff had altijd een bepaalde affiniteit met deze vriend gevoeld en was benieuwd naar wat hij de afgelopen paar jaar had gedaan. 'Werken, net als ieder ander,' zei zijn vriend terwijl hij een stoel bijtrok. 'En je schrijverij?' vroeg Litvinoff. Zijn vriend haalde zijn schouders op. ''s Nachts is het rustig. Dan valt niemand me lastig. De kat van de huisbaas komt bij me op schoot zitten. Gewoonlijk val ik achter mijn bureau in slaap en word ik wakker wanneer de kat er bij het krieken van de dag vandoor sluipt.' En toen, zomaar, moesten ze allebei lachen.

Vanaf dat moment zagen ze elkaar elke avond in het café. Met toenemend afgrijzen bespraken ze het oprukken van Hitlers legers en de manier waarop er volgens de geruchten tegen de joden werd opgetreden, totdat ze te gedeprimeerd waren om verder te praten. 'Nu misschien maar iets vrolijkers,' zei zijn vriend dan ten slotte, en Litvinoff stapte met alle plezier over op een ander onderwerp, want hij wilde graag een van zijn filosofische theorieën op zijn vriend uitproberen of hem een nieuw plan voorleggen om met dameskousen snel veel geld te verdienen op de zwarte markt of hem het mooie meisje beschrijven dat tegenover hem woonde. Op zijn beurt liet zijn vriend Litvinoff af en toe stukjes zien van waar hij zelf aan bezig was. Korte stukjes, een losse alinea. Maar Litvinoff werd er altijd door ontroerd. Al bij de eerste bladzijde die hij las, besefte hij dat zijn vriend sinds de tijd dat ze samen op school hadden gezeten tot een echte schrijver was uitgegroeid.

Toen een paar maanden later bekend werd dat Isaac Babel door de geheime politie van Moskou was vermoord moest Litvinoff de necrologie schrijven. Het was een belangrijke opdracht en hij deed erg zijn best om de juiste toon te treffen voor de tragische dood van een grote schrijver. Hij ging pas om middernacht weg van kantoor, maar toen hij door de kille nacht naar huis liep, had hij een glimlach op zijn gezicht omdat hij geloofde dat die necrologie behoorde tot de beste die hij ooit had geschreven. Het kwam heel dikwijls voor dat het materiaal waarmee hij moest werken karig en flets was en hij iets in elkaar moest flansen met een paar superlatieven, clichés en valse klanken van lof, om op die manier iemands leven te gedenken en kunstmatig een gevoel van verlies over diens dood te versterken. Maar dit keer niet. Dit keer moest hij zich kunnen meten met het materiaal, moest hij zich inspannen om woorden te vinden voor een man die een meester met woorden was geweest, die zich zijn hele leven had verzet tegen het cliché, in de hoop dat hij de wereld kennis kon laten maken met een nieuwe manier van denken en schrijven, een nieuwe manier van voelen zelfs. En die voor al zijn moeite werd beloond met de dood voor het vuurpeloton.

De volgende dag verscheen het stuk in de krant. Zijn uitgever riep hem bij zich op zijn kantoor om hem te feliciteren met zijn werk. Ook kreeg hij complimenten van een paar van zijn collega's. Toen hij zijn vriend die avond in het café zag, prees ook hij het stuk. De trotse en gelukkige Litvinoff liet een rondje wodka aanrukken.

Een paar weken later kwam zijn vriend niet zoals gewoonlijk in het café opdagen. Na anderhalf uur wachten besloot Litvinoff maar naar huis te gaan. De volgende avond wachtte hij weer en opnieuw verscheen zijn vriend niet. Bezorgd dat er iets was gebeurd begaf Litvinoff zich naar het huis waar zijn vriend op kamers woonde. Hij was er nooit geweest, maar hij kende het adres. Toen hij er aankwam, verbaasde hij zich over de armoedige en vervallen aanblik van het huis, over de vettige muren in de entree en de verschaalde geur die er hing. Bij de eerste de beste deur klopte hij aan. Er werd opengedaan door een vrouw. Litvinoff vroeg naar zijn vriend. 'Ja hoor,' zei ze, 'de grote schrijver.' Abrupt wees ze met haar duim naar boven. 'Bovenste verdieping rechts.'

Litvinoff klopte vijf minuten aan voordat hij aan de andere kant eindelijk de zware voetstappen van zijn vriend hoorde. Toen de deur openging, stond zijn vriend daar bleek en afgetobd met zijn beddengoed om zich heen. 'Wat is er gebeurd?' vroeg Litvinoff. Zijn vriend haalde hoestend zijn schouders op. 'Pas maar op, anders krijg jij het ook te pakken,' zei hij terwijl hij zich weer naar zijn bed sleepte. Schutterig bleef Litvinoff in de krappe kamer van zijn vriend staan;

hij wilde helpen, maar wist niet hoe. Ten slotte klonk er een stem uit de kussens: 'Een kopje thee zou wel lekker zijn.' Litvinoff haastte zich naar de hoek waar een geïmproviseerd keukentje was ingericht en ging met veel gerommel op zoek naar de ketel ('Op het gasstel,' riep zijn vriend met zwakke stem). Terwijl het water opstond, deed hij het raam open om wat frisse lucht naar binnen te laten en waste hij de vuile vaat af. Toen hij de dampende kop thee naar zijn vriend bracht, zag hij dat hij lag te rillen van de koorts, dus deed hij het raam dicht en ging beneden bij de hospita om een extra deken vragen. Uiteindelijk viel zijn vriend in slaap. Niet wetend wat hij verder moest doen, ging Litvinoff op de enige stoel in de kamer zitten wachten. Na een kwartier klonk er gemiauw voor de deur. Litvinoff liet de kat naar binnen, maar toen ze zag dat haar middernachtelijke maatje was uitgeschakeld schreed ze weer naar buiten.

Vóór de stoel stond een houten bureau. Op het blad lagen losse vellen papier verspreid. Een ervan trok Litvinoffs aandacht en na een blik op zijn vriend te hebben geworpen om te zien of hij nog lag te slapen pakte hij de bladzijde op. Helemaal bovenaan stond: DE DOOD VAN ISAAC BABEL.

Pas nadat ze hem de misdaad van het zwijgen ten laste hadden gelegd, ontdekte Babel hoeveel vormen van stilte er bestonden. Wanneer hij muziek hoorde, luisterde hij niet meer naar de noten, maar naar de stilte ertussenin. Wanneer hij een boek las, gaf hij zich helemaal over aan komma's en puntkomma's, aan de ruimte na de punt en voor de hoofdletter van de volgende zin. Hij ontdekte de plekjes in een kamer waar zich stilte ophoopte: de plooien van gedrapeerde gordijnen, de diepe schalen van het familiezilver. Wanneer mensen met hem spraken, hoorde hij steeds minder wat ze zeiden en steeds meer wat ze niet zeiden. Hij leerde de betekenis van bepaalde stiltes te ontcijferen, en dat is hetzelfde als een lastige misdaad oplossen, zonder enige aanwijzing, alleen op intuïtie. En niemand kon hem verwijten dat hij niet productief was in zijn gekozen beroep. Dagelijks leverde hij hele epossen van stilte af. In het begin viel dat niet mee. Stel je voor hoe moeilijk het is om te blijven zwijgen wanneer je kind vraagt of God bestaat of wanneer de vrouw van wie je houdt vraagt of je haar liefde wel beantwoordt. Aanvankelijk verlangde Babel ernaar om slechts twee woorden te mogen gebruiken: Ja en Nee. Maar hij wist dat zelfs het uiten van één enkel woord de tere welbespraaktheid van de stilte zou vernietigen.

Zelfs nadat ze hem gearresteerd hadden en al zijn manuscripten – lege bladzijden, allemaal – verbrand hadden, weigerde hij te spreken. Hij kreunde niet eens toen hij een klap op zijn hoofd, de punt van een laars in zijn kruis kreeg. Pas op het laatst mogelijke moment, toen hij voor het vuurpeloton stond, werd de schrijver Babel opeens gewaar dat hij het misschien bij het verkeerde eind had gehad. Toen de geweren zich op zijn borst richtten, vroeg hij zich af of wat hij als de rijkdom van de stilte had beschouwd in werkelijkheid de armoede was van nooit gehoord te worden. Hij had gedacht dat de mogelijkheden van menselijk zwijgen eindeloos waren. Maar toen de kogels uit de geweren vlogen, werd zijn lichaam doorzeefd met de waarheid. En ergens in hem klonk een klein, bitter lachje, want hoe kon hij toch vergeten hebben wat hij altijd al geweten had: niets evenaart het zwijgen van God.

Litvinoff liet de bladzijde vallen. Hij was razend. Hoe kon zijn vriend, die zelf mocht kiezen waarover hij schreef, nu juist dat onderwerp stelen waarover hij, Litvinoff, net iets had geschreven waar hij trots op was? Hij voelde zich bespot en vernederd. Hij wilde zijn vriend uit bed sleuren om hem te vragen wat hij met dat stuk had beoogd. Maar al snel kwam hij tot bedaren en las hij het nog eens, en al lezend besefte hij de waarheid. Zijn vriend had niets gestolen dat aan hém toebehoorde. Hoe kon hij ook? Iemands dood behoort niemand toe, alleen degene die dood is gegaan.

Hij werd bekropen door een gevoel van verdriet. Al jarenlang nam Litvinoff aan dat hij heel veel weg had van zijn vriend. Hij was prat gegaan op wat hij als hun overeenkomsten beschouwde. Maar de waarheid was dat hij even weinig weg had van de man die drie meter verderop in bed tegen de koorts lag te vechten als van de kat die zich zojuist stilletjes uit de voeten had gemaakt: ze waren van een verschillende soort. Het was zonneklaar, dacht Litvinoff. Je hoefde alleen maar te kijken naar de manier waarop ze hetzelfde onderwerp hadden aangepakt. Waar hij een bladzijde vol woorden zag, zag zijn vriend een veld van aarzelingen, zwarte gaten en mogelijkheden tussen de woorden. Waar zijn vriend gespikkeld licht zag, de weldaad van het vliegvermogen, de treurnis van de zwaartekracht, zag hij de solide vorm van een alledaagse mus. Litvinoffs leven werd bepaald door verblijding over het gewicht van het werkelijke: dat van zijn vriend door de afwijzing van de werkelijkheid met haar leger platvloerse feitjes. Kijkend naar zijn spiegelbeeld in het donkere raam geloofde Litvinoff dat er iets was afgebladderd en er een waarheid bij hem was blootgelegd: hij behoorde tot de middelmaat. Hij was een man die bereid was de dingen te accepteren zoals ze zich voordeden en daarom ontbrak het hem aan het potentieel om op enige wijze oorspronkelijk te zijn. En hoewel hij zich daar in alle opzichten in vergiste, was hij na die nacht niet meer op andere gedachten te brengen.

Onder DE DOOD VAN ISAAC BABEL lag een volgende bladzijde. Terwijl de tranen van zelfmedelijden in zijn ogen prikten las Litvinoff verder.

FRANZ KAFKA IS DOOD

Hij overleed in een boom waaruit hij niet naar beneden wilde komen. 'Kom die boom uit!' riepen ze tegen hem. 'Kom die boom uit! Kom die boom uit!' De stilte vulde de nacht en de nacht vulde de stilte terwijl de mensen wachtten tot Kafka iets zou zeggen. 'Dat kan ik niet,' sprak hij ten slotte met iets weemoedigs in zijn stem. 'Waarom niet?' riepen ze. De sterren stroomden uit over de zwarte hemel. 'Omdat jullie dan niet meer naar mij vragen.' De mensen fluisterden en knikten tegen elkaar. Ze sloegen hun armen om elkaar heen en streken over het haar van hun kinderen. Ze namen hun hoed af voor de kleine, ziekelijke man met de oren van een vreemd dier, die in zijn zwarte fluwelen pak in de donkere boom zat. Toen keerden ze zich om en gingen onder het baldakijn van bladeren op huis aan. Kinderen werden op de schouders van hun vader gedragen, slaperig omdat ze waren meegenomen om de man te zien die zijn boeken schreef op stukken schors die hij losscheurde van de boom waaruit hij weigerde naar beneden te komen. In zijn fijne, mooie, onleesbare handschrift. En ze hadden bewondering voor die boeken en ze hadden bewondering voor zijn wilskracht en uithoudingsvermogen. Wie wil er per slot van rekening nu niet jan en alleman van zijn eenzaamheid laten meegenieten? Een voor een stapten de gezinnen op met een goedenavond en een handdruk, plotseling dankbaar voor het gezelschap van hun buren. Dichte deuren sloten warme huizen af. Brandende kaarsen werden voor het venster gezet. Ver weg, op zijn plaatsje in de bomen, luisterde Kafka naar dat alles: het geruis van kleren die op de grond vielen, van lippen die licht langs naakte schouders streken, bedden die kraakten onder het gewicht van de tederheid. Het werd allemaal opgevangen door zijn fijne gepunte oorschelpen en rolde als flipperkastballen door de grote zaal van zijn geest.

Die nacht kwam er een ijzige wind aanwaaien. Toen de kinderen wakker werden, liepen ze naar het raam en zagen ze dat de wereld in ijs was gevat. Een kind, het kleinste, gilde opgetogen en haar gil scheurde door de stilte en deed het ijs van een reusachtige eik in stukjes barsten. De wereld glansde.

Toen ze hem aantroffen, lag hij als een vogel bevroren op de grond. Er wordt gezegd dat ze zichzelf konden horen toen ze hun oren tegen zijn oorschelpen hielden.

Onder die bladzijde lag een andere bladzijde, getiteld DE DOOD VAN TOLSTOJ, en daaronder lag er een voor Osip Mandelstam, die aan het bittere eind van 1938 stierf in een doorgangskamp nabij Wladiwostok, en daaronder nog een stuk of zes, zeven meer. Alleen de laatste bladzijde was anders. Er stond op: DE DOOD VAN LEOPOLD GURSKY. Litvinoff voelde een kille windvlaag langs zijn hart strijken. Hij wierp een blik op zijn vriend, die moeizaam ademhaalde. Hij begon te lezen. Toen hij aan het eind kwam schudde hij zijn hoofd en las het stuk nog eens. En daarna nog eens. Hij las het telkens opnieuw en vormde de woorden met zijn lippen alsof ze geen aankondiging van de dood waren, maar een gebed om het leven. Alsof hij zijn vriend alleen al door ze te zeggen kon behoeden voor de engel des doods, alsof enkel de kracht van zijn adem diens vleugels nog iets langer samengedrukt hield, nog iets langer – totdat de engel het opgaf en zijn vriend met rust liet. De hele nacht waakte Litvinoff bij zijn vriend en de hele nacht bewoog hij zijn lippen. En voor het eerst in tijden voelde hij zich niet nutteloos.

Toen de ochtend aanbrak zag Litvinoff tot zijn opluchting dat zijn vriend weer kleur op zijn gezicht had gekregen. Hij sliep de vredige slaap van de genezing. Toen de zon al een eindje boven de horizon stond kwam Litvinoff overeind. Zijn benen waren stijf. Hij voelde zich vanbinnen uitgehold. Maar hij was vervuld van geluk. Hij vouwde DE DOOD VAN LEOPOLD GURSKY dubbel. En dit is nog iets wat niemand over Zvi Litvinoff weet: de rest van zijn leven had hij in zijn borstzak de bladzijde die hij de hele nacht had behoed tegen werkelijkheid worden, zodat hij wat extra tijd kon winnen – voor zijn vriend, voor het leven.

Tot de schrijfhand pijn doet

De bladzijden die ik heel lang geleden had geschreven gleden uit mijn handen en vielen los op de grond. Ik dacht: wie? En hoe? Ik dacht: na al die... Wat? Jaren.

Ik nam de wijk naar mijn herinneringen. Die hele nacht wist ik niet hoe ik het had. 's Morgens verkeerde ik nog steeds in een shock. Het was al bijna middag voordat ik verder kon. Ik knielde neer in de bloem. Ik pakte de bladzijden een voor een van de grond. Aan bladzijde tien haalde ik mijn vinger open. Bij bladzijde tweeëntwintig kreeg ik een pijnscheut in mijn nieren. Bij bladzijde vier een blokkade in mijn hart.

Er kwam een bittere grap bij me op. *Ik had er geen woorden voor.* En toch. Ik hield de stapel stevig vast, bang dat mijn eigen hersens me in de maling namen, dat ik naar beneden zou kijken en zou zien dat de bladzijden onbeschreven waren.

Ik ging naar de keuken. De taart stond in te zakken op de tafel. Dames en heren. Wij zijn vandaag bijeen om de mysteries van het leven te huldigen. Wat? Nee, gooien met stenen is niet toegestaan. Alleen met bloemen. Of met geld.

Ik veegde de eierschalen en gemorste suiker van mijn stoel en ging aan tafel zitten. Buiten fladderde mijn trouwe duif koerend met zijn vleugels tegen het glas. Misschien had ik hem een naam moeten geven. Waarom ook niet, er zijn genoeg andere dingen, minder werkelijk dan hij, die ik de moeite waard vond om te benoemen. Ik probeerde een naam te bedenken die ik prettig vond om te zeggen. Ik wierp een blik om me heen. Mijn oog viel op de gerechtenlijst van de afhaalchinees. Die hebben ze al jaren niet veranderd. MR. TONG'S BE-ROEMDE KANTONESE, SICHUAN EN MENSELIJKE GERECHTEN. Ik tikte tegen het raam. De duif fladderde weg. *Tabé, meneer Tong.*

Het grootste deel van de middag ging op aan lezen. De herinneringen verdrongen zich. Mijn ogen raakten versuft, het kostte moeite om mijn blik scherp te houden. Ik dacht: ik zit me van alles te verbeelden. Ik schoof mijn stoel naar achteren en ging staan. Ik dacht: *mazzeltov*, Gursky, nou is er echt een steekje bij je los. Ik gaf de plant water. Om te verliezen moet je hebben gehad. Ach? Gaan we opeens op onbenulligheden letten? Hebben gehad, niet hebben gehad! Moet je jezelf horen! Je hebt het verliezen tot een vaste bezigheid verheven. Kampioen in het verliezen ben je geweest. En toch. Waar is het bewijs dat je haar ooit hebt gehad? Waar is het bewijs dat je haar ooit hebt mógen hebben?

Ik vulde de gootsteen met zeepsop om de afwas te doen. En bij elke pan en schaal en lepel die ik opborg, borg ik ook een onverdraaglijke gedachte op, net zo lang tot mijn keuken en mijn geest zich weer in een toestand van wederzijdse geordendheid bevonden. En toch.

Sjlomo Wasserman was Ignacio del Valle geworden. Het personage dat ik Duddelsach noemde heette nu Rodriguez. Feingold was De Biedma. Wat Slonim heette werd Buenos Aires, en een stad waar ik nooit van gehoord had kwam in de plaats van Minsk. Het was bijna grappig. Maar. Lachen deed ik niet.

Ik bestudeerde het handschrift op de envelop. Er zat geen briefje bij. Geloof me maar: ik heb wel vijf, zes keer gekeken. Er stond geen afzendadres op. Ik zou Bruno aan de tand hebben gevoeld als ik had gedacht dat hij iets te vertellen zou hebben. Als er een pakje is, legt de conciërge het op de tafel in de hal. Ongetwijfeld heeft Bruno het zien liggen en heeft hij het meegenomen. Het is een hele gebeurtenis als er voor een van ons iets wordt bezorgd wat niet in de brievenbus past. De vorige keer was twee jaar geleden, als ik me niet vergis. Bruno had ergens een met knoppen versierde halsband besteld. Misschien spreekt het niet vanzelf dat hij kort daarvoor was thuisgekomen met een hond. Ze was klein en warm en iets om van te houden. Hij noemde haar Bibi. *Kom, Bibi, kom!* hoorde ik hem altijd roepen. Maar. Bibi kwam nooit. Toen nam hij haar op een dag mee naar het hondenveldje. *Vamos, Chico!* riep iemand naar zijn hond, en Bibi nam de benen naar een Porto Ricaan. *Kom, Bibi, kom!* riep Bruno, maar tevergeefs. Hij veranderde van tactiek. *Vamos, Bibi!* schreeuwde hij uit alle macht. En kijk eens aan, daar kwam Bibi aanhollen. Ze blafte de hele nacht en kakte overal in huis, maar hij was gek op haar.

Op een dag nam Bruno haar mee naar het hondenveldje. Ze dartelde en kakte en snuffelde terwijl Bruno met trotse ogen toekeek. Het hek ging open voor een Ierse setter. Bibi keek op. En voordat Bruno het in de gaten had, schoot ze door het open hek en verdween ze over straat. Hij probeerde haar in te halen. *Rennen!* zei hij tegen zichzelf. Zijn gestel stroomde vol met de herinnering aan snelheid, maar zijn lichaam protesteerde. Al bij zijn eerste stappen raakten zijn benen in de knoop en verloren ze alle kracht. *Vamos, Bibi!* schreeuwde hij. En toch. Er kwam niemand. Op het moment dat hij in nood verkeerde – ineengestort op de stoep terwijl Bibi hem verried door te zijn wat ze was: een dier – zat ik thuis op de toetsen van mijn typemachine te hameren. Ontredderd kwam hij thuis. Die avond gingen we weer naar het hondenveldje om op haar te wachten. *Ze komt wel terug*, zei ik. Maar. Ze is nooit teruggekomen. Dat was twee jaar geleden en nog steeds gaat hij daar wachten.

Ik probeerde te begrijpen hoe de vork in de steel zat. Nu ik erover nadenk, probeer ik dat eigenlijk altijd. Het zou mijn grafschrift kunnen zijn. LEO GURSKY: HIJ PROBEERDE TE BEGRIJPEN HOE DE VORK IN DE STEEL ZAT.

Het werd avond en nog steeds was ik de kluts kwijt. Ik had de hele dag nog niet gegeten. Ik belde Mr. Tong. De afhaalchinees, niet de vogel. Twintig minuten later zat ik in mijn eentje achter mijn loempia's. Ik zette de radio aan. Ze vroegen om financiële bijdragen. In ruil kreeg je een draagtas met WNYC erop.

Er zijn dingen die ik moeilijk vind om te beschrijven. En toch blijf ik als een koppige muilezel steeds weer een poging doen. Bruno kwam een keer naar beneden en zag me aan de keukentafel achter de schrijfmachine zitten. *Alweer dat ding?* De koptelefoon was afgegleden en lag als een halve aureool op zijn achterhoofd. Ik masseerde mijn knokkels boven de damp van mijn theekopje. *Als een echte Vladimir Horowitz*, merkte hij op terwijl hij langs me naar de koelkast liep. Hij boog zich voorover en groef naar het gewenste artikel, wat dat ook mocht wezen. Ik draaide een nieuw vel in mijn machine. Hij draaide zich om, met de koelkastdeur nog open, een melksnor op zijn bovenlip. *Speel door, maestro*, zei hij, en toen trok hij de koptelefoon over zijn oren en schuifelde de deur uit, terwijl hij in het voorbijgaan het licht boven de tafel aandeed. Ik keek naar het zwaaiende koord terwijl ik luisterde naar de stem van Molly Bloom die zijn oren bestookte: ER GAAT NIKS BOVEN EEN LANGE WARME ZOEN TOT DIEP IN JE ZIEL DIE JE HAAST VERLAMT. Bruno verslijt tegenwoordig de magneetstrip door alleen nog maar naar haar te luisteren.

Telkens opnieuw las ik de bladzijden van het boek dat ik als jongeman had geschreven. Het was zo lang geleden. Ik was naïef. Een verliefde twintigjarige. Een gezwollen hart met een bijpassend hoofd. Ik dacht dat ik alles kon! Hoe vreemd dat ook mag lijken, nu ik alles heb gedaan wat ik ooit zal doen.

Ik dacht: hoe heeft het kunnen blijven bestaan? Voor zover ik weet was het enige exemplaar verloren gegaan bij een overstroming. Ik bedoel, afgezien van de uittreksels die ik per brief heb opgestuurd naar het meisje van wie ik hield. Toen ze al naar Amerika was vertrokken. Maar. Dat waren slechts een paar delen. En hier had ik bijna het gehele boek in mijn handen! Op een of andere manier in het Engels! Met Spaanse namen! Daar kon je met je verstand niet bij.

Ik zat *sjivve* voor Isaac en terwijl ik daar zat probeerde ik er iets van te begrijpen. Alleen in mijn appartement, met de stapel vellen op schoot. De nacht werd dag werd nacht werd dag. Ik viel in slaap en werd weer wakker. Maar. Ik kwam geen stap dichter bij de oplossing van het mysterie. Zo gaat het al mijn hele leven. Ik was slotenmaker. Ik kon elke deur in de stad van het slot krijgen. En toch kon ik niet alles ontsluiten wat ik wilde ontsluiten.

Ik besloot een lijst te maken van alle nog levende mensen die ik kende, voor het geval er iemand was die ik vergat. Ik zocht eerst naar pen en papier. Toen ging ik zitten, streek het vel papier glad en zette de punt van de pen erop. Maar. Mijn hoofd bleef leeg.

In plaats daarvan schreef ik: *Vragen aan de afzender*. Dit onderstreepte ik tweemaal. Ik vervolgde met:

1 *Wie bent u?*
2 *Waar hebt u dit gevonden?*
3 *Hoe is dit blijven bestaan?*
4 *Waarom is het in het engels?*
5 *Wie heeft het nog meer gelezen?*
6 ~~*Vonden ze het mooi?*~~
6 *Is het aantal lezers hoger of lager dan...*

Ik hield even op en dacht na. Was er een aantal dat me niet zou teleurstellen?

Ik keek uit het raam. Aan de overkant zwiepte een boom heen en weer in de wind. Het was middag, de kinderen liepen te schreeuwen. Ik luister graag naar hun liedjes. *Dit is een spel,* zingen de meisjes in hun handen klappend. *Van diepe aandacht. Zonder herhalingen. Of aarzelingen. Te beginnen met:* Ik wacht gespannen af. *Dieren!* schreeuwen ze. Dieren! denk ik. *Paard!* zegt er een. *Aap!* zegt de ander. En zo gaat het over en weer. *Koe!* schreeuwt de eerste, *Tijger!* gilt de tweede, omdat één enkele aarzeling het ritme verstoort en het spel beëindigt. *Pony! Kangoeroe! Muis! Leeuw! Giraf!* Een van de meisjes hakkelt. *JAK!* schreeuw ik.

Ik keek op mijn vel met vragen. Wat moest er allemaal gebeuren, vroeg ik me af, om een boek dat ik zestig jaar geleden had geschreven bij mij in de brievenbus te laten belanden, in een andere taal?

Opeens schoot er een gedachte door mijn hoofd. Hij kwam bij me op in het Jiddisch, ik zal mijn best doen een vrije vertaling te geven, het was iets in de geest van: ZOU IK BEROEMD KUNNEN ZIJN ZONDER HET ZELF TE WETEN? Ik voelde me duizelig. Ik dronk een glas koud water en nam een aspirine. Doe niet zo idioot, zei ik tegen mezelf. En toch.

Ik pakte mijn jas. De eerste regendruppels sloegen tegen het raam, dus ik trok mijn laarzen aan. Bruno noemt het overschoenen. Maar dat moet hij weten. Buiten gierde de wind. Ik worstelde me door de straten, in continu gevecht met mijn paraplu. Drie keer liet hij zich binnenstebuiten waaien. Ik liet niet los. Eén keer werd ik door de paraplu tegen de zijkant van een gebouw gekwakt. Twee keer raakte ik los van de grond.

Met een door de regen gestriemd gezicht kwam ik bij de bibliotheek aan. Het water droop van mijn neus. Het onding, mijn paraplu, lag aan flarden, dus dumpte ik hem in de paraplubak. Ik stevende op het bureau van de bibliothecaresse af. Draven, hijgend stilstaan, broekspijpen ophijsen, stap, sleep, stap, sleep, et cetera. De stoel van de bibliothecaresse was leeg. Ik 'haastte' me door de leeszaal. Eindelijk vond ik iemand. Ze was boeken aan het terugzetten. Het kostte me moeite rustig te blijven.

Ik wil graag alles wat u hebt van de schrijver Leo Gursky! schreeuwde ik.

Ze draaide zich naar me om. Net als alle overige aanwezigen.

Pardon?

Alles wat u hebt van de schrijver Leo Gursky, herhaalde ik.

Ik ben net ergens mee bezig. U zult heel even moeten wachten.

Ik wachtte heel even.

Leo Gursky, zei ik. G-U-R-

Ze duwde haar karretje verder. *Ik weet hoe je dat spelt.*

Ik liep achter haar aan naar de computer. Ze tikte gehoorzaam mijn naam in. Mijn hart ging tekeer. Ik mag dan oud zijn. Maar. Mijn hart krijgt hem nog overeind.

Er is een boek over stierenvechten door een Leonard Gursky, zei ze.

Die niet, zei ik. *En Leopold?*

Leopold, Leopold, zei ze. *Daar heb je hem.*

Ik greep me vast aan het dichtstbijzijnde stabiele voorwerp. Tromgeroffel alstublieft.

De ongelooflijke en fantastische avonturen van Frankie, het tandeloze wondermeisje, zei ze met een grijns. Ik bevocht de aandrang om haar met mijn overschoen op het hoofd te meppen. Ze liep meteen weg om het boek uit de kinderafdeling te halen. Ik hield haar niet tegen. Maar ik ging een klein beetje dood. Ze zette me ermee aan een tafel. *Veel plezier*, zei ze.

Bruno heeft eens gezegd dat als ik een duif kocht die duif halverwege de straat een tortel zou worden, in de bus naar huis een papegaai en in mijn appartement, vlak voordat ik hem uit zijn kooi haalde, een feniks. *Zo ben je nou eenmaal,* zei hij terwijl hij een paar niet aanwezige kruimels van de tafel veegde. Er gingen een paar minuten voorbij. *Nee, niet waar,* zei ik. Hij haalde zijn schouders op en keek uit het raam. *Wie heeft er nou van een feniks gehoord?* vroeg ik. *Een pauw misschien. Maar een feniks, nee hoor.* Hij zat nog steeds met zijn gezicht van me af, maar ik dacht dat ik een lachje om zijn mond zag verschijnen.

Maar nu was ik niet bij machte om het niets dat de bibliothecaresse had gevonden te veranderen in iets.

In de dagen na mijn hartaanval en voordat ik weer begon te schrijven kon ik alleen maar aan doodgaan denken. Ik was weer gespaard en pas nadat het gevaar was geweken stond ik het mijn gedachten toe zich naar hun onvermijdelijke einde af te wikkelen. Ik haalde me alle manieren voor de geest waarop ik kon doodgaan. Bloedstolsel in mijn hersens. Infarct. Trombose. Longontsteking. Grote obstructie van de holle ader. Ik zag mezelf al met schuim om mijn lippen kronkelend op de grond liggen. Dan werd ik 's nachts wakker en greep naar mijn keel. En toch. Hoe vaak ik me ook een voorstelling maakte van het mogelijke falen van mijn organen, steeds vond ik de consequentie onvoorstelbaar. Dat het met mij kon gebeuren. Ik dwong mezelf de laatste ogenblikken voor de geest te halen. De voorlaatste ademhaling. De laatste zucht. En toch. Hij werd altijd gevolgd door een andere.

Ik herinner me de eerste keer dat ik begreep wat het was om dood te gaan. Ik was negen. Mijn oom, de broer van mijn vader, moge zijn nagedachtenis een zegen zijn, overleed in zijn slaap. Er was geen verklaring. Een bonk van een vent die at als een paard en buiten in de vrieskou met zijn blote handen stukken ijs losbrak. Weg, kapoet. Hij noemde me altijd Leopo. Hij zei het zo: Le-jo-po. Als mijn tante niet keek, stak hij mij en mijn neefjes altijd stiekem een suikerklontje toe. Hij kon zo goed Stalin nadoen dat je je helemaal te barsten lachte.

Mijn tante trof hem 's morgens aan, het lichaam was al stijf. Er waren drie mannen voor nodig om hem naar de *chevre kadiesje* te dragen. Mijn broer en ik glipten naar binnen om die machtige berg te aanschouwen. In de dood was het lichaam voor ons opmerkelijker dan het bij leven was geweest – de dichte vacht van haar op de rug van zijn handen, de platte vergeelde nagels, het dikke eelt op zijn voetzolen. Hij zag er zo menselijk uit. En toch. Op een afschuwelijke manier ook weer niet. Op een gegeven moment kwam ik mijn vader een glas thee brengen. Hij zat naast het lichaam, dat geen minuut alleen gelaten mocht worden. *Ik moet naar de wc,* zei hij. *Wacht hier tot ik terugkom.* Voordat ik kon protesteren dat ik nog niet eens bar mitswa had gedaan, vloog hij de deur uit om zijn behoefte te doen. De volgende paar minuten gingen voorbij alsof het uren waren. Mijn oom lag opgebaard op een plat, rechthoekig stuk steen dat de kleur van rauw vlees met witte aderen had. Eén keer dacht ik zijn borst een fractie omhoog te zien gaan en ik begon bijna te gillen. Maar. Ik was niet alleen bang voor hem. Ik was bang voor mezelf. In die koude kamer werd ik me bewust van mijn eigen dood. In de hoek stond een gootsteen met gebarsten tegels. Alle geknipte nagels, haren en korreltjes vuil die van de doden waren afgespoeld, waren door die afvoer gegaan. De kraan lekte en bij elke druppel voelde ik mijn leven wegvloeien. Op een dag zou alles afgelopen zijn. De vreugde van levend zijn balde zich zo sterk in me samen dat ik het wilde uitschreeuwen. Ik ben nooit een godsdienstig kind geweest. Maar. Opeens vond ik het nodig om God te smeken me zo lang mogelijk te sparen. Toen mijn vader terugkwam, vond hij zijn zoon op zijn knieën op de grond, met dichtgeknepen ogen en spierwitte knokkels.

Vanaf dat moment was ik doodsbenauwd dat ik of een van mijn ouders zou sterven. Ik zat het meest in over mijn moeder. Zij was de kracht waar ons wereldje omheen draaide. Anders dan mijn vader, die zijn hele leven met zijn hoofd in de wolken liep, werd mijn moeder door het universum gestuwd door de brute kracht van de rede. Bij al onze ruzies trad zij op als scheidsrechter. Eén afkeurend woord van haar en we verstopten ons ergens in een hoekje waar we huilend over ons martelaarschap zaten te fantaseren. En toch. Eén kus herstelde ons in onze prinselijke waardigheid. Zonder haar zou ons leven tot een chaos vervallen.

De angst voor de dood bleef een jaar bij me spoken. Elke keer dat iemand een glas liet vallen of een bord brak begon ik te huilen. Maar zelfs toen dat voorbij was, behield ik een treurigheid die zich niet liet wegpoetsen. Het was niet zo dat er iets nieuws was gebeurd. Het was erger. Ik was me bewust geworden van iets wat altijd bij me was geweest zonder dat ik het in de gaten had. Ik sleepte dit nieuwe besef met me mee als een steen die aan mijn enkel was vastgebonden. Overal waar ik kwam sleepte hij achter me aan. Ik verzon verdrietige liedjes. Ik zong een lofzang op de vallende bladeren. Ik stelde me op honderd verschillende manieren voor hoe ik doodging, maar de begrafenis was altijd hetzelfde: van ergens in mijn fantasie werd een rood tapijt uitgerold. Want mijn grootheid werd steevast na elke geheime dood die ik stierf ontdekt.

En zo had het wel altijd kunnen doorgaan.

Op een ochtend, na lang met mijn ontbijt te hebben getreuzeld en daarna onderweg het reusachtige ondergoed van mevrouw Stanislawski dat aan de lijn hing te drogen uitgebreid te hebben bekeken, kwam ik te laat op school. De bel had al geklonken, maar op het stoffige schoolplein zat een meisje uit mijn klas neergeknield. Haar haar hing in vlechten op haar rug. Ze hield haar handen ergens omheen. Ik vroeg haar wat het was. *Ik heb een nachtkapel gevangen*, zei ze zonder me aan te kijken. *Wat moet je met een nachtkapel?* vroeg ik. *Wat is dat nou voor vraag?* vroeg ze. Ik kleedde mijn vraag anders in. *Nou, als het een vlinder was, zou het een andere kwestie zijn*, zei ik. *Nee hoor*, zei ze. *Dan zou het een ánder dier zijn. Je moet hem vrijlaten*, zei ik. *Maar het is een heel zeldzame nachtkapel*, zei ze. *Hoe weet je dat?* vroeg ik. *Dat gevoel heb ik*, zei ze. Ik wees erop dat de bel al was gegaan. *Ga dan naar binnen*, zei ze. *Er is niemand die je tegenhoudt. Alleen als jij hem vrijlaat. Daar zul je dan een eeuwigheid op moeten wachten.*

Ze verwijdde de ruimte tussen haar duimen en keek naar binnen. *Laat eens zien*, zei ik. Ze zei niets. *Mag ik hem alsjeblieft zien?* Ze keek me aan. Haar ogen waren groen en doordringend. *Nou goed. Maar pas op.* Ze bracht haar samengevouwen handen omhoog naar mijn gezicht en liet haar duimen een centimeter van elkaar wijken. Ik rook de zeeplucht op haar huid. Het enige wat ik kon zien was een stukje bruine vleugel, dus ik trok aan haar duim om beter zicht te krijgen. Maar ja. Ze moet hebben gedacht dat ik de nachtkapel wilde bevrijden, want opeens klapte ze haar handen dicht. Vol afgrijzen keken we elkaar aan. Toen ze haar handen weer van elkaar trok, lag de nachtkapel zwakjes in haar hand te spartelen. Een van de vleugeltjes had losgelaten. Ze slaakte een zuchtje. *Ik heb het niet gedaan,* zei ik. Ze hield de nachtkapel in haar hand. Toen ik naar haar ogen keek, zag ik dat ze vol tranen stonden. Mijn maag kneep zich samen door een gevoel waarvan ik nog niet wist dat het verlangen was. *Het spijt me,* fluisterde ik. Ik voelde de drang om haar in mijn armen te nemen, de nachtkapel en het kapotte vleugeltje weg te kussen. Ze zei niets. Onze blikken haakten zich aan elkaar vast.

Het was alsof we een geheim deelden, schuldbewust. Ik had haar elke dag op school gezien en nooit iets bijzonders voor haar gevoeld. Eigenlijk vond ik haar eerder bazig. Ze kon heel aardig doen. Maar. Ze kon slecht tegen haar verlies. Meer dan eens had ze geweigerd met me te praten, die enkele keer dat ik haar te vlug af was bij het beantwoorden van de algemene-ontwikkelingsvragen van de onderwijzeres. *De koning van Engeland heet George!* schreeuwde ik dan, en de rest van de dag moest ik me verweren tegen haar ijzige zwijgen.

Maar nu kreeg ze iets anders voor me. Ik werd me bewust van haar speciale vermogens. Dat ze licht en zwaartekracht leek aan te zuigen naar de plek waar ze stond. Wat me nu opviel, zoals het me nooit eerder was opgevallen, was de manier waarop haar tenen lichtelijk naar binnen wezen. Het vuil op haar blote knieën. De manier waarop haar jas keurig om haar smalle schouders paste. Ik ging haar steeds beter zien, alsof mijn ogen vergrotende krachten hadden gekregen. De zwarte schoonheidsvlek, als een spatje inkt boven haar lip. De roze, doorschijnende schelp van haar oor. Het blonde dons op haar wangen. Centimeter voor centimeter openbaarde ze zich aan me. Nog even, en ik verwachtte half dat ik in staat zou zijn haar huidcellen te onderscheiden, als onder een microscoop, en er schoot een gedachte door mijn hoofd die te maken had met de vertrouwde angst dat ik te veel van mijn vader had geërfd. Maar dat duurde niet lang, want op hetzelfde moment dat ik me van haar lichaam bewust werd, werd ik me bewust van dat van mezelf. Die gewaarwording benam me bijna de adem. In mijn zenuwen vlamde een tintelend gevoel op dat zich steeds verder verspreidde. Het moet zich allemaal binnen nog geen halve minuut hebben afgespeeld. En toch. Na afloop was ik ingewijd in het mysterie dat aan het begin van het eind van je kindertijd staat. Het duurde jaren voordat ik alle vreugde en pijn had opgebruikt die in me waren ontstaan, binnen die nog geen halve minuut.

Zonder verder één woord te zeggen liet ze de geschonden nacht-kapel vallen en holde ze naar binnen. De zware ijzeren deur viel met een dreun achter haar dicht.

Alma.

Het is lang geleden dat ik die naam heb uitgesproken.

Ik nam me voor haar liefde te winnen, tegen elke prijs. Maar. Ik wist beter dan meteen in de aanval te gaan. De volgende paar weken hield ik haar in de gaten bij alles wat ze deed. Geduld is altijd al een van mijn sterke punten geweest. Ik heb me een keer vier hele uren verscholen onder het privaat achter het huis van de rabbijn om er-achter te komen of de beroemde *tsaddek* die op bezoek was uit Bara-nowicze ook echt moest poepen, net als ieder ander. Het antwoord was ja. In mijn geestdrift over de grofstoffelijke wonderen van het le-ven schoot ik vanonder het privaat uit naar buiten en schreeuwde het bevestigende antwoord uit. Dat kostte me vijf tikken op mijn blote vuisten en daarna moest ik op een stapel maïskolven blijven knielen tot mijn knieën begonnen te bloeden. Maar. Het was het waard.

Ik beschouwde mezelf als een spion die een vreemde wereld infil-treerde: het domein van de vrouw. Onder het voorwendsel dat ik be-wijsmateriaal verzamelde, stal ik de kolossale onderbroeken van me-vrouw Stanislawski van de waslijn. In mijn eentje op het privaat besnuffelde ik ze ongeremd. Ik begroef mijn gezicht in het kruis. Ik trok ze over mijn hoofd. Ik hield ze omhoog en liet ze als de vlag van een nieuwe natie opbollen in de wind. Toen mijn moeder de deur openduwde, was ik net aan het proberen of ik erin paste. Ik had er wel drie keer in gekund.

Met één dodelijke blik – en de vernederende straf om bij Stanislawski te moeten aankloppen en haar haar ondergoed terug te geven – maakte mijn moeder een eind aan het algemene deel van mijn onderzoekingen. En toch. Ik ging door met het specifieke deel. Daarin waren mijn activiteiten uitputtend. Ik kwam erachter dat Alma de jongste van vier kinderen was, het lievelingetje van haar vader. Ik wist dat haar verjaardag op 21 februari viel (wat haar vijf maanden en achtentwintig dagen ouder maakte dan ik) en dat ze van morellen in siroop hield, die vanuit Rusland over de grens werden gesmokkeld, en dat ze een keer stiekem een halve pot had opgegeten en dat ze van haar moeder, toen die erachter kwam, de andere helft moest opeten, met als achterliggende gedachte dat ze daar misselijk van zou worden en nooit meer morellen zou lusten. Maar dat was niet zo. Ze at het hele geval leeg en beweerde zelfs tegen een meisje bij ons in de klas dat ze best meer op had gekund. Ik wist dat haar vader wilde dat ze piano leerde spelen, maar dat zij viool wilde leren en dat dit geschil nog onbeslist was omdat beide partijen voet bij stuk hielden totdat Alma ergens een lege vioolkist opscharrelde (ze beweerde dat ze hem afgedankt langs de kant van de weg had gevonden) en er in haar vaders aanwezigheid mee begon rond te sjouwen, waarbij ze af en toe zelfs deed alsof ze op een fantoomviool speelde, en dat dit de druppel was die de emmer deed overlopen, dat haar vader zwichtte en regelde dat er in Wilna een viool werd gekocht door een van haar broers die daar op het *Gymnasium* zat en dat de nieuwe viool arriveerde in een glanzende zwartleren kist, gevoerd met paars fluweel, en dat er in elk lied dat Alma erop leerde spelen, ongeacht hoe treurig, een onmiskenbare overwinningsklank lag. Dat wist ik omdat ik haar hoorde spelen wanneer ik buiten voor haar raam stond, wachtend tot het geheim van haar hart aan me werd geopenbaard, met dezelfde bezieling waarmee ik op de poep van de grote *tsaddek* had gewacht.

Maar. Dat is nooit gebeurd. Op een dag kwam ze om de hoek van het huis aanmarcheren om me met mijn neus op de feiten te drukken. *Ik heb je de afgelopen week elke dag buiten zien staan en iedereen weet dat je me op school de hele dag zit aan te staren, als je iets tegen me wilt zeggen, nou zeg het dan ronduit in mijn gezicht in plaats van als een boef rond te sluipen.* Ik overwoog de mogelijkheden. Ofwel ik kon van huis weglopen en nooit meer naar school teruggaan, misschien zelfs het land verlaten, als verstekeling op een schip met Australië als bestemming. Ofwel ik kon alles riskeren en haar eerlijk de waarheid zeggen. Het antwoord lag voor de hand: ik ging naar Australië. Ik deed mijn mond open om voorgoed afscheid te nemen. En toch. Wat ik zei was: *Ik wil weten of je met me gaat trouwen.*

Er lag geen enkele uitdrukking op haar gezicht. Maar. In haar ogen lag dezelfde glans als wanneer ze haar viool uit de kist haalde. Er ging een tijdje voorbij. Onze blikken waren genadeloos aaneengeklonken. *Ik zal erover nadenken*, zei ze ten slotte en marcheerde om de hoek van het huis weer weg. Ik hoorde de deur dichtslaan. Even later de eerste noten van 'Liederen die ik van mijn moeder heb geleerd', van Dvořák. En hoewel ze geen ja zei, wist ik vanaf dat moment dat ik een kansje had.

Dat was, in een notendop, het eind van mijn geobsedeerdheid met de dood. Ik wil niet zeggen dat ik er niet bang meer voor was. Ik dacht er gewoon niet meer aan. Als ik tijd over had gehad die niet opging aan denken over Alma, had ik die tijd misschien besteed aan zorgelijke gedachten over de dood. Maar de waarheid was dat ik een muur tegen dergelijke gedachten leerde optrekken. Elk nieuw feit dat ik over de wereld leerde was een steen in die muur, totdat ik op een dag begreep dat ik mezelf had verbannen van een plaats waarheen ik nooit meer kon terugkeren. En toch. Die muur beschermde me ook tegen de pijnlijke helderheid van de kindertijd. Zelfs tijdens de jaren dat ik me verscholen hield in de bossen, in bomen, gaten en kelders, met de hete adem van de dood in mijn nek, dacht ik geen moment aan de waarheid: dat ik zou doodgaan. Pas na mijn hartaanval, toen de stenen van de muur die me van mijn kindertijd scheidde eindelijk begonnen af te brokkelen, kwam de angst voor de dood bij me terug. En die was net zo vreselijk als hij altijd is geweest.

Ik zat gebogen over *De ongelooflijke en fantastische avonturen van Frankie, het tandeloze wondermeisje* van een Leopold Gursky die ik niet was. Ik sloeg het boek niet open. Ik luisterde naar de regen die door de dakgoten stroomde.

Ik ging uit de bibliotheek weg. Bij het oversteken van de straat werd ik frontaal getroffen door een genadeloze eenzaamheid. Ik voelde me somber en hol. Verlaten, onopgemerkt en vergeten stond ik op het trottoir, een niets, iemand die stof vergaarde. De mensen haastten zich voorbij. En iedereen die langs me liep was gelukkiger dan ik. Ik voelde de oude afgunst. Ik zou er alles voor over hebben gehad om een van hen te zijn.

Ik heb ooit eens een vrouw gekend. Ze had zichzelf buitengesloten en ik hielp haar uit de brand. Ze zag een van mijn kaartjes, ik strooide ze vroeger altijd achter me aan alsof het broodkruimels waren. Ze belde me en ik ging er zo snel mogelijk heen. Het was Thanksgiving, en ik hoef er niet bij te zeggen dat we geen van tweeën ergens waren uitgenodigd. Het slot sprong onder mijn aanraking open. Misschien dacht ze dat daar een ander soort talent uit sprak. In huis de nawalm van gefruite uien, een poster van Matisse of misschien Monet. Nee! Modigliani. Ik herinner het me nu weer omdat het een naakte vrouw was, en om haar te vleien vroeg ik: *Bent u dat?* Het was lang geleden dat ik bij een vrouw was. Ik rook de smeerlucht aan mijn handen en de geur van mijn oksels. Ze vroeg me te gaan zitten en maakte een maaltijd voor ons. Ik excuseerde me om mijn haar te kammen en mezelf in de badkamer te wassen. Toen ik eruit kwam, stond ze in haar ondergoed in het donker. Aan de overkant van de straat hing een lichtreclame en die wierp een blauwe schaduw op haar benen. Ik wilde tegen haar zeggen dat het niet erg was als ze niet naar mijn gezicht wilde kijken.

Een paar maanden later belde ze me nog eens. Ze vroeg me een duplicaat van haar sleutel te maken. Ik was blij voor haar. Dat ze niet meer alleen zou zijn. Het is niet zo dat ik toen medelijden met mezelf had. Ik wilde overigens wel tegen haar zeggen: *Het zou makkelijker zijn als je het gewoon aan hem vroeg, degene voor wie de sleutel is, om ermee naar de ijzerhandel te gaan.* En toch. Ik maakte twee duplicaten. Een gaf ik aan haar en een hield ik zelf. Een hele tijd liep ik ermee op zak, gewoon om te doen alsof.

Op een dag kwam het bij me op dat ik mezelf overal binnen kon laten. Ik had daar nooit eerder bij stilgestaan. Ik was een immigrant, het duurde heel lang om over de angst heen te raken dat ze me zouden terugsturen. Ik was voortdurend bang dat ik een fout zou maken. Een keer heb ik zes metro's laten wegrijden omdat ik niet kon bedenken hoe je om een kaartje moest vragen. Iemand anders was misschien gewoon ingestapt. Maar. Niet een jood uit Polen die bang is dat hij gedeporteerd zal worden als hij zelfs maar vergeet de wc door te trekken. Ik probeerde niet op te vallen. Ik sloot en ontsloot en dat is wat ik deed. Waar ik vandaan kwam was ik een dief als ik een slot openstak, maar hier in Amerika was ik een vakman.

Na verloop van tijd raakte ik wat meer op mijn gemak. Hier en daar versierde ik mijn werk een beetje. Een laatste halve draai die geen zin had, maar er iets subtiels aan gaf. Ik maakte me niet druk meer en kreeg er zelfs lol in. Op elk slot dat ik aanbracht graveerde ik mijn initialen. Een handtekening, heel klein, boven het sleutelgat. Dat niemand het ooit zou zien was niet erg. Dat ik het wist was genoeg. Al die door mij gegraveerde sloten hield ik bij op een kaart van de stad die zo vaak open en dicht was gevouwen dat bepaalde straten waren weggesleten uit de plooien.

Op een avond ging ik naar de bioscoop. Voor de hoofdfilm draaiden ze een korte film over Houdini. Dat was een man die zich van een dwangbuis wist te ontdoen terwijl hij onder de grond begraven was. Ze stopten hem in een kist die met kettingen was afgesloten, lieten de kist in het water vallen en floep, daar schoot hij al naar buiten. Ze lieten zien hoe hij oefende en de tijd bijhield. Hij repeteerde net zo lang tot hij nog maar een paar seconden nodig had. Vanaf dat moment was ik trotser op mijn werk dan vroeger. Ik nam de moeilijkste sloten mee naar huis en hield bij hoe lang ik nodig had. Dan halveerde ik de tijd en oefende net zo lang tot ik dat haalde. Ik ging door tot mijn vingers gevoelloos waren.

Ik lag in bed steeds moeilijker opgaven te verzinnen toen het tot me doordrong: als ik het slot van het appartement van een vreemde kon forceren, waarom kon ik dan niet het slot van Kossars Uienbroodjes forceren? Of van de openbare bibliotheek? Of van Woolworth's? Wat weerhield me ervan, hypothetisch gesproken, het slot van Carnegie Hall te forceren?

De gedachten vlogen door mijn hoofd terwijl mijn lichaam tintelde van opwinding. Het enige wat ik zou doen was mezelf naar binnen laten en mezelf daarna weer naar buiten laten. Misschien zou ik een kleine signatuur plaatsen.

Ik was weken bezig met de voorbereidingen. Ik ging ter plaatse poolshoogte nemen. Ik deed er alles aan wat ik kon. Het behoeft dan ook geen betoog: het is me gelukt. Door de artiesteningang op 56th Street, in de vroege uurtjes van de ochtend. Ik had er honderddrie seconden voor nodig. Thuis kostte hetzelfde slot me niet meer dan achtenveertig. Maar het was buiten koud en mijn vingers werkten niet mee.

De grote Arthur Rubinstein stond die avond op het programma. De vleugel stond al in zijn eentje op het podium, een glimmend zwarte Steinway. Ik kwam te voorschijn vanachter de gordijnen. In de gloed van de lampjes boven de uitgangen kon ik nog net eindeloze rijen stoelen onderscheiden. Ik ging op het bankje zitten en duwde met de punt van mijn schoen een pedaal naar beneden. Ik durfde het niet aan een vinger op de toetsen te leggen.

Toen ik opkeek, stond ze daar. Duidelijk zichtbaar, een meisje van vijftien, haar haar in een vlecht, nog geen anderhalve meter van me af. Ze bracht haar viool naar haar kin, de viool die haar broer voor haar uit Wilna had meegenomen, en legde haar kin erop. Ik probeerde haar naam te zeggen. Maar. Die bleef in mijn keel steken. Bovendien wist ik dat ze me niet kon horen. Ze hief haar strijkstok op. Ik hoorde de eerste noten van Dvořák. Haar ogen waren dicht. De muziek stroomde van haar vingers. Ze speelde het onberispelijk, zoals ze het tijdens haar leven nooit had gespeeld.

Toen de laatste noot wegstierf, was ze verdwenen. Mijn geklap weerklonk in de lege zaal. Toen ik ophield, was de stilte oorverdovend. Ik keek voor een laatste keer de lege zaal in. Toen haastte ik me naar buiten, langs dezelfde weg waarlangs ik was gekomen.

Ik heb het nooit meer gedaan. Ik had mezelf bewezen dat ik het kon, en dat was genoeg. Af en toe kwam ik langs de ingang van een bepaalde besloten club, ik zal geen namen noemen, en dacht ik bij mezelf: sjalom, eikels, hier loopt een jood die jullie niet buiten de deur kunnen houden. Maar na die nacht heb ik geen risico's meer genomen. Als ze me in de gevangenis zouden gooien, zouden ze achter de waarheid komen: ik ben geen Houdini. En toch. Eenzaam als ik ben, vind ik troost bij de gedachte dat de deuren van de wereld, hoe dicht ze ook zitten, nooit echt gesloten voor me zijn.

Dat was de troost waarnaar ik tastte terwijl ik in de stromende regen voor de bibliotheek stond en voorbij werd gelopen door haastige vreemden. Was dit per slot van rekening niet de ware reden waarom mijn neef me het vak had geleerd? Hij wist dat ik niet eeuwig onzichtbaar kon blijven. *Toon me een jood die zich weet te handhaven*, zei hij een keer terwijl ik toekeek hoe een slot meegaf in zijn handen, *en ik toon je een goochelaar.*

Ik stond op straat en liet de regendruppels langs mijn nek lopen. Ik kneep mijn ogen dicht. Deur na deur na deur na deur na deur na deur zwaaide open.

Na die middag in de bibliotheek, na de sof van *De ongelooflijke en fantastische avonturen van Frankie, het tandeloze wondermeisje*, ging ik naar huis. Ik trok mijn jas uit en hing hem te drogen. Zette water op. Achter me schraapte iemand zijn keel. Ik schrok me bijna lam. Maar het was alleen Bruno maar, die in het donker zat. *Wou jij me soms een rolberoerte bezorgen?* kefte ik terwijl ik het licht aandeed. De grond lag bezaaid met bladzijden van het boek dat ik als jongen had geschreven. *Nee hoor*, zei ik. *Het zit anders dan je –*

Hij gaf me niet de kans.

Niet slecht, zei hij. *Het is niet hoe ik haar zou hebben willen beschrijven. Maar wat zal ik ervan zeggen, dat moet je zelf weten.*

Moet je horen, zei ik.

Je hoeft geen tekst en uitleg te geven, zei hij. *Het is een goed boek. Prima geschreven. Afgezien van de stukjes die je hebt gestolen – heel vindingrijk. Als we louter literaire normen aanleggen...*

Het duurde heel even. Maar toen besefte ik het verschil. Hij sprak Jiddisch tegen me.

...louter literaire normen aanleggen, valt er van alles aan te bewonderen. Ik heb me trouwens altijd al afgevraagd waar je mee bezig was. En na al die jaren weet ik het nu.

Maar ik vroeg me af waar jij mee bezig was, zei ik, en ik herinnerde me een heel mensenleven geleden, toen we allebei twintig waren en schrijver wilden worden.

Hij haalde zijn schouders op, zoals alleen Bruno dat kan. *Hetzelfde als jij.*

Hetzelfde?

Natuurlijk hetzelfde.

Een roman over haar?

Een roman over haar, zei Bruno. Hij keek de andere kant op, het raam uit. Toen zag ik dat de foto op zijn schoot lag, de foto van haar en mij, onder de boom waarin ik onze initialen had gekerfd, iets wat zij nooit heeft geweten. A + L. Je kunt ze amper zien. Maar. Ze staan er wel.

Hij zei: *Ze kon goed geheimen bewaren.*

Toen wist ik het weer. Die dag, zestig jaar geleden, toen ik in tranen bij haar huis was weggegaan en hem tegen een boom zag staan, met een cahier in zijn handen, wachtend tot hij naar haar toe kon gaan nadat ik was vertrokken. Een paar maanden daarvoor waren we de beste vrienden geweest. Met een stel andere jongens bleven we de halve nacht op, rokend en over boeken discussiërend. En toch. Toen ik hem die middag in het oog kreeg waren we geen vrienden meer. We spraken niet eens meer met elkaar. Ik liep vlak voor hem langs alsof hij er niet eens stond.

Eén vraagje maar, zei Bruno nu, zestig jaar later. *Dat heb ik altijd willen weten.*

Nou?

Hij kuchte. Toen keek hij naar me omhoog. *Heeft ze tegen je gezegd dat je beter kon schrijven dan ik?*

Nee, loog ik. En toen vertelde ik hem de waarheid. *Dat hoefde niemand me te zeggen.*

Er viel een lange stilte.

Het is vreemd. Ik heb altijd gedacht– Hij zweeg.

Wat? vroeg ik.

Ik dacht dat onze ruzie over iets meer dan haar liefde ging, zei hij.

Nu was het mijn beurt om uit het raam te kijken.

Wat is meer dan haar liefde? vroeg ik.

We zwegen allebei.

Ik heb gelogen, zei Bruno. *Ik heb nog een vraagje.*

Wat dan?

Waarom sta je daar nog steeds zo dom?

Wat bedoel je?

Je boek, zei hij.

Wat is daarmee?

Ga het terughalen.

Ik knielde op de grond en begon de losse vellen op te rapen.

Niet dit boek!

Welk boek?

Oi wee! zei Bruno en sloeg zich op het voorhoofd. *Moet ik je dan alles voorkauwen?*

Er kwam langzaam een glimlach om mijn lippen te liggen.

Driehonderdeen, zei Bruno. Hij haalde zijn schouders op en keek de andere kant op, maar ik dacht dat ik hem zag glimlachen. *Dat is niet gering.*

Zondvloed

1 ZONDER LUCIFERS EEN VUUR AANLEGGEN

Ik zocht op het internet naar Alma Mereminski. Misschien had iemand iets over haar geschreven, dacht ik, of kon ik informatie over haar leven vinden. Ik tikte haar naam in en drukte op Enter. Het enige wat ik kreeg was een lijst van immigranten die in 1891 in New York waren aangekomen (Mendel Mereminski) en een lijst van in Yad Vashem geregistreerde holocaustslachtoffers (Adam Mereminski, Fanny Mereminski, Nacham, Zellig, Hershel, Bluma en Ida, maar tot mijn opluchting – want ik wilde haar niet kwijtraken voordat ik goed en wel met zoeken was begonnen – geen Alma).

2 MIJN BROER REDT MIJ VOORTDUREND HET LEVEN

Oom Julian kwam bij ons logeren. Hij was een tijdje in New York, voor zolang als hij nodig had om de laatste hand te leggen aan zijn onderzoek voor een boek dat hij al vijf jaar aan het schrijven was, over de beeldhouwer en schilder Alberto Giacometti. Tante Frances bleef in Londen voor de hond zorgen. Oom Julian sliep in Vogels bed, Vogel sliep in het mijne en ik sliep op de grond in mijn slaapzak van honderd procent dons, ook al zou een echte expert er geen nodig hebben, want die kon in geval van nood gewoon een stel vogels doden en hun veren onder haar kleding proppen om warm te blijven.

Soms hoorde ik mijn broer 's nachts praten in zijn slaap. Halve zinnetjes waarvan ik niets verstond. Op één keer na, toen hij zo hard sprak dat ik dacht dat hij wakker was. 'Niet die kant op lopen,' zei hij. 'Wat?' vroeg ik terwijl ik overeind ging zitten. 'Het is er te diep,' mompelde hij en ging met zijn gezicht naar de muur liggen.

3 MAAR WAAROM

Op een zaterdag gingen Vogel en ik met oom Julian naar het Museum of Modern Art. Vogel wilde per se voor zichzelf betalen uit de opbrengst van zijn limonadeverkoop. We zwierven een tijdje rond terwijl oom Julian boven met een curator ging praten. Vogel vroeg een van de suppoosten hoeveel drinkfonteintjes er in het gebouw waren. (Vijf.) Hij maakte vreemde videospelgeluiden totdat ik tegen hem zei dat hij moest ophouden. Toen telde hij het aantal mensen met zichtbare tatoeages. (Acht.) We stonden voor een schilderij van een stel mensen die op de grond waren gevallen. 'Waarom liggen ze daar zo?' vroeg hij. 'Ze zijn door iemand gedood,' zei ik, ook al wist ik eigenlijk niet waarom ze daar lagen en of het wel mensen waren. Ik ging naar een ander schilderij kijken, aan de overkant van de zaal. Vogel liep achter me aan. 'Maar waarom zijn ze dan door iemand gedood?' vroeg hij. 'Omdat ze geld nodig hadden en een huis hadden beroofd,' zei ik en stapte in de lift naar beneden.

In de metro naar huis legde Vogel even zijn hand op mijn schouder. 'Maar waarom hadden ze dat geld dan nodig?'

4 VERMIST OP ZEE

'Waarom jij denkt dat deze Alma in *Geschiedenis van liefde* is bestaande persoon?' vroeg Misja. We zaten op het strand achter zijn flat de broodjes rosbief met mierikswortelsaus van mevrouw Shklovsky te eten, met onze voeten in het zand begraven. '"Een",' zei ik. 'Een wat?' 'Een bestaande persoon.' 'Oké,' zei Misja. 'Geef antwoord op mijn vraag.' 'Natuurlijk bestaat ze echt.' 'Maar hoe weet je dat?' 'Omdat er maar één verklaring bestaat voor het feit dat Litvinoff, die het boek heeft geschreven, haar in tegenstelling tot alle anderen geen Spaanse naam heeft gegeven.' 'Nou?' 'Dat kon hij niet.' 'Waarom niet?' 'Begrijp je dat niet?' vroeg ik. 'Hij kon elke kleinigheid veranderen, maar háár kon hij niet veranderen.' 'Maar waarom dan niet?' Ik vond het frustrerend dat hij zo traag van begrip was. 'Omdat hij verliéfd op haar was!' zei ik. 'Omdat ze voor hem het enige was dat echt was.' Misja kauwde op een hap rosbief. 'Volgens mij zie jij te veel films,' zei hij. Maar ik wist dat ik gelijk had. Je hoefde geen genie te zijn om *De geschiedenis van de liefde* te lezen en zoiets door te hebben.

5 DE DINGEN DIE IK WIL ZEGGEN BLIJVEN STEKEN IN MIJN KEEL

We liepen over de boulevard naar Coney Island. De zon brandde en er droop een straaltje zweet langs Misja's slaap. We kwamen langs een paar kaartspelende bejaarden die door Misja werden gegroet. Een gerimpelde oude man in een klein zwembroekje zwaaide terug. 'Ze denken dat je mijn vriendinnetje bent,' verklaarde Misja. Net op dat moment haakte ik ergens met mijn teen achter, en ik struikelde. Ik voelde mijn gezicht heet worden en dacht: er is op de hele wereld niemand zo onhandig als ik. 'Nou dat ben ik niet,' zei ik, maar dat was niet wat ik wilde zeggen. Ik keek de andere kant op en deed alsof ik belangstelling had voor een joch dat een opblaashaai achter zich aan zeulde naar de waterkant. 'Dat weet ík wel,' zei Misja. 'Maar zij niet.' Hij was vijftien geworden en bijna een decimeter gegroeid, en hij schoor tegenwoordig de donkere haartjes boven zijn lip. Wanneer we de zee in gingen, keek ik naar zijn lichaam terwijl hij in de golven dook, en daar kreeg ik een gevoel van dat geen pijn was maar iets anders.

'Ik verwed er honderd dollar om dat ze in de telefoongids staat,' zei ik. Zelf geloofde ik daar eigenlijk niets van, maar het was het enige wat ik kon bedenken om van onderwerp te veranderen.

'Ik ben op zoek naar het nummer van Alma Mereminski,' zei ik. 'M-E-
R-E-M-I-N-S-K-I.' 'Welke wijk?' vroeg de vrouw. 'Dat weet ik niet,' zei
ik. Het bleef even stil en ik hoorde het geklik van toetsen. Misja keek
naar een voorbijskeelerend meisje in een turquoise bikini. De vrouw
aan de andere kant van de lijn zei iets. 'Sorry?' vroeg ik. 'Ik zei dat ik
een A. Mereminski heb, in 147th Street in de Bronx,' zei ze. 'Hier volgt
het nummer.'

Gauw schreef ik het op mijn hand. Misja kwam op me aflopen.
'En?' 'Heb je een kwartje?' vroeg ik. Het was idioot, maar nu ik toch al
zo ver was gegaan... Hij trok zijn wenkbrauwen op en stak zijn hand
in de zak van zijn korte broek. Ik draaide het nummer dat op de
binnenkant van mijn hand geschreven stond. Er werd opgenomen
door een man. 'Is Alma daar?' vroeg ik. 'Wie?' vroeg hij. 'Ik ben op
zoek naar Alma Mereminski.' 'Er woont hier geen Alma,' zei hij. 'Je
hebt het verkeerde nummer. Je spreekt met Artie,' zei hij en hing op.

We liepen terug naar Misja's flat. Ik ging naar de badkamer, waar
het rook naar het parfum van zijn zus en de drooglijn vol hing met
het grijzige ondergoed van zijn vader. Toen ik naar buiten kwam, zat
Misja zonder hemd aan in zijn kamer een Russisch boek te lezen. Terwijl hij een douche nam, bleef ik wachten op zijn bed en bladerde intussen door bladzijden met Cyrillische letters. Ik hoorde het neerval-
lende water en het liedje dat hij zong, maar niet de woorden. Toen ik
op zijn kussen ging liggen, rook dat naar hem.

Toen Misja nog klein was, ging zijn familie elke zomer naar de datsja,
en daar haalden zijn vader en hij de netten van de zolder om de mi-
grerende vlinders te vangen waar de lucht vol mee was. Het oude huis
stond vol Chinees porselein van zijn grootmoeder en overal hingen
ingelijste vlinders die door drie generaties Shklovsky-jongens waren

gevangen. Na verloop van tijd vielen hun schubben af en als je op je blote voeten door het huis holde rammelde het porselein en kwam er vleugelstof op je voeten te zitten.

Een paar maanden geleden, op de avond voor zijn vijftiende verjaardag, had ik besloten een kaart met een vlinder te maken voor Misja. Ik ging het internet op voor een plaatje van een Russische vlinder, maar stuitte op een artikel waarin stond dat de meeste vlindersoorten de afgelopen twee decennia in aantal achteruit waren gegaan en dat het tempo waarin ze uitstierven 10.000 keer hoger was dan eigenlijk zou behoren. Ook stond erin dat er elke dag gemiddeld vierenzeventig soorten insecten, planten en dieren uitgestorven raken. Uitgaande van deze en andere angstaanjagende cijfers, zo meldde het artikel, is de wetenschap de mening toegedaan dat we ons midden in een periode van massaal uitsterven bevinden, de zesde in de geschiedenis van het leven op aarde. Bijna een kwart van de zoogdieren van de wereld dreigt binnen dertig jaar uit te sterven. Een op de acht vogelsoorten zal binnenkort uitgestorven zijn. In de afgelopen vijftig jaar is negentig procent van de grootste vissen van de wereld verdwenen.

Ik voerde een zoekactie uit naar massale uitsterving.

De laatste periode waarin sprake was van massale uitsterving speelde zich ongeveer zesenvijftig miljoen jaar geleden af, toen er waarschijnlijk een asteroïde op onze planeet insloeg, met als gevolg dat alle dinosauriërs en ongeveer de helft van de zeedieren het leven lieten. Daarvoor had je de uitstervingsperiode in het Trias (ook veroorzaakt door een asteroïde of misschien wel door vulkanen), waardoor tot vijfennegentig procent van de soorten werden uitgeroeid, en daarvoor had je de uitstervingsperiode uit het Laat-Devoon. De huidige massale uitsterving zal de snelste in de vierenhalfmiljardjarige geschiedenis van de aarde zijn en in tegenstelling tot die andere uitstervingsgevallen wordt hij niet veroorzaakt door natuurrampen, maar door de onwetendheid van de mens. Als alles zo doorgaat, zal de helft van alle soorten op aarde binnen honderd jaar verdwenen zijn.

Om die reden zette ik geen vlinders op Misja's kaart.

In dezelfde maand februari dat mijn moeder een brief kreeg met het verzoek om *De geschiedenis van de liefde* te vertalen, viel er iets meer dan een halve meter sneeuw en bouwden Misja en ik een sneeuwgrot in het park. We waren er uren aan bezig en onze vingers werden gevoelloos, maar we bleven doorgraven. Toen hij klaar was, kropen we naar binnen. Er viel een blauw licht door de ingang naar binnen. We zaten met onze schouders tegen elkaar. 'Misschien neem ik je op een dag mee naar Rusland,' zei Misja. 'Dan kunnen we gaan kamperen in het Oeralgebergte,' zei ik, 'of gewoon op de steppen van Kazachstan.' Onder het spreken vormde onze adem kleine wolkjes. 'Ik zal je meenemen naar de kamer waarin ik met mijn grootvader heb gewoond,' zei Misja, 'en ik ga je op de Neva leren schaatsen.' 'Ik zou Russisch kunnen leren.' Misja knikte. 'Ik zal het je wel leren. Eerste woord. *Daj.*' '*Daj.*' 'Tweede woord. *Roekoe.*' 'Wat betekent dat?' 'Zeg het maar eerst.' '*Roekoe.*' '*Daj roekoe.*' '*Daj roekoe.* Wat betekent het?' Misja pakte mijn hand en hield hem stevig vast.

'Hoe kom je op idee dat Alma ging naar New York?' vroeg Misja. We hadden net ons tiende spelletje jokeren gespeeld, en nu lagen we in zijn slaapkamer op de grond naar het plafond te kijken. Er zat zand in mijn badpak en tussen mijn tanden. Misja's haar was nog nat en ik rook zijn deodorant.

'In het veertiende hoofdstuk schrijft Litvinoff over een touw dat over de oceaan is gespannen en wordt vastgehouden door een meisje dat naar Amerika is vertrokken. Hij kwam immers uit Polen, en mijn moeder zei dat hij was gevlucht voordat de Duitsers het land invielen. De nazi's hebben ongeveer iedereen in zijn dorp uitgemoord. Dus als hij niet was ontsnapt, zou er geen *Geschiedenis van de liefde* bestaan. En als Alma ook uit hetzelfde dorp kwam, waar ik honderd dollar om durf te verwedden –'

'Je bent me al honderd dollar schuldig.'

'Het punt is dat er in de gedeelten die ik heb gelezen verhalen over Alma staan uit de tijd dat ze heel jong was, zo'n jaar of tien. Dus als ze echt bestaat, en dat doet ze volgens mij, moet Litvinoff haar hebben gekend als kind. En dat betekent dat ze waarschijnlijk uit hetzelfde dorp kwamen. En Yad Vashem vermeldt geen Alma Mereminski uit Polen die tijdens de holocaust is omgekomen.'

'Wie is Yad Vashem?'

'Het holocaustmuseum in Israël.'

'Oké, dus misschien is ze niet eens joods. En zelfs al is ze het wel – zelfs al bestaat ze echt en is ze Pools en joods en is ze ook nog eens naar Amerika vertrokken – hoe weet je dan dat ze niet in een andere stad is gaan wonen. Ann Arbor bijvoorbeeld?' 'Ann Árbor?' 'Daar woont een neef van me,' zei Misja. 'Ik dacht trouwens dat je op zoek was naar Jacob Marcus, en niet naar deze Alma.'

'Dat ben ik ook,' zei ik. Ik voelde de rug van zijn hand langs mijn dij strijken. Ik wist niet hoe ik moest zeggen dat ik weliswaar eerst alleen maar had gezocht naar iemand die mijn moeder weer gelukkig kon maken, maar nu ook op zoek was naar iets anders. Over de vrouw naar wie ik was vernoemd. En over mijzelf.

'Misschien heeft de reden waarom Jacob Marcus het boek vertaald wil hebben iets met Alma te maken,' zei ik, niet omdat ik het geloofde, maar omdat ik niet wist wat ik anders moest zeggen. 'Misschien heeft hij haar gekend. Of misschien probeert hij haar te vinden.'

Ik was blij dat Misja me niet vroeg waarom Litvinoff, die toch zo verliefd op Alma was geweest, haar niet naar Amerika was gevolgd; waarom hij in plaats daarvan naar Chili was gegaan en met iemand was getrouwd die Rosa heette. De enige reden die ik kon bedenken was dat hij geen keus had.

Aan de andere kant van de muur schreeuwde Misja's moeder iets tegen zijn vader. Misja hees zich overeind op zijn elleboog en keek me aan. Ik dacht aan de tijd, vorig jaar zomer, toen we dertien waren en op het dak van zijn flatgebouw stonden, het teer zacht onder onze voeten, met onze tongen in elkaars mond terwijl hij me lesgaf in de

Shklovsky-school van Russisch kussen. Nu kenden we elkaar al twee jaar en voelde ik zijn schenen tegen de zijkant van mijn kuit en lag zijn buik tegen mijn ribben. Hij zei: 'Ik denk niet dat de wereld vergaat als jij bent mijn vriendinnetje.' Ik deed mijn mond open, maar er kwam niets uit. Er waren zeven talen voor nodig om mij voort te brengen; het zou prettig zijn als ik een van die talen had kunnen spreken. Maar dat kon ik niet, dus boog hij zich voorover om me te kussen.

10 TOEN

Hij had zijn tong in mijn mond. Ik wist niet of ik mijn tong tegen die van hem aan moest laten komen of dat ik die van mij opzij moest houden zodat zijn tong kon bewegen zonder last van de mijne te hebben. Voordat ik een besluit kon nemen, haalde hij zijn tong eruit en deed hij zijn mond dicht en liet ik per ongeluk mijn mond open, maar dat was een vergissing, geloof ik. Ik dacht dat het daar misschien bij zou blijven, maar toen deed hij weer zijn mond open en had ik niet door wat hij ging doen, dus begon hij maar mijn lippen te likken. Toen deed ik mijn lippen van elkaar en stak ik mijn tong naar buiten, maar dat was te laat omdat hij zijn tong alweer in zijn mond had. Toen kregen we het weer wél voor elkaar, min of meer, door tegelijkertijd onze monden te openen alsof we allebei iets wilden gaan zeggen, en legde ik mijn hand om zijn nek, net zoals Eva Maria Saint dat bij Cary Grant doet, in de treincoupéscene uit *North by Northwest*. We rolden wat heen en weer en zijn kruis wreef zo'n beetje tegen mijn kruis aan, maar slechts heel even, omdat mijn schouder per ongeluk tegen zijn accordeon knalde. Om mijn hele mond zat speeksel en ik had moeite met ademhalen. Buiten kwam er een vliegtuig voorbij op weg naar de luchthaven JFK. Zijn vader begon terug te schreeuwen tegen zijn moeder. 'Waar hebben ze ruzie om?' vroeg ik. Misja trok zijn hoofd terug. Er trok een gedachte over zijn gezicht in een taal die ik niet kon verstaan. Ik vroeg me af of er nu iets tussen ons zou veranderen. '*Merde*,' zei hij. 'Wat betekent dat?' vroeg ik, en hij zei: 'Dat is Frans.' Hij stak een haarlok achter mijn oor en begon me weer te kussen. 'Misja,' fluisterde ik. 'Ssst,' zei hij en schoof zijn hand rond mijn middel onder mijn blouse. 'Niet doen,' zei ik en ging overeind zitten. En toen zei ik: 'Er is iemand anders die ik leuk vind.' Nauwelijks had ik het gezegd of ik had er al spijt van. Toen het duidelijk was dat er niets meer te zeggen viel trok ik mijn gympen aan, die vol zand zaten. 'Mijn moeder vraagt zich waarschijnlijk af waar ik blijf,' zei ik, iets waarvan we allebei wisten dat het niet waar was. Toen ik ging staan, hoorde je zand op de grond vallen.

11 ER GING EEN WEEK VOORBIJ ZONDER DAT MISJA EN IK MET ELKAAR SPRAKEN

Uit jeugdsentiment verdiepte ik me weer in *Eetbare planten en bloemen in Noord-Amerika*. Ik ging het dak van ons huis op om te zien of ik de sterrenbeelden kon thuisbrengen, maar er was overal te veel licht aan, dus ging ik weer naar beneden om in de achtertuin in het donker te oefenen in het opzetten van pappa's tent, iets wat me lukte binnen drie minuten en vierenvijftig seconden, waarmee ik mijn eigen record met bijna een minuut overtrof. Toen ik klaar was, ging ik erin liggen en probeerde me zo veel mogelijk dingen over pappa te herinneren.

12 AAN MIJ DOORGEGEVEN HERINNERINGEN VAN MIJN VADER

achat	De smaak van rauwe suikerrietstengel
sjtajim	De onverharde wegen in Tel Aviv toen Israël nog een nieuw land was, met daarachter velden vol wilde cyclaam
sjalosj	De steen die hij gooide naar het hoofd van de jongen door wie zijn oudere broertje werd getreiterd, met als gevolg dat de andere kinderen ontzag voor hem kregen
arba	Samen met zijn vader kippen kopen op de *mosjav* en kijken naar hun poten die nog bewogen nadat hun nek was afgesneden

chamesj	Het geluid van kaarten die werden geschud door zijn moeder en haar vriendinnen wanneer ze zaterdagavond na sjabbat canasta speelden
sjesj	De watervallen van Iguacu, waar hij in zijn eentje naartoe reisde, met grote inspanningen en tegen hoge persoonlijke kosten
sjeva	De eerste keer dat hij de vrouw zag met wie hij zou trouwen, mijn moeder, die op het gras van kibboets Javne met een gele korte broek aan een boek zat te lezen
sjmone	Het geluid van krekels, 's nachts, en ook de stilte
tesja	De geur van jasmijn, hibiscus en oranjebloesem
eser	De bleekheid van de huid van mijn moeder

13 ER GINGEN TWEE WEKEN VOORBIJ EN NOG STEEDS HADDEN MISJA EN IK ELKAAR NIET GESPROKEN, NOG STEEDS WAS OOM JULIAN NIET VERTROKKEN EN TOCH WAS HET AL BIJNA EIND AUGUSTUS

De geschiedenis van de liefde telt negenendertig hoofdstukken en mijn moeder had er nog elf voltooid sinds ze Jacob Marcus de eerste tien had gestuurd, waardoor ze op een totaal van eenentwintig kwam. Dat betekende dat ze al over de helft was en hem binnenkort weer een pakket zou sturen.

Ik sloot me op in de badkamer, de enige plek waar ik privacy had, en probeerde een tweede brief aan Jacob Marcus op te stellen, maar alles wat ik schreef klonk verkeerd of afgezaagd of als een leugen. En dat was het ook.

Ik zat op de wc met een schrijfblok op mijn knieën. Naast mijn enkel stond de pedaalemmer en in de pedaalemmer lag een verfrommeld stuk papier. Ik haalde het eruit. *Schoft, Frances?* stond erop. *Schoft? Je woorden zijn grievend. Maar dat zal ook wel zo bedoeld zijn. Ik ben niet 'verliefd' op Flo, zoals jij zegt. We zijn al jaren collega's en ze is toevallig iemand die geeft om de dingen waar ik om geef. KUNST, Fran, weet je nog wel, kunst, waar jij geen reet meer om geeft, laten we eerlijk*

zijn. Je hebt er zo'n sport van gemaakt me te bekritiseren dat je niet eens
in de gaten hebt dat je veranderd bent, dat je nauwelijks meer lijkt op het
meisje waar ik ooit – Daar hield de brief opeens op. Ik propte hem
zorgvuldig weer in elkaar en deed hem terug in de pedaalemmer. Ik
kneep mijn ogen dicht. Het zat er niet in dat oom Julian zijn onderzoek naar Alberto Giacometti snel zou afronden, dacht ik.

14 TOEN KWAM IK OP EEN IDEE

Ze moeten alle sterfgevallen ergens vastleggen. Geboorten en sterfgevallen – er moet ergens in de stad een plaats zijn, een kantoor of
bureau, waar die allemaal worden bijgehouden. Er moeten dossiers
zijn. Rijen dossiers van mensen die geboren en gestorven zijn in New
York. Als je bij ondergaande zon over de Brooklyn-Queens Express-
way rijdt, heb je soms een uitzicht op al die duizenden grafzerken
wanneer de skyline oplicht en de hemel oranje kleurt, en dan krijg je
het rare gevoel dat de elektriciteit van de stad wordt opgewekt uit
iedereen die daar begraven ligt.

En toen dacht ik: misschien staat ze ergens geregistreerd.

15 DE VOLGENDE DAG WAS HET ZONDAG

Buiten regende het pijpenstelen, dus bleef ik binnen *De straat van de*
krokodillen lezen, dat ik uit de bibliotheek had gehaald; ook vroeg ik
me af of Misja nog zou bellen. Ik wist dat ik iets op het spoor was toen
er in de inleiding werd vermeld dat de schrijver uit een dorp in Polen
kwam. Ik dacht: of Jacob Marcus houdt echt van Poolse schrijvers, of
hij geeft me een hint. Mijn moeder, bedoel ik.

Het was geen dik boek en ik las het die middag uit. Om vijf uur
kwam Vogel thuis, doorweekt. 'Het is begonnen,' zei hij terwijl hij de
mezoeze naast de keukendeur aanraakte en zijn hand kuste. 'Wat is
begonnen?' vroeg ik. 'Met regenen.' 'Het zou morgen ophouden,' zei
ik. Hij schonk een glas sinaasappelsap in, dronk het leeg en liep weg

door de deur, waarna hij een totaal van vier mezoezes kuste voordat hij in zijn kamer kwam.

Oom Julian kwam thuis van zijn dag in het museum. 'Heb je Vogels clubhuis gezien?' vroeg hij terwijl hij een banaan van het aanrecht pakte en die boven de vuilnisbak pelde. 'Heel imposant, vind je ook niet?'

Maar maandag hield het niet op met regenen, en Misja belde ook al niet, dus trok ik mijn regenjas aan, zocht een paraplu en ging op weg naar het gemeentearchief van New York City, waar volgens het internet geboorte- en overlijdensakten bewaard worden.

16 CHAMBERS STREET 31, KAMER 103

'Mereminski,' zei ik tegen de man met de ronde zwarte bril achter de balie. 'M-E-R-E-M-I-N-S-K-I.' 'M-E-R,' zei de man, terwijl hij het opschreef. 'E-M-I-N-S-K-I,' zei ik. 'I-S-K-Y,' zei de man. 'Nee,' zei ik. 'M-E-R–' 'M-E-R,' zei hij. 'E-M-I-N,' zei ik, en hij zei: 'E-Y-N.' 'Nee!' zei ik, 'E-M-I-N.' Hij staarde me wezenloos aan. En dus zei ik: 'Zal ik het even voor u opschrijven?'

Hij keek naar de naam. Toen vroeg hij of Alma M-E-R-E-M-I-N-S-K-I mijn grootmoeder of mijn overgrootmoeder was. 'Ja,' zei ik in de mening daarmee het proces te versnellen. 'Welk van beide?' vroeg hij. 'Overgroot,' zei ik. Hij keek me aan en beet op een los velletje bij zijn nagel, liep vervolgens naar achteren en kwam naar buiten met een doos microfilms. Toen ik de eerste rol door het apparaat probeerde te voeren, kwam het ding vast te zitten. Ik probeerde de aandacht van de man te trekken door te wuiven en naar de vastgelopen film te wijzen. Met een zucht kwam hij naar me toe en legde de strook in. Na de derde kreeg ik de slag te pakken. Ik bekeek alle vijftien rollen op het scherm. In die doos zat geen Alma Mereminski, dus haalde hij er nog een te voorschijn en daarna nog een. Ik moest naar de wc en op de terugweg trok ik een pakje cakejes en een blikje cola uit de automaat. De man kwam achter zijn balie vandaan en trok een Snickers. Om een praatje te maken vroeg ik: 'Weet u iets over hoe je in de wildernis

170

in leven moet blijven?' Zijn gezicht vertrok en hij schoof zijn bril omhoog met zijn wijsvinger. 'Wat bedoel je?' 'Wist u bijvoorbeeld dat vrijwel alle arctische vegetatie eetbaar is? Op bepaalde paddestoelen na, uiteraard.' Hij trok zijn wenkbrauwen op en dus zei ik: 'Wist u dat je kunt verhongeren door alleen maar konijnenvlees te eten? Het is een bewezen feit dat mensen die zich in leven proberen te houden zijn doodgegaan door te veel konijnenvlees te eten. Als je heel veel mager vlees eet, van wat voor soort dan ook, zoals konijn bijvoorbeeld, krijg je – Nou ja, je kunt eraan doodgaan.' De man gooide de rest van zijn Snickers weg.

Toen hij weer terug was achter zijn balie, haalde hij een vierde doos te voorschijn. Twee uur later deden mijn ogen pijn en zat ik er nog steeds. 'Is het mogelijk dat ze na 1948 is overleden?' vroeg de man, zichtbaar geagiteerd. Ik zei dat dat mogelijk was. 'Nou, waarom heb je dat niet eerder gezegd! In dat geval is haar overlijdensakte niet hier.' 'Waar zou die dan wel zijn?' 'Bij de gezondheidsdienst van New York, afdeling bevolkingsgegevens,' zei hij. 'Worth Street 125, kamer 133. Daar hebben ze alle overlijdensgevallen van na '48.' Geweldig, dacht ik.

17 DE ERGSTE FOUT DIE MIJN MOEDER OOIT HEEFT GEMAAKT

Toen ik thuiskwam, lag mijn moeder op de bank een boek te lezen. 'Wat lees je?' vroeg ik. 'Cervantes,' zei ze. 'Cervantes?' vroeg ik. 'De beroemdste Spaanse schrijver die er bestaat,' zei mijn moeder terwijl ze een bladzijde omsloeg. Ik rolde met mijn ogen naar haar. Soms vroeg ik me af waarom ze niet met een beroemde schrijver was getrouwd, in plaats van met een ingenieur die van de wildernis hield. Als ze dat wel gedaan had, zou alles heel anders zijn gegaan. Dan zat ze nu, op ditzelfde moment, waarschijnlijk aan de eettafel met haar beroemde schrijvende echtgenoot de voors en tegens van andere beroemde schrijvers te bespreken en intussen het moeilijke besluit te nemen wie er een postume Nobelprijs verdiende.

Die avond draaide ik Misja's nummer, maar hing op zodra de telefoon overging.

Het regende nog steeds. Op weg naar de metro kwam ik langs het braakliggende terrein waar Vogel een stuk zeildoek had gespannen over de stapel rotzooi, die nu bijna twee meter hoog was; aan de zijkant hingen vuilniszakken en oude touwen. Uit de massa rees een kale paal op, wellicht in afwachting van een vlag.

Het limonadekraampje stond er ook nog, evenals het bordje waarop stond LIMO(NADE) 50 CENT ZELF INSCHENKEN AUB (VERSTUIKTE POLS), met daar iets nieuws aan toegevoegd: OPBRENGST GAAT NAAR LIEFDADIG DOEL. Maar het tafeltje was leeg en Vogel zelf was nergens te bekennen.

In de metro, ergens tussen Carroll Avenue en Bergen Avenue, besloot ik Misja te bellen en te doen alsof er niets was gebeurd. Eenmaal uitgestapt zocht ik een telefooncel die het deed en draaide zijn nummer. Mijn hart begon sneller te kloppen toen de telefoon overging. Mevrouw Shklovsky nam op. 'Dag, mevrouw Shklovsky,' zei ik en probeerde nonchalant te klinken. 'Is Misja er?' Ik hoorde dat ze hem riep. Na een hele tijd, tenminste, zo voelde het aan, kwam hij aan de lijn. 'Hoi,' zei ik. 'Hoi.' 'Hoe gaat het met je?' 'Goed.' 'Wat zit je te doen?' 'Te lezen.' 'Wat?' 'Een strip.' 'Vraag me eens waar ik ben.' 'Waar ben je?' 'Voor het gebouw van de gezondheidsdienst van New York.' 'Waarom?' 'Ik ga er de gegevens van Alma Mereminski opvragen.' 'Nog steeds aan het zoeken,' zei Misja. 'Ja,' zei ik. Er viel een vervelende stilte. Ik zei: 'Nou ik belde om te horen of je zin hebt vanavond *Topaz* te huren.' 'Kan niet.' 'Waarom niet?' 'Ik heb al plannen.' 'Wat voor plannen?' 'Ik ga naar de bioscoop.' 'Met wie?' 'Meisje dat ik ken.' Mijn maag keerde zich binnenstebuiten. 'Wat voor meisje?' Ik dacht: laat het alsjeblieft niet – 'Luba,' zei hij. 'Misschien jij kent haar nog, je hebt haar een keer ontmoet.' Natuurlijk kende ik haar nog. Hoe kun je nou een meisje vergeten dat een meter zeventig en blond is en beweert van Catharina de Grote af te stammen?

Het leek geen beste dag te worden.

'M-E-R-E-M-I-N-S-K-I,' zei ik tegen de vrouw achter de balie in kamer 133. Ik dacht: hoe kan hij nou een meisje aardig vinden dat niet eens zou slagen voor de Universele Eetbaarheidstest, al hing haar leven ervan af? 'M-E-R-E,' zei de vrouw, en dus zei ik: 'M-I-N-S-' en dacht: ze heeft waarschijnlijk nog nooit van *Rear Window* gehoord. 'M-Y-M-S,' zei de vrouw. 'Nee,' zei ik. 'M-*I-N*-S.' 'M-*I-N*-S,' zei de vrouw. 'K-I,' zei ik. En zij zei: 'K-I.'

Er ging een uur voorbij zonder dat we een overlijdensakte voor Alma Mereminski vonden. Er ging weer een halfuur voorbij en nog steeds hadden we hem niet gevonden. De eenzaamheid sloeg om in gedeprimeerdheid. Na twee uur zei de vrouw dat ze absoluut honderd procent positief wist dat er geen Alma Mereminski na 1948 in de stad New York was overleden.

Die avond huurde ik *North by Northwest* weer en bekeek hem voor de elfde keer. Toen ging ik slapen.

19 EENZAME MENSEN ZIJN ALTIJD OP IN HET HOLST VAN DE NACHT

Toen ik mijn ogen opendeed, stond oom Julian naast mijn bed. 'Hoe oud ben je?' vroeg hij. 'Veertien. Volgende maand word ik vijftien.' 'Volgende maand vijftien,' zei hij, alsof hij over een wiskundevraagstuk stond na te denken. 'Wat wil je later worden, als je volwassen bent?' Hij had nog steeds zijn regenjas aan, die helemaal doorweekt was. Er viel een waterdruppel in mijn oog. 'Dat weet ik niet.' 'Kom nou, er is vast wel iets.' Ik kwam overeind in mijn slaapzak, wreef in mijn oog en keek op mijn digitale horloge. Er zit een knopje aan dat je kunt indrukken om de cijfers te laten opgloeien. Er zit ook een ingebouwd kompas in. 'Het is drie uur vierentwintig in de ochtend,' zei ik. Vogel lag te slapen in mijn bed. 'Dat weet ik. Ik vroeg me het alleen af. Als je het zegt, mag je weer gaan slapen, dat beloof ik. Wat wil je later worden?' Ik dacht na. Iemand die zich in leven weet te houden bij temperaturen beneden het vriespunt en die voedsel weet te vinden en een sneeuwgrot kan bouwen en uit het niets een vuur kan aanleggen. 'Ik weet het niet. Schilder, misschien,' zei ik. Die gedachte was nooit eerder bij me opgekomen. Ik zei het alleen maar om hem tevreden te stellen, zodat hij me weer zou laten slapen. 'Dat is grappig,' zei hij. 'Ik had al gehoopt dat je dat zou zeggen.'

20 WAKKER LIGGEN IN HET DONKER

Ik dacht na over Misja en Luba en over mijn vader en mijn moeder en over waarom Zvi Litvinoff naar Chili was verhuisd en met Rosa was getrouwd in plaats van met Alma, degene van wie hij echt had gehouden.

Ik hoorde oom Julian aan de overkant van de gang hoesten in zijn slaap.

Toen dacht ik: wacht eens even.

21 ZE MOEST ZIJN GETROUWD!

Dat was het! Vandaar dat ik de overlijdensakte van Alma Mereminski niet had gevonden. Waarom had ik daar niet eerder aan gedacht?

22 NORMAAL MENS

Ik stak mijn hand onder mijn bed en trok de zaklantaarn uit mijn overlevingsrugzak, samen met het derde deel van *Overleven in de wildernis*. Toen ik de zaklantaarn aanknipte, zag ik opeens iets. Het zat vast tussen het bed en de muur, dicht bij de vloer. Ik liet me onder het bed glijden en scheen met mijn zaklantaarn om het beter te kunnen zien. Het was een zwart-wit schrift. Op de voorkant stond ***. Daarnaast stond PRIVÉ. In het Russisch bestaat er geen woord voor privacy, had Misja me een keer verteld. Ik deed het schrift open.

9 april

יהוה

Ik ben al drie dagen achter elkaar een normaal mens. En dat betekent dus dat ik niet boven op gebouwen ben geklommen of G-ds naam heb geschreven op iets wat niet van mij is of een volkomen normale vraag heb beantwoord met een spreuk uit de Tora. Het betekent ook dat ik niets heb gedaan waarbij het antwoord NEE zou zijn op de vraag: ZOU EEN NORMAAL MENS ZOIETS DOEN? Tot dusver is het niet erg moeilijk geweest.

10 april

יהוה

Dit is de vierde dag op een rij dat ik me normaal gedraag. In de gymles werd ik tegen de muur geduwd door Josh K, die me vroeg of ik mezelf soms een geweldig groot genie vond dus zei ik tegen hem dat ik mezelf geen geweldig groot genie vond. Want ik wilde niet één hele normale dag verpesten. Ik zei niet tegen hem dat ik misschien wel de Masjiach ben. Ook gaat het beter met mijn pols. Als je wilt weten hoe ik hem heb verstuikt, ik heb hem verstuikt door op het dak te klimmen omdat ik te vroeg op joodse les was en de deur op slot zat en er een ladder aan de zijkant van het gebouw bevestigd was. Het was een roestige ladder maar verder was het makkelijk zat. Er lag een grote plas water midden op het dak dus besloot ik te zien wat er zou gebeuren als ik er mijn rubber bal in liet stuiteren en hem dan probeerde op te vangen. Dat was leuk! Ik deed het nog zo'n vijftien keer totdat ik hem kwijtraakte doordat hij over de rand vloog. Toen ging ik op mijn rug naar de lucht liggen kijken. Ik telde drie vliegtuigen. Toen ik me ging vervelen besloot ik naar beneden te gaan. Het was moeilijker dan naar boven gaan omdat ik achterstevoren moest klimmen. Halverwege kwam ik langs de ramen van een van de lokalen. Ik zag mevrouw Zucker voorin staan dus ik wist dat het de Dalets waren. (Als je het wilt weten, dit jaar ben ik een Hee.) Ik kon niet horen wat mevrouw Zucker zei dus probeerde ik te liplezen. Ik moest me van de ladder af buigen om beter te kunnen zien. Ik drukte mijn gezicht tegen het raam en opeens draaiden ze zich allemaal om en keken ze naar me dus wuifde ik en toen verloor ik mijn evenwicht. Ik viel en rabbijn Wizner zei dat het een wonder was dat ik niets had gebroken maar in mijn hart wist ik dat ik geen ge-

175

vaar had gelopen en dat G-d niets met me zou laten gebeuren omdat ik
vrijwel zeker een lamedwovnik ben.

11 april
יהוה

Vandaag was het de vijfde dag waarop ik me normaal gedroeg. Als ik nor-
maal doe, zegt Alma, wordt mijn leven een stuk gemakkelijker, om maar
te zwijgen over het leven van ieder ander. Ik heb het rekverband van mijn
pols gehaald en nu doet hij nog maar een klein beetje pijn. Het deed waar-
schijnlijk veel erger pijn toen ik mijn pols brak op mijn zesde maar daar
weet ik niets meer van.

Ik sloeg een stuk over en ging verder bij:

27 juni
יהוה

Tot dusver heb ik $ 295,50 verdiend met de verkoop van limo(nade). Dat
is 591 bekertjes! Mijn beste klant is meneer Goldstein die elke keer tien be-
kertjes koopt omdat hij ontzettend veel dorst heeft. Ook oom Julian die
me een keer 20 dollar fooi heeft gegeven. Nog maar $ 384,50 te gaan.

28 juni
יהוה

Vandaag heb ik bijna iets gedaan wat niet normaal was. Ik liep langs een
gebouw op 4th Street en er stond een houten plank tegen de steiger en er
was niemand in de buurt en ik wilde hem eigenlijk graag meenemen. Het
zou geen echte diefstal zijn geweest omdat het speciale bouwsel dat ik aan
het maken ben dient om mensen te helpen en G-d wil dat ik het bouw.
Maar ik weet ook dat ik er last mee zou krijgen als ik hem had gestolen en
iemand het in de gaten zou hebben en dan zou Alma me moeten komen
halen en zou ze kwaad worden. Maar ik wed dat ze niet meer kwaad zal
zijn als het begint te regenen en ik haar eindelijk vertel waarvoor dat spe-
ciale bouwsel dient. Ik heb er al een hoop spullen voor verzameld, hoofd-
zakelijk spullen die door mensen bij het vuilnis op straat zijn gezet. Wat ik
ook hard nodig heb is piepschuim want dat drijft. Momenteel heb ik daar

niet veel van. Soms ben ik bang dat het begint te regenen voordat ik klaar ben met bouwen.

Als Alma wist wat er ging gebeuren, zou ze ook niet meer zo nijdig zijn, denk ik, dat ik יהוה *op haar schrift heb geschreven. Ik heb alle drie delen van Overleven in de wildernis gelezen en ze zijn erg goed en staan vol interessante en bruikbare feiten. Een van die delen gaat erover wat je moet doen als er een atoombom valt. Zelfs al geloof ik niet dat er ooit een atoombom zal vallen, toch heb ik dat deel aandachtig gelezen voor het geval dat. En wanneer er wél een atoombom komt voordat ik naar Israël kan en er overal as valt alsof het sneeuw is, dan ga ik in de as liggen om afdrukken van engelen te maken. Ik ga overal waar ik wil bij mensen door hun huis lopen want ze zullen allemaal weg zijn. Ik zal niet meer naar school kunnen, maar dat geeft niet, want we leren toch nooit iets belangrijks, zoals wat er gebeurt als je eenmaal dood bent. Maar ja, ik maak maar een grapje want er komt geen bom. Er komt een zondvloed.*

23 BUITEN VIEL HET NOG STEEDS MET BAKKEN NAAR BENEDEN

Hier zie je ons samen

Op zijn laatste ochtend in Polen liep Litvinoff terug naar zijn kamer nadat zijn vriend zijn pet over zijn ogen had getrokken en om de hoek was verdwenen. De kamer was al leeg; het meubilair was verkocht of weggegeven. Hij haalde het bruine papieren pakje van onder zijn jas te voorschijn. Het zat dichtgeplakt en op de voorkant stond in het vertrouwde handschrift van zijn vriend: *Bewaren voor Leopold Gursky tot je hem weer ziet.* Litvinoff stopte het in het zijvak van zijn koffer. Hij liep naar het raam en keek voor het laatst naar het vierkantje lucht. In de verte luidden kerkklokken, zoals ze honderden keren hadden geluid terwijl hij werkte of sliep, zo dikwijls dat ze aandeden als de werking van zijn eigen geest. Hij streek met zijn vingers over de muur, pokdalig van de punaisegaatjes op plekken waar vroeger plaatjes en artikelen hadden gehangen die hij uit de krant had geknipt. Hij bleef zich even in de spiegel staan bekijken, zodat hij zich later precies zou herinneren hoe hij er op die dag had uitgezien. Hij had een brok in zijn keel. Voor de zoveelste keer controleerde hij of hij zijn paspoort en tickets wel in zijn zak had zitten. Toen wierp hij een blik op zijn horloge, slaakte een zucht, tilde zijn koffers op en liep de deur uit.

Dat Litvinoff aanvankelijk niet veel aan zijn vriend dacht, kwam doordat hij te veel andere dingen aan zijn hoofd had. Zijn vader, die nog iets te goed had van iemand die weer iemand anders kende, had voor hem een visum voor Spanje geritseld. Vanuit Spanje zou hij naar Lissabon reizen en in Lissabon was hij van plan de boot naar Chili te nemen, waar zijn vaders neef woonde. Toen hij eenmaal op de boot zat, werd zijn aandacht opgeëist door tal van zaken: aanvallen van zeeziekte, zijn angst voor donker water, mijmeringen over de horizon, overpeinzingen over het leven op de bodem van de oceaan, aanvallen van heimwee, de waarneming van een walvis, de waarneming van een knappe Franse brunette.

Toen het schip ten slotte in de haven van Valparaíso aankwam en Litvinoff op wankele benen van boord ging ('Zeebenen,' zei hij tegen zichzelf, nog jaren later, toen die wankelheid soms op onverklaarbare wijze terugkeerde), werd hij door andere dingen in beslag genomen. Zijn eerste maanden in Chili pakte hij alle baantjes aan die hij kon krijgen: eerst in een worstfabriek, waar hij op zijn derde dag werd ontslagen toen hij de verkeerde tram nam en een kwartier te laat kwam, en daarna in een kruidenierswinkel. Op weg naar een onderhoud met een voorman van wie hij had gehoord dat hij mensen aannam, raakte Litvinoff een keer verdwaald en kwam hij opeens voor het kantoor van de stadskrant te staan. De ramen waren open en binnen hoorde hij het geratel van typemachines. Er ging een steek van verlangen door hem heen. Hij dacht aan zijn collega's op het dagblad, en dat deed hem denken aan zijn bureau met de knoesten in het hout waar hij met zijn vingers overheen ging om beter te kunnen nadenken, en dat deed hem denken aan zijn typemachine met de plakkerige s waardoor zijn kopij altijd zinnen had als *zijn dood ssslaat een gat in het leven van de mensssen die hij bijssstond*, en dat deed hem denken aan de geur van de goedkope sigaren van zijn baas, en dat deed hem denken aan zijn bevordering van correspondentje tot schrijver van necrologieën, en dat deed hem denken aan Isaac Babel, en dat was het moment waarop hij zijn verlangen een halt toeriep en haastig over straat wegliep, want verder terugdenken mocht hij niet van zichzelf.

Uiteindelijk vond hij werk in een drogisterij – zijn vader was drogist geweest, en Litvinoff had in de loop van de tijd voldoende opgestoken om van nut te zijn voor de oude Duitse jood die in een rustige wijk een klein winkeltje dreef. Nu hij het zich kon veroorloven een eigen kamer te huren, kwam Litvinoff er eindelijk aan toe zijn koffers uit te pakken. In het zijvak van een van zijn koffers vond hij het bruinpapieren pakket met op de voorkant het handschrift van zijn vriend. Er sloeg een golf van verdriet door hem heen. Opeens herinnerde hij zich zomaar een wit overhemd dat hij had achtergelaten, drogend aan de waslijn op de binnenplaats in Minsk.

Hij probeerde zich te herinneren hoe zijn gezicht er die laatste dag in de spiegel had uitgezien. Maar dat lukte niet. Hij deed zijn ogen dicht en probeerde de herinnering uit alle macht terug te halen. Maar alles wat er bij hem opkwam was de uitdrukking op het gezicht van zijn vriend terwijl hij daar op de hoek van de straat stond. Zuchtend stak Litvinoff de envelop terug in de lege koffer, ritste hem dicht en legde hem op de plank in de hangkast.

Wat hij aan geld overhield na kost en inwoning te hebben betaald legde Litvinoff opzij om zijn jongere zus Miriam te laten overkomen. Omdat ze in leeftijd en uiterlijk het dichtst bij elkaar stonden, waren ze als kind dikwijls voor een tweeling aangezien, ook al was Miriams haar lichter van kleur en droeg ze een bril met een schildpadden montuur. Ze had rechten gestudeerd in Warschau totdat het haar was verboden colleges bij te wonen.

De enige uitgave die Litvinoff zichzelf gunde was een kortegolfontvanger. Elke avond liet hij de knop tussen zijn vingers draaien en zwierf hij over het werelddeel Zuid-Amerika totdat hij *The Voice of America* vond, het nieuwe station. Hij sprak slechts een beetje Engels, maar dat was genoeg. Met afgrijzen luisterde hij naar het oprukken van de nazi's. Hitler verbrak zijn pact met Rusland en viel Polen binnen. Wat al erg genoeg was geweest, werd angstaanjagend.

De paar brieven van vrienden en verwanten kwamen steeds minder vaak, en het was moeilijk te achterhalen wat er echt aan de hand was. In de voorlaatste brief die hij van zijn zus kreeg – een brief waarin ze hem vertelde dat ze getrouwd was met een medestudent rechten op wie ze verliefd was geworden – zat een foto die was genomen toen zij en Zvi kinderen waren. Achterop had ze geschreven: *Hier zie je ons samen.*

Als Litvinoff 's morgens koffie zette, hoorde hij loslopende honden met elkaar vechten in het steegje. Hij wachtte op de tram en had het dan al bloedheet in de ochtendzon. Tussen de middag at hij achter in de drogisterij, omringd door dozen pillen en poeders en kersensiroop en haarlinten, en 's avonds, nadat hij de vloeren had gedweild en alle flessen net zo lang had gepoetst tot hij het gezicht van zijn zus erin kon zien, ging hij naar huis. Hij maakte niet veel vrienden. Vrienden maken stond bij hem niet meer op het programma. Als hij niet werkte, zat hij naar de radio te luisteren. Hij luisterde tot hij uitgeput op zijn stoel in slaap viel en zelfs dan bleef hij nog luisteren, terwijl zijn dromen gestalte kregen rond de stem in de uitzending. Er waren andere vluchtelingen in zijn omgeving die dezelfde angsten en hulpeloosheid ervoeren, maar Litvinoff putte daar geen troost uit, want er zijn twee soorten mensen op de wereld: zij die hun verdriet liever uiten in aanwezigheid van anderen en zij die hun verdriet liever alleen ondergaan. Litvinoff was het liefst alleen. Wanneer mensen hem uitnodigden om bij hen te komen eten, bedankte hij met een uitvlucht. Toen zijn hospita hem een keer op zondag op de thee vroeg, zei hij dat hij iets aan het schrijven was wat hij nu moest afmaken. 'Schrijft u?' vroeg ze verbaasd. 'Wat schrijft u dan?' Wat Litvinoff betrof was elke leugen goed genoeg, en dus zei hij zonder verder na te denken: 'Gedichten.'

Zo ontstond het gerucht dat hij dichter was. En Litvinoff, die zich heimelijk gevleid voelde, deed niets om het de kop in te drukken. Hij kocht zelfs een hoed van het soort dat werd gedragen door Alberto Santos-Dumont, die volgens de Brazilianen de eerste geslaagde vlucht maakte en wiens panamahoed, zo had Litvinoff gehoord, scheefgetrokken doordat hij er de vliegtuigmotor koelte mee had toegewuifd, bij literaire lieden nog steeds populair was.

De tijd verstreek. De oude Duitse jood stierf in zijn slaap, de drogisterij ging dicht en Litvinoff werd aangenomen als docent op een joodse dagschool, gedeeltelijk op grond van geruchten over zijn literaire competentie. De oorlog eindigde. Stukje bij beetje vernam Litvinoff wat er was gebeurd met zijn zus Miriam, met zijn ouders en met vier van zijn andere broers en zusters (wat er van Andre, zijn oudste broer, was geworden kon hij alleen maar reconstrueren aan de hand van waarschijnlijkheden). Hij leerde met de waarheid te leven. Niet de waarheid te accepteren, maar ermee te leven. Het was alsof je met een olifant samenleefde. Zijn kamertje was heel klein, en elke ochtend moest hij zich om de waarheid heen wringen om alleen maar in de badkamer te kunnen komen. Om bij de klerenkast te komen zodat hij er een onderbroek uit kon halen, moest hij onder de waarheid door kruipen, biddend dat ze niet zou besluiten om juist op dat moment op zijn gezicht te gaan zitten. Als hij 's nachts zijn ogen dichtdeed, voelde hij haar boven zich opdoemen.

Hij vermagerde. Alles aan hem leek te slinken, behalve zijn oren en neus, die begonnen uit te zakken en langer werden, wat hem een droefgeestig uiterlijk bezorgde. In het jaar dat hij tweeëndertig werd, viel zijn haar bij bossen uit. Hij deed afstand van de scheve panamahoed en had voortaan overal een zware overjas aan. In de binnenzak bewaarde hij een dun en kreukelig stukje papier dat hij al jaren bij zich had en dat bij de vouwen was gaan scheuren. Op school maakten de kinderen achter zijn rug het teken tegen het boze oog als hij toevallig vlak langs ze liep.

Zo was het met Litvinoff gesteld toen Rosa hem voor het eerst in de gaten kreeg, in de cafés aan het water. Hij ging er 's middags zogenaamd een roman of poëzietijdschrift zitten lezen (aanvankelijk omdat hij zich daartoe verplicht voelde op grond van zijn reputatie en later uit toenemende belangstelling). Maar eigenlijk wilde hij het moment waarop hij weer naar huis moest, waar hij werd opgewacht door de waarheid, nog een tijdje uitstellen. In het café gunde Litvinoff zichzelf een beetje vergetelheid. Hij mijmerde over de golven, zat naar de studenten te kijken en luisterde soms hun discussies af, die dezelfde discussies waren die hij had gevoerd toen hij zelf nog studeerde, een eeuw geleden (dat wil zeggen, twaalf jaar). Van sommigen kende hij zelfs de naam. Met inbegrip van die van Rosa. Hoe zou het anders kunnen? Mensen riepen die naam voortdurend.

Op de middag dat ze in de richting van zijn tafeltje liep en, in plaats van door te lopen om de een of andere jongeman te begroeten, met een abrupte gracieusheid bleef staan en vroeg of ze bij hem mocht komen zitten, dacht Litvinoff dat het een grap was. Ze had zwart, glanzend haar, in een coupe tot vlak onder haar kin, wat haar krachtige neus nog sterker deed uitkomen. Ze droeg een groene jurk (later zou Rosa beweren dat het een rode was, rood met zwarte stippen, maar Litvinoff weigerde afstand te doen van de herinnering aan een mouwloze jurk van smaragdgroene chiffon). Pas toen ze al een halfuur bij hem zat en haar vrienden niet meer geïnteresseerd toekeken en weer gewoon met elkaar doorpraatten, besefte Litvinoff dat haar gebaar oprecht was geweest. Er viel een ongemakkelijke stilte in het gesprek. Rosa glimlachte.

'Ik heb me niet eens voorgesteld,' zei ze.

'Je heet Rosa,' zei Litvinoff.

De volgende middag kwam Rosa opdagen voor een tweede ontmoeting, precies zoals ze beloofd had. Toen ze na een blik op haar horloge besefte hoe laat het al was, werd er een derde ontmoeting afgesproken en daarna sprak het vanzelf dat er een vierde zou komen. De vijfde keer dat ze elkaar ontmoetten, keek Litvinoff, onder de betovering van Rosa's jeugdige spontaniteit, er zelf van op toen hij halverwege een verhitte discussie over wie de beste dichter was, Neruda of Darío, voorstelde om samen naar een concert te gaan. Toen Rosa meteen toehapte, drong het tot hem door dat dit lieftallige meisje wonder boven wonder misschien zowaar iets voor hem begon te vóélen. Het leek wel of iemand op een gong had geslagen in zijn borst. Zijn hele lichaam weergalmde van het nieuws.

Een paar dagen na hun concertbezoek spraken ze af in het park te gaan te picknicken. Dit werd de volgende zondag gevolgd door een fietstochtje. Op hun zevende afspraakje gingen ze naar de bioscoop. Na afloop bracht Litvinoff Rosa naar huis. Ze stonden samen te praten over de verdiensten van Grace Kelly's spel vergeleken met haar ongelooflijke schoonheid, toen Rosa zich volkomen onverwacht naar voren boog en hem kuste. Althans, ze probeerde hem te kussen, maar Litvinoff, die daar niet op bedacht was, deed een stapje achteruit, waardoor Rosa met uitgestoken nek in een onhandige hoek vooroverhelde. De hele avond had Litvinoff met steeds groter genoegen de eb en vloed van afstand tussen hun diverse lichaamsdelen in de gaten gehouden. Maar de steeds veranderende metingen waren zo miniem geweest dat deze plotselinge uitval van Rosa's neus hem bijna in tranen deed uitbarsten. Toen hij zijn vergissing inzag, stak hij blindelings zijn nek in de tussenliggende kloof. Maar toen was Rosa al bezig de schade te beperken door zich naar veiliger terrein terug te trekken. Litvinoff wist niet waar hij aan toe was. Er was nog net genoeg tijd om zijn neus te laten prikkelen door een vleugje van Rosa's parfum en daarna blies hij haastig de aftocht. Althans, hij begon haastig de aftocht te blazen toen Rosa, die geen risico meer wilde nemen, haar lippen in de betwiste ruimte stootte, waarbij ze tijdelijk dat aanhangsel vergat, haar neus, die ze zich een fractie van een seconde later herinnerde toen hij in botsing kwam met die van Litvinoff op het moment dat zijn lippen die van haar fijndrukten, zodat ze bij hun eerste kus bloedverwanten werden.

In de bus naar huis duizelde het Litvinoff. Hij lachte naar iedereen die zijn kant op keek. Fluitend liep hij door zijn straat. Maar toen hij de sleutel in het slot stak, trok er een kilte in zijn hart. Zonder de lamp aan te knippen bleef hij in zijn donkere kamer staan. *In godsnaam*, dacht hij, *waar zit je met je verstand? Wat heb jij zo'n meisje in hemelsnaam te bieden, doe niet zo stom, je hebt jezelf volledig laten instorten, de brokstukken zijn verdwenen en nu heb je niets meer te geven, je kunt het niet eeuwig verbergen, vroeg of laat komt ze vanzelf achter de waarheid: je bent niets meer dan een lege huls, ze hoeft alleen maar te kloppen om te merken dat je hol bent vanbinnen.*

Hij bleef een hele tijd met zijn hoofd tegen het raam over alles staan nadenken. Toen trok hij zijn kleren uit. Op de tast waste hij zijn ondergoed en hing het te drogen op de radiator. Hij draaide aan de afstemknop van de radio, die opgloeide en tot leven kwam, maar zette hem een minuut later weer uit, en een afgekapte tango ging over in stilte. Bloot ging hij op een stoel zitten. Er landde een vlieg op zijn verschrompelde penis. Hij mompelde een paar woorden. En omdat mompelen hem een prettig gevoel gaf, mompelde hij nog wat verder. Het waren woorden die hij vanbuiten kende omdat hij ze al jaren bij zich had, op een stuk papier, opgevouwen in zijn borstzak, sinds die avond waarop hij bij zijn vriend had zitten waken, biddend dat hij niet zou sterven. Hij had ze zo vaak gezegd, zelfs als hij niet eens wist dat hij ze zei, dat hij soms vergat dat het niet zijn eigen woorden waren.

Die nacht liep Litvinoff naar de kast en tilde er zijn koffer uit. Hij stak zijn hand in het zijvak en zocht naar een dikke papieren envelop. Hij trok hem eruit, ging weer in zijn stoel zitten en legde de envelop op zijn schoot. Hoewel hij hem nooit had geopend, wist hij natuurlijk wel wat erin zat. Hij stak zijn hand uit om de lamp aan te knippen en kneep zijn ogen dicht om ze tegen het felle licht te beschermen.

Bewaren voor Leopold Gursky tot je hem weer ziet.

Later leek dat zinnetje, ongeacht hoe vaak hij het in de vuilnisbak probeerde te begraven onder sinaasappelschillen en koffiefilters, altijd weer naar het oppervlak te stijgen. En daarom viste Litvinoff de lege envelop, waarvan de inhoud nu veilig op zijn bureau lag, er op een ochtend weer uit. Toen, terwijl hij zijn tranen verdrong, stak hij een lucifer aan en bleef kijken terwijl het handschrift van zijn vriend in rook opging.

Doodgaan met een lach

Wat staat er?

We stonden onder de sterren van Grand Central Station, althans dat moet ik maar aannemen. Het zou me namelijk minder moeite kosten om mijn enkels achter mijn oren te haken dan om mijn hoofd achterover te buigen zodat ik ongehinderd kan kijken naar wat er boven me te zien is.

Wat staat er? vroeg Bruno nog eens. Hij porde me met zijn elleboog in mijn ribben terwijl ik mijn kin een eindje verder omhoogkrikte naar het bord met de vertrektijden. Mijn bovenlip maakte zich los van mijn onderlip om zich van het gewicht van mijn kaak te bevrijden. *Schiet nou op*, zei Bruno. *Houd je koest*, zei ik tegen hem, alleen kwam het door mijn open mond naar buiten als *Oudje hoest.* Ik kon net de cijfers lezen. *9 uur 45*, zei ik, of liever gezegd: *Egennuurijfeneertig. Hoe laat is het nu?* wilde Bruno weten. Moeizaam keek ik weer op mijn horloge. *9 uur 43*, zei ik.

We zetten het op een rennen. Het was geen rennen, maar een manier van bewegen waarop twee mensen bij wie allerlei gewrichten zijn versleten zich voortbewegen als ze de trein willen halen. Ik lag voor, maar Bruno zat me op de hielen. Toen werd de koppositie langzaam overgenomen door Bruno, die een alle beschrijving tartende manier had bedacht om snelheid te maken door met zijn armen te zwengelen, en hobbelde ik een poosje rustig mee terwijl hij me 'uit de wind hield'. Ik had net mijn blik op zijn nek gefixeerd toen hij volkomen onverwacht uit mijn gezichtsveld stortte. Ik keek achterom. Hij lag op een hoopje op de grond, met één schoen aan en de andere uit. *Doorlopen!* schreeuwde hij tegen me. Ik was even de kluts kwijt omdat ik niet wist wat ik moest doen. DOORLOPEN! schreeuwde hij nog eens, dus ik liep door en voordat ik wist wat er aan de hand was had hij een stuk afgesneden en nam hij weer de leiding, met zijn schoen in de hand, driftig zwengelend.

Iedereen instappen op perron 22.

Bruno ging de trap naar het perron af. Ik zat vlak achter hem. Er was alle reden om te geloven dat we het zouden halen. En toch. Onverwacht werden alle plannen omgegooid en kwam Bruno met een schuiver tot stilstand op het moment dat hij de trein bereikte. Niet in staat om af te remmen denderde ik hem voorbij, de coupé in. De deuren gingen achter me dicht. Hij lachte me toe door het glas. Ik sloeg met mijn vuist op het raam. *Bruno, lulhannes.* Hij wuifde. Hij wist dat ik niet in mijn eentje zou zijn gegaan. En toch. Hij wist dat ik moest gaan. Alleen. De trein begon weg te rijden. Zijn lippen bewogen. Ik probeerde ze te lezen. *Mazzel,* zeiden ze. Zijn lippen wachtten even. Hoezo mazzel? wilde ik schreeuwen. Wat is hier voor mazzel aan? En ze zeiden: *En broch.* Slingerend reed de trein het station uit, het donker in.

Vijf dagen nadat er een bruine envelop was aangekomen, met de bladzijden van een boek dat ik een halve eeuw geleden had geschreven, was ik op weg om het boek dat ik een halve eeuw later had geschreven terug te halen. Of om het anders te zeggen: een week nadat mijn zoon was gestorven was ik op weg naar zijn huis. In elk geval had ik niemand bij me.

Ik vond een plaatsje aan het raam en probeerde op adem te komen. We reden met grote snelheid door de tunnel. Ik legde mijn hoofd tegen de ruit. Iemand had 'lekkere tieten' in het glas gekrast. Het was onmogelijk om je niet af te vragen: van wie? De trein schoot het vuile licht en de vuile regen binnen. Het was voor het eerst in mijn leven dat ik zonder kaartje op de trein was gestapt.

In Yonkers stapte er een man in die naast me kwam zitten. Hij haalde een pocket te voorschijn. Mijn maag knorde. Ik had nog niets in mijn maag, de koffie die ik 's morgens met Bruno in een Dunkin' Donuts had gedronken niet meegerekend. Het was vroeg. We waren de eerste klanten geweest. *Geef mij maar een met jam en een met suiker*, zei Bruno. *Geef hem maar een met jam en een met suiker*, zei ik. *En ik neem een kleine koffie.* De man met het papieren hoedje op deed nog even niets. *Het is goedkoper als u een medium neemt.* Amerika, moge Gods zegen op haar rusten. *Da's best*, zei ik. *Doe dan maar een medium.* De man ging weg en kwam terug met de koffie. *Geef mij toch maar een met room en een met glazuur*, zei Bruno. Ik wierp hem een blik toe. *Wat is er?* vroeg hij schouderophalend. *Geef hem maar een met room en een met glazuur* – zei ik. *En een vanille*, zei Bruno. Ik draaide me om en keek hem woedend aan. *Mea culpa*, zei hij. *Vanille. Ga maar zitten*, zei ik tegen hem. Hij bleef staan. ZITTEN, zei ik. *Doe toch maar een gedraaide*, zei hij. De roomdonut was in vier happen verdwenen. Hij likte zijn vingers af, en hield toen de gedraaide donut tegen het licht. *Het is een donut, geen diamant*, zei ik. *Hij is oudbakken*, zei Bruno. *Eet toch maar op*, zei ik tegen hem. *Ruil maar om voor een Apple Spice*, zei hij.

De trein liet de stad achter zich. Groene weiden tot aan de horizon, aan beide zijden. Het regende al dagen en het hield maar niet op.

Ik had me al menigmaal voorgesteld waar Isaac woonde. Ik had het op een kaart gevonden. Eén keer had ik zelfs Inlichtingen gebeld: *Als ik vanuit Manhattan naar mijn zoon wil*, vroeg ik, *hoe reis ik dan?* Ik had me er al helemaal een beeld van gevormd, tot in de kleinste bijzonderheid. Het zou heel leuk worden! Ik zou een geschenk meenemen. Een pot jam bijvoorbeeld. We zouden niet op plichtplegingen staan. Voor dat soort dingen was het te laat. Misschien zouden we een balletje gooien op het gras. Ik kan niet vangen. En eerlijk gezegd ook niet gooien. En toch. We zouden over honkbal praten. Ik volg het spel al sinds Isaac een jongen was. Toen hij fan van de Dodgers was, was ik ook fan. Ik wilde zien wat hij zag en horen wat hij hoorde. Ik hield de populaire muziek zo veel mogelijk bij. The Beatles, de Rolling Stones, Bob Dylan: 'Lay, Lady, Lay' – om dat te begrijpen heb je geen koperen bed nodig. Elke dag kwam ik thuis van mijn werk en bestelde ik iets bij Mr. Tong. Daarna haalde ik een plaat uit de hoes, tilde de naald op en begon te luisteren.

Elke keer dat Isaac verhuisde, stippelde ik de route tussen mijn huis en het zijne uit. De eerste keer was hij elf. Ik ging altijd bij zijn school in Brooklyn op hem staan wachten, aan de overkant van de straat, al was het maar om een glimp van hem op te vangen of met een beetje geluk een keer zijn stem te horen. Op een dag stond ik er zoals gewoonlijk te wachten, maar kwam hij niet naar buiten. Misschien had hij iets stoms uitgehaald, dacht ik, en moest hij nablijven. Het werd donker, ze deden het licht uit en nog steeds kwam hij niet. De volgende dag ging ik terug, en weer bleef ik wachten en weer kwam hij niet naar buiten. Die nacht haalde ik me van alles in mijn hoofd. Ik kon niet slapen en verbeeldde me alle afschuwelijke dingen die met mijn kind gebeurd konden zijn. Ook al had ik mezelf beloofd zoiets nooit te doen, toch stond ik de volgende ochtend vroeg op om langs zijn huis te lopen. Nee, niet om erlangs te lopen. Ik ging aan de overkant van de straat staan. Met de bedoeling om hem te zien, of Alma of zelfs die *sjlemiel*, haar man. En toch. Er kwam niemand. Ten slotte hield ik een joch dat uit het gebouw kwam staande. *Ken jij de familie Moritz?* Hij keek me aan. *Ja. En wat zou dat?* vroeg hij. *Wonen die er nog steeds?* vroeg ik. *Wat hebt u daarmee te maken?* zei hij en wilde stuiterend met een rubber bal weer verder lopen. Ik greep hem bij zijn kraag. Er lag een blik van angst in zijn ogen. *Die zijn naar Long Island verhuisd*, gooide hij eruit en rende ervandoor.

Een week later kwam er een brief van Alma. Ze had mijn adres, want ik stuurde haar eens per jaar een kaart, op haar verjaardag. *Hartelijk gefeliciteerd*, schreef ik dan. *Van Leo.* Ik scheurde haar brief open. *Ik weet dat je naar hem kijkt*, schreef ze. *Vraag me niet hoe, maar ik weet het. Ik wacht alsmaar op de dag dat hij naar de waarheid zal vragen. Als ik in zijn ogen kijk zie ik jou soms. En denk ik dat je de enige bent die zijn vragen zou kunnen beantwoorden. Ik hoor je stem alsof je naast me stond.*

Ik weet niet hoe vaak ik die brief heb gelezen. Maar dat is het punt niet. Het voornaamste was dat ze links in de bovenhoek het retouradres had geschreven: *Atlantic Avenue 121, Long Beach, New York.*

Ik haalde mijn kaart te voorschijn en sloeg de details van de reis in mijn hoofd op. Ik fantaseerde vroeger wel eens over rampen, overstromingen, aardbevingen of een tot chaos vervallen wereld, zodat ik reden zou hebben om naar hem toe te gaan en hem snel onder mijn jas weg te moffelen. Toen ik mijn hoop op verzachtende omstandigheden had opgegeven, begon ik te dromen over een contact dat door het toeval tot stand kwam. Ik woog alle manieren af waarop onze levens elkaar toevallig konden kruisen – waarin ik opeens naast hem zat, in de metro of in de wachtkamer van een dokterspraktijk. Maar uiteindelijk wist ik dat ik het zelf moest doen. Toen Alma eenmaal was overleden, en twee jaar later Mordecai, was er niets meer geweest om me tegen te houden. En toch.

Twee uur later liep de trein het station binnen. Ik vroeg degene achter het kaartjesloket hoe ik aan een taxi kwam. Het was lang geleden dat ik de stad uit was geweest. Ik stond er versteld van hoe groen alles was.

We reden een tijdje. We sloegen van de hoofdweg af, een smallere weg in, en toen een nog smallere. En ten slotte reden we een hobbelige beboste oprit op, zomaar ergens. Ik kon me moeilijk voorstellen dat een zoon van mij in zo'n gat woonde. Stel dat hij opeens zin had in een pizza, waar moest hij dan heen? Stel dat hij in zijn eentje in een donkere bioscoop wilde zitten of naar een stel vrijende tieners op Union Square wilde kijken?

Er kwam een wit huis in zicht. De wolken werden achternagezeten door een licht briesje. Tussen de takken door zag ik een meer. Ik had me deze omgeving al heel vaak voorgesteld. Maar nooit met een meer. Die vergissing kwam hard aan.

U kunt me hier afzetten, zei ik voordat we bij de open plek van het huis kwamen. Ik verwachtte half en half dat er iemand thuis was. Voor zover ik wist had Isaac alleen gewoond. Maar je weet het nooit. De taxi kwam tot stilstand. Ik betaalde en stapte uit, en hij reed achteruit over de oprit weg. Ik verzon een smoes over pech met de auto en moeten bellen, haalde diep adem en zette mijn kraag op tegen de regen.

Ik klopte aan. Er zat een bel, dus drukte ik op de bel. Ik wist dat hij dood was, maar ergens in me leefde nog een beetje hoop. Ik stelde me voor hoe hij zou kijken wanneer hij de deur opendeed. Wat zou ik tegen hem hebben gezegd, mijn enig kind? Neem het me maar niet kwalijk, je moeder hield niet van me op de manier waarop ik dat wilde; maar misschien hield ik weer niet van haar op de manier waar zij behoefte aan had? En toch. Er werd niet opengedaan. Voor de zekerheid wachtte ik nog even. Toen er niet werd opengedaan, liep ik om naar achteren. Er stond een boom op het gazon die me deed denken aan de boom waarin ik ooit onze initialen had gekerfd, A + L, zonder dat ze daarvan wist, net zoals ik vijf jaar niet had geweten dat onze optelsom een kind als uitkomst had gehad.

Het gras was glibberig van de modder. In de verte zag ik een roeiboot liggen, vastgemeerd aan een steiger. Ik keek uit over het water. Hij moest een goede zwemmer zijn geweest, aardje naar zijn vaartje, dacht ik trots. Mijn eigen vader, die veel respect voor de natuur had, had elk van ons vlak na onze geboorte in de rivier geplonsd, voordat onze banden met de amfibieën, zo beweerde hij, volledig waren verbroken. Door het trauma van deze herinnering was mijn zus Hanna gaan slissen, tenminste, daar schreef ze het aan toe. Ik mag graag denken dat ik het anders had aangepakt. Ik zou mijn zoon in mijn armen hebben gehouden. Ik zou tegen hem hebben gezegd: *Er is een tijd geweest dat je een vis was. Een vis?* zou hij hebben gevraagd. *Precies zoals ik het vertel, een vis. Hoe weet u dat? Omdat ik ook een vis ben geweest. U ook? Ja hoor. Heel vroeger. Hoe lang geleden? Heel lang. Hoe dan ook, omdat je een vis was, wist je hoe je moest zwemmen. Wist ik dat? Jazeker. Je kon geweldig goed zwemmen. Je was een superzwemmer. Je was dol op het water. Waarom? Hoe bedoel je, waarom? Waarom was ik dol op het water? Omdat het je leven was!* En onder het praten zou ik hem hebben losgelaten, met telkens één vinger, totdat hij ongemerkt zonder mijn hulp zou blijven drijven.

En toen dacht ik: misschien betekent vader zijn juist dát – je kind te leren om zonder jou te leven. Als het waar was, is niemand een betere vader geweest dan ik.

Er was een achterdeur met maar één slot, een simpel tuimelslot, vergeleken met het dubbele slot op de voordeur. Ik klopte een laatste keer aan, en toen er niet werd gereageerd ging ik aan de slag. Ik moest me een minuutje inspannen en toen kon ik hem voorzichtig openen.

Ik draaide aan de deurknop en duwde. Roerloos bleef ik in de deuropening staan. *Hallo?* riep ik. Het bleef stil. Er gleed iets kils over mijn ruggengraat. Ik liep naar binnen en deed de deur achter me dicht. Het rook er naar verbrande houtblokken.

Dit is Isaacs huis, zei ik tegen mezelf. Ik trok mijn regenjas uit en hing hem aan een haak naast een andere. Die was van bruine tweed, met een bruine zijden voering. Ik pakte zijn mouw en drukte hem tegen mijn wang. Ik dacht: dit is zijn jas. Ik hield hem onder mijn neus en inhaleerde. Hij rook flauwtjes naar eau de toilette. Ik haalde hem van de kapstok en probeerde hem aan. De mouwen waren te lang. Maar. Dat gaf niet. Ik schoof ze omhoog. Ik trok mijn schoenen uit, die aangekoekt waren met modder. Er stond een paar sportschoenen, omgekruld bij de tenen. Ik schoof ze aan mijn voeten als een echte Mr. Rogers. De schoenen waren minstens maat vijfenveertig, misschien wel zesenveertig. Mijn vader had heel kleine voeten; toen mijn zus met een jongen uit een nabijgelegen dorp trouwde, stond hij de hele bruiloft spijtig naar de omvang van de voeten van zijn nieuwe schoonzoon te staren. Ik kan me alleen maar voorstellen hoe geschokt hij naar die van zijn kleinzoon zou hebben gekeken.

En zo betrad ik het huis van mijn zoon: gehuld in zijn jas, met zijn schoenen aan mijn voeten. Ik was dichter bij hem dan ik ooit was geweest. En verder weg.

Ik kloste door de smalle gang waardoor je in de keuken kwam. Ik bleef midden in de kamer staan en wachtte op de politiesirenes die niet kwamen.

Er stond een vuil bord in de gootsteen. Een glas dat ondersteboven was neergezet om uit te druipen, een verhard theezakje op een schoteltje. Op de keukentafel lag wat gemorst zout. Er was met plakband een ansicht aan het raam bevestigd. Ik haalde hem eraf en draaide hem om. *Beste Isaac,* stond erop. *Ik stuur dit uit Spanje, waar ik nu al een maand woon. Ik schrijf je om te zeggen dat ik je boek niet heb gelezen en het evenmin van plan ben.*

Achter me klonk een dreun. Ik greep naar mijn borst. Ik dacht dat ik Isaacs geest zou zien als ik me zou omdraaien. Maar het was slechts de deur, die werd opengewaaid door de wind. Met trillende handen plakte ik de ansicht terug waar ik hem had gevonden en bleef staan met de stilte om me heen, mijn hart in mijn oren.

De vloerplanken kraakten onder mijn gewicht. Overal stonden boeken. Er waren pennen en een blauwe vaas, een asbak van het Dolder Grand in Zurich, een verroeste pijl van een windwijzer, zee-egels op de vensterbank, een verrekijker, een lege wijnfles die als kaarsenstandaard diende, met langs de hals gesmolten was. Ik raakte van alles aan. Wat er op het eind van je overblijft zijn je bezittingen. Misschien is het me daarom nooit gelukt iets weg te gooien. Misschien is dat de reden waarom ik de wereld heb opgepot: in de hoop dat de totaalsom van mijn spullen bij mijn overlijden duidt op een leven dat groter is dan het leven dat ik heb geleefd.

Ik voelde me duizelig en greep naar de schoorsteenmantel om steun te zoeken. Ik ging terug, Isaacs keuken in. Ik had geen trek, maar ik deed de koelkast open omdat de dokter me had gezegd dat ik niet te lang moest wachten met eten, wat iets met mijn bloeddruk te maken heeft. Er drong een sterke lucht mijn neusgaten binnen. Een bedorven restje kip. Ik gooide het in de vuilnisemmer, tegelijk met een paar bruine perziken en wat beschimmelde kaas. Toen waste ik het vuile bord af. Ik weet niet hoe ik moet beschrijven wat ik bij het uitvoeren van deze alledaagse, werktuiglijke handelingen in het huis van mijn zoon voelde. Ik deed ze met liefde. Het glas zette ik terug in het kastje. Het theezakje gooide ik weg, het schoteltje spoelde ik af. Er waren waarschijnlijk mensen – de man met de gele vlinderdas of een toekomstige biograaf – die de dingen precies zo wilden houden als Isaac ze had achtergelaten. Misschien zouden ze op een dag zelfs een museum van zijn leven maken, u gepresenteerd door de mensen die het glas hebben bewaard waaruit Kafka zijn laatste slok heeft genomen, het bord waarvan Mandelstam zijn laatste kruimels heeft gegeten. Isaac was een groot schrijver, de schrijver die ik nooit zou hebben kunnen zijn. En toch. Hij was ook mijn zoon.

Ik ging de trap op. Bij elke deur en kast en la die ik opentrok kwam ik iets nieuws over Isaac te weten, en telkens als ik iets nieuws te weten kwam, werd zijn afwezigheid steeds reëler, maar daarbij ook steeds onmogelijker om erin te geloven. Ik deed zijn medicijnenkastje open.

Er stonden twee flacons talkpoeder in. Ik weet eigenlijk niet eens wat talkpoeder is of waarom je het zou gebruiken, maar dit ene gegeven uit zijn leven ontroerde me meer dan alles wat ik me ooit aan bijzonderheden had voorgesteld. Ik deed zijn klerenkast open en duwde mijn gezicht tussen zijn overhemden. Hij hield van de kleur blauw. Ik pakte een paar bruine brogues. De hakken waren vrijwel finaal afgesleten. Ik stak er mijn neus in en snoof. Ik vond zijn horloge op het nachtkastje en deed het om. Het leren bandje was versleten rond het gaatje waar hij het altijd dichtgespte. Zijn pols was dikker geweest dan die van mij. Wanneer was hij forser geworden dan ik? Wat was ík aan het doen en wat was híj aan het doen, op het tijdstip dat mijn zoon me in maat had overtroffen?

Het bed was keurig opgemaakt. Was hij erin gestorven? Of had hij het aan voelen komen en was hij opgestaan om nog eens zijn kindertijd te begroeten, en was hij daarna meteen geveld? Wat was het laatste waar hij naar had gekeken? Was het 't horloge aan mijn pols, dat was blijven stilstaan op 12 uur 38? Het meer aan de andere kant van het raam? Iemands gezicht? En had hij pijn gehad?

Er is maar één keer iemand in mijn armen gestorven. Ik werkte als schoonmaker in een ziekenhuis, in de winter van 1941. Het heeft maar kort geduurd. Uiteindelijk ben ik die baan kwijtgeraakt. Maar tijdens mijn laatste week hoorde ik iemand kokhalzen, op een avond dat ik de vloer aan het dweilen was. Het geluid kwam uit de kamer van een vrouw die een bloedziekte had. Ik rende op haar af. Haar lichaam kronkelde en verkrampte. Ik nam haar in mijn armen. Ik denk dat ik wel kan zeggen dat er bij geen van ons tweeën twijfel bestond over wat er ging gebeuren. Ze had een kind. Dat wist ik omdat ik hem een keer met zijn vader bij haar op bezoek had gezien. Een klein jochie met gepoetste laarzen en een jas met goudkleurige knopen. Hij had de hele tijd met een speelgoedautootje zitten spelen zonder zijn moeder aandacht te geven, behalve wanneer ze iets tegen hem zei. Misschien was hij boos op haar omdat ze hem zo lang alleen liet met zijn vader. Terwijl ik naar haar gezicht keek, dacht ik aan hém, het jongetje dat zou opgroeien zonder te weten hoe hij het zichzelf moest vergeven. Dat ik de taak vervulde die hem was afgenomen gaf me een zeker gevoel van opluchting en trots, zelfs van superioriteit. En toen, minder dan een jaar later, was ik ook een zoon wiens moeder zonder hem stierf.

Achter me klonk een geluid. Een gekraak. Dit keer draaide ik me niet om. Ik kneep mijn ogen dicht. *Isaac*, fluisterde ik. Het geluid van mijn eigen stem joeg me angst aan, maar ik praatte door. *Ik wil tegen je zeggen...* en toen zweeg ik. Wat wil ik tegen je zeggen? De waarheid? Wat is de waarheid? Dat ik je moeder en mijn leven met elkaar heb verward? Nee. *Isaac*, zei ik. *De waarheid is wat ik heb bedacht opdat ik kon leven.*

Nu draaide ik me om en zag mezelf in de spiegel aan Isaacs muur. Een malloot in de kleren van een malloot. Ik was gekomen om mijn boek terug te halen, maar nu kon het me niet meer schelen of ik het wel of niet vond. Ik dacht: laat het maar zoekgeraakt zijn, net als de rest. Het deed er niet toe, nu niet meer.

En toch.

In de hoek van de spiegel zag ik zijn typemachine, weerspiegeld vanaf de overkant van de gang. Niemand hoefde erbij te vertellen dat het dezelfde was als de mijne. Ik had in een interview in de krant gelezen dat hij al bijna vijfentwintig jaar op dezelfde Olympia schreef. Een paar maanden later zag ik hetzelfde model te koop in een tweedehandszaak. De verkoper zei dat hij het deed, dus kocht ik hem. Aanvankelijk vond ik het alleen maar fijn om ernaar te kijken, te weten dat mijn zoon er ook naar zat te kijken. Dag in dag uit stond hij daar naar me te lachen, alsof de toetsen tanden waren. Toen kreeg ik mijn hartaanval, en nog steeds lachte hij me toe, dus op een dag draaide ik er een vel papier in en schreef een zin.

Ik liep naar de overkant van de gang. Ik dacht: stel dat ik daar mijn boek vind, op zijn bureau? Het vreemde van die situatie drong tot me door. Ik in zijn jas, mijn boek op zijn bureau, hij met mijn ogen, ik in zijn schoenen.

Ik wilde alleen maar bewijs dat hij het had gelezen.

Ik ging op zijn stoel achter zijn schrijfmachine zitten. Het was koud in huis. Ik trok zijn jas dicht om me heen. Ik dacht dat ik gelach hoorde, maar hield mezelf voor dat het alleen maar het bootje was, dat kraakte in de harde wind. Ik dacht dat ik voetstappen op het dak hoorde, maar hield mezelf voor dat het maar een dier was, op zoek naar voedsel. Ik zat wat te wiegen, net zoals mijn vader vroeger tijdens het bidden zat te wiegen. Mijn vader zei een keer tegen me: *Als een jood bidt, stelt hij God een vraag waaraan geen eind komt.*

Het duister viel in. Het begon te regenen.

Ik heb nooit gevraagd: Welke vraag?

En nu is het te laat. Omdat ik je ben kwijtgeraakt, *Tatte.* Op een dag in de lente van 1938, op een regenachtige dag die opzij ging voor een doorbraak in de wolken, heb ik je verloren. Je was erop uitgetrokken om specimens te verzamelen voor een theorie die je aan het uitbroeden was, over regenval, instinct en vlinders. En toen was je weg. We vonden je liggend onder een boom, je gezicht bespat met modder. We wisten dat je toen vrij was, los van teleurstellende resultaten. En we hebben je begraven op de begraafplaats waar je vader begraven lag, en diens vader, in de schaduw van een kastanjeboom. Drie jaar later verloor ik *Mamme.* De laatste keer dat ik haar zag had ze haar gele schort voor. Ze zat spullen in een koffer te proppen, het hele huis lag overhoop. Ze zei dat ik het bos moest in gaan. Ze pakte eten voor me in en zei dat ik mijn overjas moest aantrekken, ook al was het juli. 'Ga,' zei ze. Ik was te oud om te luisteren, maar ik luisterde alsof ik een kind was. Ze zei dat ze me de volgende dag achterna zou komen. We kozen een plek in het bos die we allebei kenden. De reusachtige walnotenboom waar jij zo van hield, *Tatte,* omdat hij menselijke eigenschappen had, zei je. Ik nam niet de moeite om afscheid te nemen. Ik besloot te geloven wat het makkelijkste was. Ik wachtte. Maar. Ze is nooit gekomen. Sindsdien leef ik met een schuldgevoel omdat ik te laat heb begrepen dat ze meende dat ze me tot last zou zijn geweest. Ik ben Fritzy kwijtgeraakt. Hij studeerde in Wilna, *Tatte* – hij was voor het laatst gezien in een trein, hoorde ik van iemand die weer iemand anders kende. Ik ben Sari en Hanna aan de honden kwijtgeraakt. Ik ben Herschel aan de regen kwijtgeraakt. Ik ben Josef aan een kier in de tijd kwijtgeraakt. Ik ben het geluid van gelach kwijtgeraakt. Ik ben een stel schoenen kwijtgeraakt, ik had ze uitgetrokken om te gaan slapen, de schoenen die ik van Herschel had gekregen, en toen ik wakker werd waren ze weg; ik heb dagenlang op blote voeten gelopen en toen viel ik van mijn geloof en stal ik die van iemand anders. Ik ben de enige vrouw kwijtgeraakt van wie ik ooit heb willen houden. Ik ben jaren kwijtgeraakt. Ik ben boeken kwijtgeraakt. Ik ben het huis waarin ik ben geboren kwijtgeraakt. En ik ben Isaac kwijtgeraakt. Dus wie zal zeggen dat ik ergens onderweg, zonder dat ik het zelf in de gaten had, niet ook mijn verstand ben kwijtgeraakt?

Mijn boek was nergens te vinden. Afgezien van mezelf was er geen spoor van me te bekennen.

Zo niet, dan niet

1 HOE IK ER BLOOT UITZIE

Toen ik wakker werd in mijn slaapzak regende het niet meer en was mijn bed leeg en afgehaald. Ik keek op mijn horloge. Het was 10.03 uur. Bovendien was het 30 augustus, wat betekende dat het nog maar tien dagen zou duren tot het schooljaar weer begon, één maand tot ik vijftien werd en maar drie jaar tot ik ging studeren en een eigen leven ging leiden, wat op dit moment niet erg waarschijnlijk leek. Om deze en andere redenen kreeg ik pijn in mijn maag. Ik keek door de gang Vogels kamer in. Oom Julian lag te slapen met zijn bril op. Deel II van *De uitroeiing van de Europese joden* lag open op zijn borst. Vogel kreeg de cassette-uitgave cadeau van een nicht van mijn moeder die in Parijs woont en die zich voor hem was gaan interesseren nadat we thee hadden gedronken bij haar in haar hotel. Ze vertelde ons dat haar man in de illegaliteit had gezeten, waarop Vogel, die bezig was geweest een huis van suikerklontjes te bouwen, haar vroeg: 'Was hij dan een crimineel?'

In de badkamer trok ik mijn T-shirt en onderbroek uit, ging op de wc staan en bekeek mezelf in de spiegel. Ik probeerde vijf adjectieven te bedenken om te beschrijven hoe ik eruitzag, en een ervan was *schriel* en een andere was *Ik heb flaporen*. Ik overwoog een neusring te nemen. Toen ik mijn armen boven mijn hoofd hield werd mijn borst hol.

Beneden zat mijn moeder in haar kimono de krant te lezen in het zonlicht. 'Heeft er iemand voor me gebeld?' vroeg ik. 'Goed, dank je en hoe gaat het met jou?' vroeg ze. 'Maar ik heb niet gevraagd hoe het met jou ging,' zei ik. 'Dat weet ik.' 'Nou, je hoeft toch niet altijd welgemanierd tegen je familie te doen.' 'Waarom niet?' 'Het zou beter zijn als mensen gewoon zeiden wat ze vonden.' 'Bedoel je dat het je niet kan schelen hoe het met me gaat?' Ik keek haar nijdig aan. 'Goeddankjeenhoegaatmetjou?' vroeg ik. 'Uitstekend, dank je,' zei mijn moeder. 'Heeft er iemand gebeld?' 'Zoals?' 'Wie dan ook.' 'Is er iets tussen jou en Misja gebeurd?' 'Nee,' zei ik en trok de koelkast open en inspecteerde een paar verlepte selderijstengels. Ik stopte een Engelse muffin in de rooster terwijl mijn moeder de pagina van de krant omsloeg en vluchtig wat koppen doornam. Ik vroeg me af of ze het in de gaten zou hebben als ik die muffin liet verkolen.

'*De geschiedenis van de liefde* begint toch wanneer Alma tien is, hè?' vroeg ik. Mijn moeder keek op en knikte. 'Nou, hoe oud is ze aan het einde?' 'Dat valt moeilijk te zeggen. Er zijn zoveel Alma's in het boek.' 'Hoe oud is de oudste?' 'Niet zo oud. Twintig misschien.' 'Dus *De geschiedenis van de liefde* eindigt als Alma pas twintig is?' 'In zekere zin. Maar het zit ingewikkelder in elkaar. In sommige hoofdstukken wordt ze niet eens genoemd. En er wordt in het boek erg los omgesprongen met het hele besef van tijd en geschiedenis.' 'Maar er zit in geen enkel hoofdstuk een Alma die ouder is dan twintig?' 'Nee,' zei mijn moeder. 'Ik geloof van niet.'

Ik prentte me in het geheugen dat als Alma Mereminski echt bestond, Litvinoff waarschijnlijk verliefd op haar was geworden toen ze allebei tien waren, en dat ze waarschijnlijk twintig waren geweest toen zij naar Amerika vertrok, wat de laatste keer moet zijn geweest dat Litvinoff haar zag. Waarom zou het boek anders eindigen op een moment dat ze nog zo jong was?

Staand bij de broodrooster at ik de Engelse muffin, met pindakaas erop. 'Alma?' vroeg mijn moeder. 'Wat is er?' 'Kom me eens een knuffel geven,' zei ze, dus dat deed ik, ook al had ik er geen zin in. 'Hoe ben je toch zo lang geworden?' Ik haalde mijn schouders op en hoopte dat ze niet zou doorpraten. 'Ik ga naar de bibliotheek,' zei ik tegen haar, wat een leugen was, maar uit de manier waarop ze naar me keek, maakte ik op dat ze me niet echt had gehoord, omdat ze niet mij zag, maar iemand anders.

3 OP EEN DAG WORD IK GECONFRONTEERD MET ALLE LEUGENS DIE IK OOIT HEB VERTELD

Op straat liep ik langs Herman Cooper, die op het stoepje voor zijn huis zat. Hij had de hele zomer in Maine gezeten, waar hij gebruind door de zon en met een rijbewijs vandaan was gekomen. Hij vroeg of ik zin had een keer een ritje met hem te maken. Ik had hem eraan kunnen herinneren dat hij op mijn zesde het gerucht had verspreid dat ik geadopteerd en van Porto Ricaanse afkomst was en op mijn tiende dat ik bij hem thuis in het souterrain mijn rok had opgetild en hem alles had laten zien. In plaats daarvan zei ik tegen hem dat ik altijd wagenziek werd.

Ik ging weer terug naar Chambers Street 31, dit keer om uit te zoeken of er een trouwakte bestond op naam van Alma Mereminski. In kamer 103 zat dezelfde man met de zwarte bril achter de balie. 'Hallo,' zei ik. Hij keek op. 'O, het is juffrouw Konijnenvlees. Hoe gaat het ermee?' 'Goeddankuenhoegaathetmetu?' zei ik. 'Ach ja, het gaat wel.' Hij sloeg de bladzijde van zijn tijdschrift om en vervolgde: 'Een beetje moe, eigenlijk, en ik denk ook dat ik bezig ben verkouden te worden, en vanochtend werd ik wakker en had mijn kat gekotst, wat niet zo erg zou zijn als ze het niet in mijn schoen had gedaan.' 'O,' zei ik. 'En daar komt bij dat ik net te weten ben gekomen dat ik van de kabel word gegooid omdat ik toevallig een beetje laat ben met het betalen van de rekening, wat betekent dat ik al mijn programma's moet missen, plus dat de plant die ik met Kerstmis van mijn moeder heb gekregen een beetje bruin aan het worden is, en als hij doodgaat moet ik dat nog jaren horen.' Ik wachtte even voor het geval hij verder zou gaan, maar dat deed hij niet, dus ik zei: 'Misschien is ze getrouwd.'

'Wie?' 'Alma Mereminski.' Hij sloeg het tijdschrift dicht en keek me aan. 'Weet jij niet of je eigen overgrootmoeder getrouwd was?' Ik ging na wat ik aan keuzes had. 'Ze is niet echt mijn overgrootmoeder,' zei ik. 'Ik dacht dat je zei –' 'Het is eigenlijk geen familie van me.' Hij keek verward en een beetje boos. 'Sorry. Het is een lang verhaal,' zei ik. Aan de ene kant wilde ik dat hij me zou vragen waarom ik naar haar zocht, zodat ik hem de waarheid kon vertellen: dat ik het eigenlijk niet wist, dat ik aanvankelijk naar iemand had gezocht die mijn moeder weer gelukkig zou maken, maar dat ik gaandeweg – zelfs al had ik het nog niet opgegeven dat ik hem zou vinden – ook naar iets anders op zoek was gegaan, iets wat verbonden was aan die eerste zoektocht, maar tegelijkertijd toch anders was, omdat het te maken had met mij. Maar hij zuchtte alleen maar en vroeg: 'Zou ze getrouwd kunnen zijn vóór 1937?' 'Dat weet ik niet precies.' Hij zuchtte en schoof zijn bril omhoog over zijn neus en zei tegen me dat ze in kamer 103 alleen gegevens hadden over huwelijken tot aan 1937.

Desondanks gingen we toch op zoek, maar een Alma Mereminski vonden we niet. 'Je kunt beter naar het kantoor van het bevolkingsregister gaan,' zei hij mistroostig. 'Daar hebben ze alle latere gegevens.' 'Waar is dat?' 'Centre Street 1, kamer 252,' zei hij. Ik had nog nooit van Centre Street gehoord, dus vroeg ik hoe ik er moest komen. Het was niet ver, dus ik besloot te gaan lopen, en onder het lopen stelde ik me overal in de stad kamers voor waarin archieven waren ondergebracht waar niemand ooit van heeft gehoord, zoals laatste woorden, leugentjes om bestwil en valse nakomelingen van Catherina de Grote.

4 DE KAPOTTE GLOEILAMP

De man achter de balie van het kantoor van het bevolkingsregister was oud. 'Kan ik je ergens mee helpen?' vroeg hij toen ik aan de beurt was. 'Ik wil erachter komen of een vrouw met de naam Alma Mereminski ooit met iemand getrouwd is en een andere achternaam heeft gekregen,' zei ik. Hij knikte en schreef iets op. 'M-E-R,' begon ik, en hij zei: 'E-M-I-N-S-K-I. Of is het Y?' 'I,' zei ik. 'Dat dacht ik al,' zei hij. 'Wanneer zou ze getrouwd zijn?' 'Dat weet ik niet. Het moet in elk geval na 1937 zijn geweest. Als ze nu nog leeft, is ze waarschijnlijk rond de tachtig.' 'Eerste huwelijk?' 'Ik dacht van wel.' Hij krabbelde een aantekening op zijn blocnote. 'Enig idee van de man met wie ze getrouwd is?' Ik schudde mijn hoofd. Hij likte aan zijn vinger, sloeg zijn blocnotevel om en maakt nog een aantekening. 'De trouwerij, zou dat een burgerlijk huwelijk zijn geweest of is ze door een priester of toevallig misschien door een rabbijn getrouwd?' 'Waarschijnlijk een rabbijn,' zei ik. 'Dat dacht ik al,' zei hij.

Hij trok een la open en haalde er een rolletje Life Savers uit. 'Pepermuntje?' Ik schudde mijn hoofd. 'Vooruit,' zei hij, dus nam ik er een. Hij stak een pepermuntje in zijn mond en begon erop te zuigen. 'Kwam ze misschien uit Polen?' 'Hoe weet u dat?' 'Makkelijk zat,' zei hij. 'Met zo'n naam.' Hij verschoof de pepermunt van de ene kant van zijn mond naar de andere. 'Kan het zijn dat ze in '39, '40 is gekomen, voor de oorlog? Dan zou ze...' Hij likte aan zijn vinger en flapte een bladzijde terug, haalde een rekenmachientje te voorschijn en sloeg de toetsen aan met het gommetje van zijn potlood. '...negentien, twintig zijn geweest. Op z'n hoogst eenentwintig, schat ik.'

Hij noteerde deze getallen op zijn blocnote. Hij klakte met zijn tong en schudde zijn hoofd. 'Die moet eenzaam zijn geweest, arme stakker.' Hij keek met een vragende blik naar me op. 'Dat zal best,' zei ik. 'Natuurlijk was ze dat!' zei hij. 'Wat kent ze voor mensen? Niemand! Behalve misschien een neef die niks van haar wil weten. Hij woont nu in Amerika, de grote *macher*, wat moet hij aan met zo'n refugenik? Zijn zoon spreekt Engels zonder accent en zal op een dag een rijke advocaat zijn, het laatste waar hij behoefte aan heeft is dat die *misjpooche* uit Polen bij hem aanklopt, zo schraal als de dood.' Het leek geen goed idee om iets te zeggen, dus ik zei niets. 'Misschien heeft ze geluk, nodigt hij haar een of twee keer uit op *sjabbes*, en zijn vrouw maar mopperen dat ze niet eens iets te eten hebben voor hun eigen, ze moet bij de slager gaan smeken om weer op de pof een kip mee te krijgen, Dit is de laatste keer, zegt ze tegen haar man, geef een varken een stoel en hij wil meteen op tafel klimmen, en dan hebben we het nog niet eens over het feit dat thuis in Polen haar hele familie wordt uitgemoord, tot aan de laatste toe, mogen ze rusten in vrede, van mijn mond tot aan Gods oor.'

Ik wist niet wat ik moest zeggen, maar hij leek ergens op te wachten, dus ik zei: 'Het moet verschrikkelijk zijn geweest.' 'Dat sta ik je net te vertellen,' zei hij, en toen klakte hij nog een keer met zijn tong en zei: 'Arme stakker. Het was een Goldfarb, Arthur Goldfarb, iemand, de kleindochter was het, geloof ik, is hier een paar dagen geleden geweest. Een dokter, ze had een foto, knappe vent, het was een slechte *sjidoech*, hij blijkt al na een jaar gescheiden te zijn. Zou geknipt zijn geweest voor jouw Alma.' Hij vermaalde het pepermuntje en veegde met een zakdoek langs zijn neus. 'Mijn vrouw zegt dat het geen kunst is om koppelaar voor de doden te spelen, dus zeg ik tegen haar als je altijd azijn drinkt weet je niet dat er iets zoeters bestaat.' Hij kwam van zijn stoel. 'Wacht hier, alsjeblieft.'

Toen hij terugkwam was hij buiten adem. Hij hees zichzelf weer op zijn kruk. 'Het leek wel goudzoekerij, zo moeilijk was het die Alma te vinden.' 'Is het dan gelukt?' 'Wat?' 'Haar te vinden?' 'Natuurlijk heb ik haar gevonden, wat voor ambtenaar ben ik als ik geen fatsoenlijk meisje kan vinden? Alma Mereminski, hier heb je d'r. Getrouwd in Brooklyn in 1942 met Mordecai Moritz, huwelijk voltrokken door een rabbijn Greenberg. Vermeldt ook de namen van de ouders.' 'Is dit haar echt?' 'Wie anders? Alma Mereminski, verklaart hierbij dat ze in Polen is geboren. Hij was in Brooklyn geboren, maar zijn ouders kwamen uit Odessa. Er staat hier dat zijn vader een kledingfabriek bezat, dus ze heeft het niet eens zo slecht getroffen. Eerlijk gezegd ben ik opgelucht. Misschien was het een knappe trouwerij. In die tijd brak de *chazzen* vaak een gloeilamp onder zijn voet omdat niemand een glas kon missen.'

5 ER STAAN GEEN TELEFOONCELLEN IN HET NOORDPOOLGEBIED

Ik vond een telefooncel en belde naar huis. Oom Julian nam op. 'Heeft er iemand voor me gebeld?' vroeg ik. 'Ik geloof van niet. Sorry dat ik je vannacht wakker heb gemaakt, Al.' 'Geeft niet.' 'Ik ben blij dat we even met elkaar hebben gepraat.' 'Ja,' zei ik, en ik hoopte dat hij het onderwerp schilder worden maar met rust zou laten. 'Heb je zin om vanavond samen uit eten te gaan? Tenzij je andere plannen hebt.' 'Die heb ik niet,' zei ik.

Ik hing op en belde Inlichtingen. 'Welke wijk?' 'Brooklyn.' 'Onder welke naam?' 'Moritz. Met als voornaam Alma.' 'Zakennummer of thuisnummer?' 'Thuisnummer.' 'Onder die naam heb ik niemand.' 'En Mordecai Moritz?' 'Ook niet.' 'Nou, in Manhattan dan?' 'Ik heb een Mordecai Moritz op 52nd Street.' 'O ja?' vroeg ik. Ik kon het niet geloven. 'Hier komt het nummer.' 'Wacht even!' zei ik. 'Ik heb het adres nodig.' 'East 52nd Street 450,' zei de vrouw. Ik noteerde het adres op de binnenkant van mijn hand en nam de metro naar het noorden.

6 IK KLOP AAN EN ZIJ DOET OPEN

Ze is oud en heeft lang wit haar dat is vastgestoken met een schildpadden kam. Haar appartement wordt overspoeld door zonlicht en ze heeft een papegaai die kan praten. Ik vertel haar dat mijn vader, David Singer, op zijn tweeëntwintigste *De geschiedenis van de liefde* zag liggen in de etalage van een boekhandel in Buenos Aires, toen hij in zijn eentje op reis was met een topografische kaart, een Zwitsers zakmes en een Spaans-Hebreeuws woordenboek bij zich. Ik vertel haar ook over mijn moeder en haar muur van woordenboeken, en over Emanuel Chaim die luistert naar de naam Vogel, ter ere van zijn vrijheid en het feit dat hij een poging om te vliegen heeft overleefd maar daar wel een litteken op zijn hoofd aan heeft overgehouden. Ze laat me een foto van zichzelf zien uit de tijd dat ze net zo oud was als ik. De sprekende papegaai krijst: 'Alma!' en we draaien ons allebei om.

7 IK HEB SCHOON GENOEG VAN BEROEMDE SCHRIJVERS

Omdat ik zat te dagdromen, miste ik mijn halte en moest ik tien straten ver teruglopen en bij elke straat voelde ik me een stuk zenuwachtiger en minder zeker van mezelf. Stel dat Alma – de echte, levende Alma – inderdaad de deur opendeed? Wat moest ik zeggen tegen iemand die zó uit een boek was komen lopen? Of stel dat ze nog nooit van *De geschiedenis van de liefde* had gehoord? Of stel dat ze er wel van had gehoord, maar er niets meer over wilde weten? Ik had het zo druk gehad met haar te zoeken dat het niet bij me was opgekomen dat ze misschien niet gevonden wilde worden.

Maar voor nadenken was geen tijd meer, want ik stond al aan het eind van 52nd Street voor de flat waarin ze woonde. 'Kan ik je helpen?' vroeg de portier. 'Mijn naam is Alma Singer. Ik ben op zoek naar mevrouw Alma Moritz. Is ze thuis?' vroeg ik. 'Mevrouw Moritz?' zei hij. Hij had een vreemde uitdrukking op zijn gezicht terwijl hij haar naam uitsprak. 'Eh,' zei hij. 'Nee.' Hij keek alsof hij medelijden met me had, en toen kreeg ik medelijden met mezelf, omdat hij daarna zei dat Alma niet meer leefde. Ze was vijf jaar geleden gestorven. En zo kwam ik erachter dat iedereen naar wie ik vernoemd ben dood is. Alma Mereminski, en mijn vader, David Singer, en mijn oudtante Dora, die is gestorven in het getto van Warschau en ter ere van wie ik mijn Hebreeuwse naam kreeg, Devorah. Waarom worden mensen altijd vernoemd naar dode mensen? Als ze al ergens naar vernoemd moeten worden, waarom kunnen dat dan geen dingen zijn die langer blijven bestaan, zoals de lucht of de zee of zelfs ideeën, die eigenlijk nooit verloren gaan, zelfs slechte ideeën niet.

De portier had staan praten, maar nu hield hij op. 'Gaat het wel?' vroeg hij. 'Goeddankuwel,' zei ik, ook al klopte dat niet. 'Wil je niet even gaan zitten of zo?' Ik schudde mijn hoofd. Waarom weet ik niet, maar ik dacht aan de tijd dat pappa me mee naar de dierentuin nam om naar de pinguïns te kijken, en waar hij me in de dompige en vissige kou op zijn schouders tilde zodat ik kon zien hoe ze gevoerd werden, met mijn gezicht tegen het glas gedrukt, en hoe hij me het woord 'Antarctica' leerde uitspreken. Daarna vroeg ik me af of dat ooit echt was gebeurd.

Omdat er niets meer te zeggen viel, vroeg ik: 'Hebt u ooit gehoord van een boek dat *De geschiedenis van de liefde* heet?' De portier haalde zijn schouders op en schudde zijn hoofd. 'Als je over boeken wilt praten, dan moet je met haar zoon gaan praten.' 'Alma's zoon?' 'Jazeker. Isaac. Hij komt nog wel eens hier.' 'Isaac?' 'Isaac Moritz. De beroemde schrijver. Wist je niet dat dat hun zoon was? Jazeker, hij gebruikt het huis nog altijd wanneer hij in de stad is. Wil je soms een bericht achterlaten?' vroeg hij. 'Nee, dank u,' zei ik, omdat ik nog nooit van een Isaac Moritz had gehoord.

8 OOM JULIAN

Die avond bestelde oom Julian een biertje voor zichzelf en een mango lassi voor mij, en hij zei: 'Ik weet dat het soms lastig is met je moeder.' 'Ze mist pappa,' zei ik, wat neerkwam op meedelen dat wolkenkrabbers hoog zijn. Oom Julian knikte. 'Ik weet dat je je opa niet hebt gekend. In heel veel opzichten was hij een geweldig iemand. Maar hij was ook een heel moeilijke man. Overheersend zou er een aardig woord voor zijn. Hij had erg strikte regels over de manier waarop je mamma en ik moesten leven.' De reden dat ik mijn grootvader niet erg goed kende, was dat hij op hoge leeftijd overleed toen hij op vakantie was in een hotel in Bournemouth, een paar jaar nadat ik was geboren. 'Charlotte heeft er het meest last van gehad omdat zij de oudste was, en een meisje. Ik denk dat ze daarom altijd geweigerd heeft jou en Vogel op te dragen wat jullie moesten doen en hoe jullie het moesten doen.' 'Behalve wat onze manieren betreft,' bracht ik naar voren. 'Nee, wat omgangsvormen betreft legt ze zich geen beperkingen op, dat is waar. Wat ik eigenlijk wil zeggen, denk ik, is dat ik weet dat ze soms iets afstandelijks heeft. Ze heeft haar eigen dingen die ze moet zien op te lossen. Een daarvan is dat ze je pappa mist. Discussiëren met haar eigen vader is een ander. Maar je weet toch hoeveel ze van je houdt, Al?' Ik knikte. Oom Julian lachte altijd een beetje scheef; een van zijn mondhoeken krulde iets hoger op dan de andere, alsof er iets in hem was wat weigerde samen te werken met de rest. 'Nou dan,' zei hij en hief zijn glas. 'Op het feit dat jij vijftien wordt en ik dat rotboek afkrijg.'

We klonken met onze glazen. Toen vertelde hij me hoe hij op zijn vijfentwintigste verliefd werd op Alberto Giacometti. 'Hoe bent u dan verliefd geworden op tante Frances?' vroeg ik. 'Ah,' zei oom Julian en bette zijn voorhoofd, dat glom en vochtig was. Hij werd een beetje kaal, maar op een knappe manier. 'Wil je dat echt weten?' 'Ja.' 'Ze droeg een blauwe maillot.' 'Wat bedoelt u?' 'Ik zag haar in de dieren-tuin voor een chimpanseekooi en ze had een helblauwe maillot aan. En ik dacht: dat is het meisje met wie ik ga trouwen.' 'Vanwege haar maillot?' 'Ja. Het licht viel op haar met een heel mooie glans. En ze werd volkomen gebiologeerd door één bepaalde chimpansee. Maar als ze die maillot niet had aangehad, dan denk ik niet dat ik op haar zou zijn afgegaan.' 'Denkt u er wel eens aan wat er zou zijn gebeurd als ze die dag had besloten die maillot niet aan te trekken?' 'Aan één stuk door,' zei oom Julian. 'Dan was ik misschien een veel gelukkiger mens geweest.' Ik speelde met de tikka masala op mijn bord. 'Maar waar-schijnlijk niet,' zei hij. 'Stel dat u dat wel was geweest?' vroeg ik. Oom Julian zuchtte. 'Zodra ik daarover begin na te denken, wordt het moeilijk om me ook maar iets in die geest – geluk of iets anders – zon-der haar voor te stellen. Ik woon al zo lang met Frances samen dat ik me niet kan voorstellen hoe het leven er met een ander iemand zou uitzien of aanvoelen.' 'Iemand als Flo?' vroeg ik. Oom Julian verslikte zich in zijn hap eten. 'Hoe weet jij van Flo's bestaan?' 'Ik heb in de prullenmand de brief gevonden waarmee u was begonnen.' Zijn ge-zicht werd rood. Ik keek naar de kaart van India aan de muur. Iedere veertienjarige zou op de hoogte moeten zijn van de juiste ligging van Calcutta. Het geeft geen pas om rond te lopen zonder enig benul van waar Calcutta ligt. 'Juist, ja,' zei oom Julian. 'Nou, Flo is een collega van me aan het Courtauld. En ze is een goede vriendin, en daar is Frances altijd een beetje jaloers op geweest. Er zijn bepaalde dingen... Hoe moet ik dat zeggen, Al? Oké, laat ik een voorbeeld geven. Mag ik je een voorbeeld geven?' 'Oké.' 'Er bestaat een zelfportret van Rem-brandt. Het hangt in Kenwood House, vlak bij waar wij wonen. Je bent een keer met ons mee geweest toen je klein was. Weet je dat nog?' 'Nee.' 'Maakt niet uit. Het punt is, dat is een van mijn favoriete schil-derijen. Ik ga er tamelijk vaak naar kijken. Ik begin met een wande-ling door Hampstead Heath en dan opeens ben ik er. Het is een van de laatste zelfportretten die hij heeft gemaakt. Hij heeft het geschilderd in de tijd tussen 1665 en toen hij vier jaar later stierf, bankroet en alleen. Hele stukken van het doek zijn kaal. De verfstreken zijn met een gehaaste heftigheid aangebracht – je kunt zien waar hij met het eind van zijn penseel in de natte verf heeft gekrast. Het is alsof hij wist dat er niet veel tijd meer resteerde. En toch heeft zijn gezicht een zekere rust, het besef van iets dat zijn eigen ondergang heeft overleefd.' Ik gleed onderuit op het bankje in ons afgeschoten zitje en begon met mijn voet te zwaaien, waarbij ik per ongeluk tegen oom Julians been schopte. 'Wat heeft dat met Frances en Flo te maken?' vroeg ik. Even leek oom Julian de kluts kwijt. 'Ik weet het eigenlijk niet,' zei hij. Hij bette zijn voorhoofd weer en riep om de rekening. We bleven zwijgend zitten. Er verscheen een zenuwtrekje om oom Julians mond. Hij haalde een briefje van twintig uit zijn portemonnee en vouwde het op tot een klein vierkantje en vouwde dat weer op tot een nog kleiner vierkantje. Toen zei hij heel snel: 'Dat schilderij zal Fran een rotzorg zijn,' en hield zijn lege bierglas tegen zijn lippen.

'Als u het wilt weten, ik vind u geen schoft,' zei ik. Oom Julian glimlachte. 'Mag ik u iets vragen?' zei ik, terwijl de kelner terugliep om wisselgeld te halen. 'Natuurlijk.' 'Hadden mamma en pappa wel eens ruzie?' 'Ik geloof van wel. Soms beslist wel. Niet meer dan ieder ander.' 'Denkt u dat pappa gewild zou hebben dat mamma weer een keer verliefd op iemand zou worden?' Oom Julian lachte me toe met een van zijn meest scheve glimlachjes. 'Ja,' zei hij. 'Ik denk dat hij dat heel graag zou hebben gewild.'

9 MERDE

Toen we thuiskwamen, was mamma buiten bezig. Ik zag haar door het raam in de achtertuin, waar ze met een modderige overall aan op haar knieën bloemen zat te planten in het beetje licht dat er nog over was. Ik duwde de hordeur open. De dode bladeren en het al jaren gestaag doorgroeiende onkruid waren opgeruimd en uit de grond getrokken, en naast de ijzeren tuinbank waar nooit iemand op zat stonden vier zwarte vuilniszakken. 'Wat ben je aan het doen?' riep ik. 'Chrysanten en asters aan het planten,' zei ze. 'Waarom?' 'Ik was ervoor in de stemming.' 'Waarom was je ervoor in de stemming?' 'Ik heb vanmiddag nog wat hoofdstukken naar Jacob Marcus opgestuurd, en daarom vond ik dat ik maar iets ontspannends moest doen.' 'Wat?' 'Ik heb vanmiddag nog wat hoofdstukken naar Jacob Marcus opgestuurd, dus ik dacht, laat ik me maar eens ontspannen,' herhaalde ze. Ik kon het niet geloven. 'Heb je die hoofdstukken zelf verstuurd? Maar je laat mij altijd alles naar het postkantoor brengen!' 'Sorry hoor. Ik wist niet dat dat zoveel voor je betekende. Je was de hele dag weg. En ik wilde ze de deur uit hebben. Dus heb ik het maar zelf gedaan.' HEB JE HET ZELF MAAR GEDAAN? wilde ik schreeuwen. BEN JE HELEMAAL GEK GEWORDEN? Mijn moeder, haar eigen species, liet een plantje in een gat zakken en begon het met aarde te vullen. Ze draaide zich om en keek me over haar schouder aan. 'Pappa was dol op tuinieren,' zei ze alsof ik hem nooit had gekend.

10 AAN MIJ DOORGEGEVEN HERINNERINGEN VAN MIJN MOEDER

i   In het stikdonker opstaan om naar school te gaan

ii Spelen in het puin van gebombardeerde gebouwen in de buurt van haar huis in Stamford Hill

iii De geur van oude boeken die haar vader mee uit Polen had genomen

iv Het gevoel van haar vaders grote hand op haar hand als hij haar vrijdagsavonds zegende

v   De Turkse boot die ze van Marseille naar Haifa nam; haar zeeziekte

vi De grote stilte en de lege velden van Israël, en ook het geluid van de insecten tijdens haar eerste nacht in kibboets Javne, dat aan de stilte en leegte een extra diepte en dimensie verleende

vii De keer dat mijn vader haar meenam naar de Dode Zee

viii Zand vinden in de zakken van haar kleren

ix De blinde fotograaf

11 EEN NORMALE HARTSLAG TERUGKRIJGEN

De hoofdstukken 1 tot en met 28 van *De geschiedenis van de liefde* lagen op een stapel naast mijn moeders computer. Ik keek in de vuilnisbak, maar daar zaten geen kladjes in van de brieven die ze naar Marcus had gestuurd. Het enige wat ik vond was een prop papier waarop stond: *Eenmaal terug in Parijs begon Alberto zich te bedenken.*

12 IK GAF HET OP

Dat was het eind van mijn zoektocht om iemand te vinden die mijn moeder weer gelukkig zou maken. Ik had het eindelijk begrepen. Ongeacht wat ik deed of wie ik vond, ik – hij – geen van ons – zou het nooit kunnen winnen van de herinneringen die zij aan pappa had, herinneringen die haar troostten, ook al werd ze er tegelijkertijd verdrietig van, want ze had er een wereld uit opgebouwd waarin ze zich staande kon houden, zelfs al lukte dat niemand anders.

Die nacht kon ik niet in slaap komen. Ik wist dat Vogel ook wakker lag, althans, te horen aan zijn ademhaling. Ik wilde hem vragen over het bouwsel dat hij op dat braakliggende terrein aan het maken was en hoe hij wist dat hij een *lamedwovnik* was en ik wilde hem zeggen dat het me speet dat ik tegen hem had geschreeuwd toen hij iets op mijn aantekenschrift schreef. Ik wilde zeggen dat ik bang was, voor hem en voor mezelf, en ik wilde hem de waarheid vertellen over alle leugens die ik hem de afgelopen jaren had opgedist. Ik fluisterde zijn naam. 'Ja?' fluisterde hij terug. Ik lag in het donker en de stilte, die in niets leken op het donker en de stilte waarin mijn vader als jongen lag, aan een onverharde weg in Tel Aviv, of het donker en de stilte waarin mijn moeder tijdens haar eerste nacht in kibboets Javne lag, maar die ook hun donker en stilte omvatten. Ik probeerde te bedenken wat ik wilde zeggen. 'Ik ben niet wakker,' zei ik ten slotte. 'Ik ook,' zei Vogel.

Later, toen Vogel eindelijk sliep, deed ik mijn zaklamp aan en las verder in *De geschiedenis van de liefde*. Als ik maar aandachtig genoeg las, dacht ik, zou ik misschien iets waars over mijn vader vinden; ook dacht ik over de dingen die hij me zou hebben willen vertellen als hij niet was gestorven.

De volgende ochtend werd ik vroeg wakker. Ik hoorde Vogel boven me rondscharrelen. Toen ik mijn ogen opendeed, was hij bezig de lakens in elkaar te proppen en was het zitvlak van zijn pyjama nat.

13 TOEN WAS HET SEPTEMBER

En was de zomer voorbij en spraken Misja en ik officieel niet meer met elkaar en kwamen er geen brieven meer van Jacob Marcus en kondigde oom Julian aan dat hij terugging naar Londen om te proberen met tante Frances in het reine te komen. De avond voordat hij naar het vliegveld vertrok en ik in de vierde klas zou beginnen, klopte hij bij me aan. 'Wat ik heb gezegd over Frances en die Rembrandt,' zei hij toen ik hem binnenliet. 'Kunnen we niet net doen alsof ik dat nooit heb gezegd?' 'Wat zou u dan gezegd hebben?' vroeg ik. Hij lachte een scheef lachje, zodat je zicht kreeg op het spleetje tussen zijn voortanden dat we allebei van onze grootmoeder hebben geërfd. 'Bedankt,' zei hij. 'Zeg, ik heb iets voor je,' zei hij en stak me een grote envelop toe. 'Wat is het?' 'Maak maar open.' Het was een studiegids voor een tekenopleiding in de stad. Ik keek naar hem op. 'Lees maar.' Ik sloeg de omslag open en er kwam een stukje papier uit dwarrelen. Oom Julian bukte zich en raapte het op van de grond. 'Hier,' zei hij terwijl hij zich het voorhoofd bette. Het was een inschrijvingsformulier. Mijn naam stond erop en de naam van een cursus die 'Tekenen naar het leven' heette. 'Er zit ook een kaart bij,' zei hij. Ik stak mijn hand in de envelop. Het was een ansicht van een zelfportret van Rembrandt. Achterop stond: *Lieve Al, Wittgenstein heeft een keer geschreven dat als het oog iets moois ziet, de hand het wil tekenen. Ik wou dat ik jou kon tekenen. Hartelijk en alvast gefeliciteerd met je verjaardag. Liefs, oom Julian.*

De laatste bladzijde

In het begin ging het vanzelf. Litvinoff deed alsof het een soort tijd-verdrijf was, alsof hij zomaar wat zat neer te krabbelen terwijl hij ver-strooid naar de radio luisterde, net zoals zijn leerlingen deden terwijl hij lesgaf. Wat hij niet deed was plaatsnemen achter het schrijfbureau waarop door de zoon van zijn hospita het belangrijkste van alle jood-se gebeden was gekerfd, en bij zichzelf denken: ik ga plagiaat plegen op het werk van mijn vriend die door de nazi's is vermoord. Ook dacht hij niet: als zij denkt dat ik dit heb geschreven, zal ze van me houden. Hij schreef domweg de eerste bladzijde over, en dat leidde uiteraard tot het overschrijven van de tweede.

Pas toen hij op de derde bladzijde was, verscheen Alma's naam. Hij hield even op. Hij had al een Feingold uit Wilna veranderd in een De Biedma uit Buenos Aires. Zou het zo verschrikkelijk zijn als hij Alma omzette in Rosa? Drie eenvoudige letters – de laatste 'A' kon blijven staan. Hij was immers al heel ver gegaan. Hij ging met de pen naar het papier. Rosa was trouwens toch de enige die het zou lezen, hield hij zichzelf voor.

Maar als Litvinoffs hand bleef steken toen hij een hoofdletter R wilde opschrijven waar eerst een hoofdletter A had gestaan, kwam dat wellicht omdat hij de enige was, afgezien van de auteur, die *De geschiedenis van de liefde* had gelezen en de echte Alma had gekend. In feite kende hij haar al sinds hun kindertijd, want hij had altijd bij haar in de klas gezeten voordat hij aan een *jesjieve* was gaan studeren. Ze

behoorde tot een groep meisjes die hij had zien opbloeien van sprie-
tig onkruid tot tropische schoonheden die de lucht om hen heen deden kolken totdat er een hoge vochtigheidsgraad ontstond. Alma
maakte een onuitwisbare indruk op hem, net als de zes à zeven andere meisjes die hij van gedaante had zien veranderen en die, toen
zijn puberteit op zijn hevigst was, beurtelings allemaal aan zijn harts-
tocht onderworpen waren geweest. Zelfs al die jaren later herinnerde
Litvinoff, gezeten achter zijn bureau in Valparaíso, zich nog steeds de
oorspronkelijke catalogus van blote dijen, ellebooghollen en nekken
die hem tot talloze verwoede variaties had geïnspireerd. Dat Alma
door iemand anders was genomen, op een manier die je zou kunnen
omschrijven als aan en uit en weer aan, had geen invloed op haar
deelname aan Litvinoffs droombeelden (die zich sterk op collage-
technieken verlieten). Als hij ooit jaloers was omdat ze al bezet was,
kwam dat niet voort uit speciale gevoelens voor Alma, maar uit het
verlangen om op dezelfde manier te worden uitgekozen en als enige
te worden bemind.

En als zijn hand een tweede keer verstarde toen hij haar naam voor
de tweede keer door een andere probeerde te vervangen, kwam dat
misschien omdat het schrappen van haar naam zou neerkomen op
het wissen van alle interpunctie, en de klinkers, en elk bijvoeglijk en
zelfstandig naamwoord. Omdat er zonder Alma geen boek zou zijn
geweest.

Nu zijn pen stokte boven de bladzijde, herinnerde Litvinoff zich
een dag, in het begin van de zomer van 1936, toen hij naar Slonim was
teruggekeerd na twee jaar op de *jesjieve* te hebben gezeten. Alles leek
kleiner dan hij het zich herinnerde. Hij liep over straat met zijn handen in zijn zakken en op zijn hoofd de nieuwe hoed die hij had gekocht van zijn opgespaarde geld en die hem, naar hij dacht, het air
van een man van de wereld verleende. Toen hij een zijstraat van het
plein insloeg, kreeg hij het gevoel dat er veel meer dan twee jaren waren verstreken. Dezelfde kippen legden eieren in hun hokken, dezelfde tandeloze mannen zaten te discussiëren over niets, maar op een of
andere manier leek alles kleiner en armoediger. Litvinoff wist dat er
iets in hem was veranderd. Hij was iets anders geworden. Hij kwam

langs een boom met een gat in de stam waarin hij ooit een vies plaatje had verstopt dat hij uit het bureau van zijn vaders vriend had gestolen. Hij had het aan een stuk of vijf jongens laten zien totdat zijn broer erover hoorde en het plaatje vervolgens voor eigen doeleinden had geconfisqueerd. Litvinoff liep op de boom af. En toen zag hij ze. Ze stonden ongeveer tien meter verderop. Gursky stond met zijn rug tegen een schutting en Alma leunde tegen hem aan. Litvinoff keek toe terwijl Gursky Alma's gezicht in zijn handen nam. Ze wachtte even en hief toen haar gezicht op naar het zijne. En terwijl Litvinoff zag hoe ze elkaar zoenden, bekroop hem het gevoel dat alles wat hij bezat waardeloos was.

Zestien jaar later zag hij elke avond een volgend hoofdstuk van het boek dat door Gursky was geschreven opnieuw te voorschijn komen in zijn eigen handschrift. Voor de goede orde, hij kopieerde het woord voor woord, behalve de namen, die hij op één na allemaal veranderde.

HOOFDSTUK 18, schreef hij op de achttiende avond. *LIEFDE ONDER DE ENGELEN.*

HOE ENGELEN SLAPEN. Onrustig. Ze liggen te woelen en proberen het mysterie van de Levenden te begrijpen. Ze weten heel weinig over wat het is om een nieuw recept voor een bril aan te vragen en opeens weer de wereld te zien, met een mengeling van teleurstelling en dankbaarheid. De eerste keer dat een meisje genaamd – hier hield Litvinoff even op om zijn knokkels te laten knakken – *Alma haar hand vlak onder je onderste rib legt: over dit gevoel hebben ze slechts theorieën, maar geen tastbare ideeën. Als je ze een schudbol zou geven, zouden ze misschien niet eens het benul hebben om ermee te schudden.*

Ook dromen ze niet. Om deze reden hebben ze één onderwerp minder om over te praten. Bij het ontwaken hebben ze het aarzelende gevoel dat er iets is wat ze elkaar vergeten zijn te vertellen. Onderling zijn de engelen het erover oneens of dit een gevolg is van iets rudimentairs of dat het voortvloeit uit de empathie die ze met de Levenden voelen, zo krachtig dat ze er soms van gaan huilen. In het algemeen zijn ze over het onderwerp dromen in twee kampen verdeeld. Zelfs onder de engelen bestaat het verdrietige van verdeeldheid.

Daar aangeland stond Litvinoff op om te gaan plassen. Hij trok door voordat hij klaar was, zodat hij kon zien of het hem zou lukken zijn blaas te legen voordat de pot zich met vers water had gevuld. Na afloop wierp hij een blik op zichzelf in de spiegel, haalde een pincet uit het medicijnkastje en trok een weerbarstige neushaar uit. Hij liep door de gang naar de keuken en haalde het kastje overhoop op zoek naar iets eetbaars. Toen hij niets vond, zette hij water op, ging achter zijn bureau zitten en ging verder met overschrijven.

PERSOONLIJKE KWESTIES. *Weliswaar hebben engelen geen reukvermogen, maar in hun oneindige liefde voor de Levenden lopen ze om het hardst overal aan te ruiken. Net als honden schrikken ze er niet voor terug elkaar te besnuffelen. Als ze niet kunnen slapen liggen ze soms met hun neus in hun oksel en vragen zich af hoe die ruikt.*

Litvinoff snoot zijn neus in een papieren zakdoekje, propte het in elkaar en liet het op de grond vallen.

DE DISCUSSIES TUSSEN ENGELEN. *Zijn eeuwig en ontberen hoop op een ontknoping. Dat komt omdat ze discussiëren over wat het betekent om onder de Levenden te verkeren, en omdat ze dat niet weten, kunnen ze er alleen maar over speculeren, wat veel wegheeft van de manier waarop de Levenden speculeren over de aard (of het gebrek daaraan) –* hier begon de ketel te fluiten – *van God.*

Litvinoff stond op om thee te gaan zetten. Hij deed het raam open en gooide een beurse appel weg.

ALLEEN ZIJN. *Net als de Levenden zijn engelen elkaar soms beu en willen ze wel eens alleen zijn. Omdat de huizen waarin ze wonen overvol zijn en ze nergens anders terecht kunnen, kan een engel op zo'n moment alleen maar zijn ogen dichtdoen en zijn hoofd op zijn armen leggen. Wanneer een engel dat doet, begrijpen de anderen dat hij zichzelf probeert wijs te maken dat hij alleen is en lopen ze op hun tenen om hem heen. Om hem een handje te helpen praten ze wel eens over hem alsof hij er niet bij is. Als ze toevallig tegen hem aan lopen, fluisteren ze: 'Dat was ik niet, hoor.'*

Litvinoff schudde met zijn hand, waarin hij kramp had gekregen. Toen schreef hij verder.

IN VOOR- EN TEGENSPOED. *Engelen trouwen niet. Op de eerste*

plaats hebben ze het te druk en op de tweede plaats worden ze niet ver-
liefd op elkaar. (Als je niet weet hoe het voelt wanneer iemand van wie je
houdt voor het eerst een hand onder je onderste rib legt, wat heeft de lief-
de dan voor kans?)

Litvinoff hield even op om zich Rosa's gladde hand op zijn ribben
voor te stellen en merkte tot zijn tevredenheid dat hij er kippenvel
van kreeg.

Zoals ze met elkaar leven hebben ze wel iets van een nest pasgeboren
hondjes: blind, dankbaar en kaal. Dat wil niet zeggen dat ze geen liefde
voelen, want dat doen ze wel; soms voelen ze haar zo sterk dat ze menen
een paniekaanval te hebben. Op dat soort momenten gaat hun hart als
bezeten tekeer en zijn ze bang dat ze moeten overgeven. Maar de liefde
die ze voelen is niet voor hun eigen soort, maar voor de Levenden, die ze
niet kunnen begrijpen, noch ruiken, noch aanraken. Het is een algeme-
ne liefde voor de Levenden (die, hoewel algemeen, daarom nog niet
minder krachtig is). Slechts af en toe merkt een engel dat ze een gebrek
heeft dat maakt dat ze verliefd wordt, niet in het algemeen, maar in het
bijzonder.

Op de dag dat Litvinoff bij de laatste bladzijde was gekomen, pakte hij het manuscript van zijn vriend Gursky, husselde de bladzijden
door elkaar en gooide ze in de vuilnisemmer onder de gootsteen.
Maar Rosa kwam vaak bij hem langs en hij besefte dat zij ze daar wel
eens zou kunnen vinden. Daarom haalde hij ze er weer uit en gooide
ze weg in de metalen vuilnisbakken achter het huis, waar hij ze onder
een paar zakken verstopte. Toen maakte hij aanstalten om naar bed te
gaan. Maar een halfuur later, gekweld door de angst dat ze daar door
iemand zouden worden gevonden, was hij alweer op en begon in de
bakken te wroeten om de bladzijden terug te vinden. Hij duwde ze
weg onder zijn bed en probeerde in slaap te vallen; alleen stonk het
nu te erg naar vuilnis, en dus stond hij op, zocht een zaklantaarn,
haalde een plantenschopje uit het schuurtje van zijn hospita, groef
een gat naast haar witte hortensia, liet er de bladzijden in vallen en
stopte ze onder de aarde. Toen hij in zijn modderige pyjama weer in
bed stapte, werd het al licht aan de hemel.

En daarmee zou de zaak zijn afgedaan, ware het niet dat Litvinoff telkens als hij uit het raam keek en de hortensia van zijn hospita zag, werd herinnerd aan iets wat hij wilde vergeten. Toen het lente werd, begon hij de struik dwangmatig in de gaten te houden omdat hij half verwachtte dat de bloesem zijn geheim zou onthullen. Op een middag moest hij in alle staten toekijken terwijl zijn hospita een paar tulpen rond de stam plantte. Wanneer hij zijn ogen sloot om te gaan slapen, spookten de kolossale witte bloemen als spotgeesten door zijn hoofd. Het ging van kwaad tot erger en hij kreeg steeds meer last van zijn geweten. Op de avond voordat hij en Rosa gingen trouwen en naar de bungalow op de klip zouden verhuizen, brak Litvinoff het koude zweet uit en in het holst van de nacht stond hij op om stiekem naar buiten te glippen en datgene wat hem zo belastte voor eens en altijd op te graven. Vanaf dat moment bewaarde hij het pak papier in een bureaula in de werkkamer van het nieuwe huis, afgesloten met een sleutel die hij dacht goed te hebben verstopt.

We werden 's morgens altijd rond een uur of vijf, zes wakker, schreef Rosa in de laatste alinea van haar inleiding bij de tweede en laatste druk van *De geschiedenis van de liefde. Hij overleed in een laaiend hete maand juni. Ik rolde zijn bed op de bovenverdieping naar het open raam. De zon stroomde over ons heen naar binnen, en hij wierp het beddengoed van zich af, trok alles uit en werd bruin in de zon, zoals we altijd deden, elke ochtend, want de verpleegster kwam om acht uur en daarna werd de dag tamelijk vervelend. Medische toestanden, die ons geen van beiden interesseerden. Zvi had geen pijn. Ik vroeg hem: 'Heb je pijn?' En hij zei: 'Ik heb me mijn hele leven niet zo prettig gevoeld.' En op die ochtend keken we door het raam naar de hemel, die onbewolkt en stralend was. Zvi had de bundel met Chinese gedichten die hij aan het lezen was opengeslagen bij een gedicht waarvan hij zei dat het voor mij was. Het heette 'Ga niet onder zeil'. Het is heel kort. Het begint met 'Ga niet onder zeil! / Morgen waait het niet meer; / En dan mag je gaan, / En heb ik geen zorg over jou'. Op de ochtend dat hij overleed had het ontzettend geregend en gewaaid, had het de hele nacht gespookt in de tuin, maar toen ik het raam opendeed was de lucht opgeklaard. Er stond geen zuchtje wind. Ik draaide me om en riep hem toe: 'Lieverd, de wind is gaan liggen!' En hij zei: 'Dan mag ik gaan, en heb jij dan geen zorg over mij?' Ik dacht dat mijn hart zou stilstaan. Maar het was waar. Zo is het precies gegaan.*

Maar zo is het niet precies gegaan. Niet helemaal. 's Avonds voordat Litvinoff overleed, had hij om Rosa geroepen, terwijl de regen op het dak roffelde en door de goten stroomde. Ze stond de afwas te doen en haastte zich naar hem toe. 'Wat is er, lieverd?' vroeg ze en legde haar hand op zijn voorhoofd. Hij hoestte zo hard dat ze dacht dat hij bloed zou opgeven. Toen dat voorbij was, zei hij: 'Er is iets wat ik je wil vertellen.' Ze wachtte, luisterend. 'Het...' begon hij, maar de hoest kwam terug, zijn hele lijf schokte ervan. 'Ssst,' zei Rosa en legde haar vingers op zijn lippen. 'Niet praten.' Litvinoff pakte haar hand en kneep er zachtjes in. 'Ik kan niet anders,' zei hij, en bij uitzondering werkte zijn lichaam mee en hield het zich rustig. 'Begrijp je het niet?' zei hij. 'Begrijp ik wat niet?' Hij kneep zijn ogen dicht en deed ze weer open. Ze zat er nog steeds en keek hem teder en bezorgd aan. Ze gaf een klopje op zijn hand. 'Ik zal wat thee voor je maken,' zei ze en kwam overeind. 'Rosa!' riep hij haar na. Ze draaide zich om. 'Begrijp je het niet? Ik wilde dat je van me hield,' fluisterde hij. Rosa keek hem aan. Op dat moment was hij voor haar het kind dat ze nooit hadden gehad. 'En ik hield inderdaad van je,' zei ze terwijl ze een lampenkap rechttrok. Toen ging ze de kamer uit en deed de deur zachtjes achter zich dicht. En dat was het eind van het gesprek.

Het zou een geruststellend denkbeeld zijn geweest dat dit Litvinoffs laatste woorden waren. Maar dat waren ze niet. Later op de avond spraken hij en Rosa over de regen, en over Rosa's neef, en of ze een nieuwe broodrooster moest kopen, omdat de oude al twee keer in brand was gevlogen. Maar *De geschiedenis van de liefde* of haar auteur kwam niet meer ter sprake.

Jaren daarvoor, toen *De geschiedenis van de liefde* was geaccepteerd door een kleine uitgeverij in Santiago, had de redacteur daar een paar kleine suggesties gedaan en omdat Litvinoff niet moeilijk wilde doen probeerde hij de verlangde veranderingen aan te brengen. Soms wist hij zichzelf er bijna van te overtuigen dat hij niet iets verschrikkelijks deed: Gursky was dood, het boek zou in elk geval eindelijk gepubliceerd en gelezen worden – was dat dan niets? Op deze retorische vraag antwoordde zijn geweten door hem met de nek aan te kijken. Radeloos, niet wetend wat hij anders moest doen, bracht hij die nacht ook een verandering aan waar de redacteur niet om had gevraagd. Hij deed de deur van zijn werkkamer op slot, ging met zijn hand naar zijn borstzak en vouwde het stukje papier open dat hij al jaren bij zich had. Hij haalde een nieuw vel papier uit zijn bureaula. Bovenaan schreef hij: HOOFDSTUK 39: DE DOOD VAN LEO-POLD GURSKY. Toen schreef hij de bladzijde woord voor woord over en vertaalde hem naar zijn beste vermogen in het Spaans.

Toen zijn redacteur het manuscript ontving, schreef hij Litvinoff terug. *Wat bezielde je toen je dat nieuwe laatste hoofdstuk toevoegde? Ik ga het schrappen – het slaat nergens op.* Het was laagwater, en Litvinoff keek op van de brief en zag de zeemeeuwen vechten om iets wat ze op de rotsen hadden gevonden. *Als je dat doet,* schreef hij, *trek ik het boek terug.* Een dag stilte. *Godallemachtig!* reageerde de redacteur. *Wees niet zo gauw op je teentjes getrapt.* Litvinoff haalde zijn pen uit zijn borstzak. *Er is geen discussie over mogelijk,* schreef hij terug.

En dat is de reden waarom Litvinoff de volgende ochtend, toen het eindelijk ophield met regenen en hij badend in het zonlicht stilletjes overleed in zijn bed, het geheim niet met zich meenam. Of niet in zijn geheel. Je hoefde maar de laatste bladzijde op te slaan en daar vond je, zwart op wit, de naam van de ware auteur van *De geschiedenis van de liefde.*

Van hen beiden was Rosa het beste in het bewaren van geheimen. Zo had ze bijvoorbeeld nooit iemand verteld over die keer dat ze haar moeder de Portugese ambassadeur had zien kussen op een door haar oom gegeven tuinfeest. Of dat ze had gezien hoe de meid een gouden ketting die van haar zus was in de zak van haar schort liet glijden. Of dat haar neef Alfonso, die vanwege zijn groene ogen en volle lippen geweldig populair was onder de meisjes, de voorkeur gaf aan jongens of dat haar vader wel eens zoveel hoofdpijn had dat hij ervan moest huilen. Het zal dus geen verbazing wekken dat ze nooit iemand had verteld over de aan Litvinoff gerichte brief die een paar maanden na de publicatie van *De geschiedenis van de liefde* was gekomen. Hij was afgestempeld in Amerika, en Rosa had aangenomen dat het een verlate afwijzingsbrief van een van de New Yorkse uitgevers was. Omdat ze Litvinoff wilde vrijwaren van verdriet, schoof ze de brief in een la en zette hem uit haar hoofd. Toen ze een paar maanden later naar een adres zocht, vond ze hem weer en maakte ze hem open. Tot haar verrassing was hij in het Jiddisch gesteld. *Beste Zvi*, begon hij, *Om je geen hartaanval te bezorgen zal ik je maar meteen vertellen dat deze brief van je oude vriend Leo Gursky is. Je zult er wel van opkijken dat ik nog leef, en soms doe ik dat zelf ook. Ik schrijf uit New York, want daar woon ik tegenwoordig. Ik weet niet of deze brief je zal bereiken. Een paar jaar geleden heb ik een brief gestuurd naar het enige adres dat ik van je had, en die werd teruggestuurd. Hoe ik ten slotte dit adres op het spoor ben gekomen is een lang verhaal. Afijn, er valt een hoop te vertellen, maar het is te lastig om dat in een brief te doen. Ik hoop dat je het goed maakt en gelukkig bent en dat je een goed leven hebt. Natuurlijk heb ik me altijd afgevraagd of je het pakket dat ik je gaf, de laatste keer dat we elkaar zagen, nog hebt bewaard. Wat erin zat, was het boek dat ik aan het schrijven was in de tijd dat je me in Minsk heb gekend. Als je het hebt, kun je het dan alsjeblieft aan me terugsturen: het is nu voor niemand iets waard, alleen voor mij. Met een hartelijke omhelzing, L.G.*

Langzaam drong de waarheid tot Rosa door: er was iets verschrikkelijks gebeurd. Het was eigenlijk te gek voor woorden; ze werd al misselijk als ze eraan dacht. En zij was er ten dele schuldig aan. Ze herinnerde zich nu de dag waarop ze de sleutel van zijn bureaula had ontdekt, de la had geopend, de stapel vuile bladzijden had gevonden, in een handschrift dat ze niet herkende, en ervoor had gekozen geen vragen te stellen. Litvinoff had tegen haar gelogen, ja. Maar met een vreselijk gevoel herinnerde ze zich dat zij er juist op had aangedrongen dat hij het boek publiceerde. Hij had haar tegengesproken en gezegd dat het te persoonlijk was, een privé-aangelegenheid, maar zij was er steeds weer op teruggekomen en had zijn verzet net zo lang ondermijnd totdat hij ten slotte zwichtte en toegaf. Want zoiets behoorde je als vrouw van een kunstenaar toch te doen? Het werk van je man aan de man brengen, werk dat zonder zo'n vrouw in de vergetelheid zou raken?

Toen de eerste schrik was weggeëbd, scheurde Rosa de brief in kleine stukjes, die ze door de wc trok. Snel bedacht ze wat ze moest doen. Ze ging aan het kleine bureautje in de keuken zitten, haalde een leeg vel postpapier te voorschijn en schreef: *Beste meneer Gursky, het spijt me ontzettend u te moeten meedelen dat Zvi, mijn man, te ziek is om u persoonlijk te antwoorden. Hij vond het echter heerlijk uw brief te ontvangen en te vernemen dat u nog leeft. Helaas is uw manuscript verloren gegaan bij een overstroming hier in huis. Ik hoop dat u het ons op een of andere manier kunt vergeven.*

De volgende dag verzorgde ze een picknick en zei tegen Litvinoff dat ze een ritje naar de bergen gingen maken. Na alle opwinding waarmee zijn publicatie onlangs gepaard was gegaan, had hij rust nodig, zei ze tegen hem. Ze controleerde of alle proviand wel in de auto was geladen. Toen Litvinoff de motor startte, sloeg Rosa zich op het voorhoofd. 'Nou was ik bijna de aardbeien vergeten,' zei ze en holde terug het huis in.

Binnen liep ze meteen Litvinoffs werkkamer in, diepte het sleuteltje op dat met plakband aan de onderkant van zijn bureau vastzat, stak het in de bureaula en haalde er een bundel kromgetrokken, smerige, naar schimmel ruikende bladzijden uit. Ze legde ze op de vloer. Toen, als extra voorzorg, haalde ze het Jiddische, in Litvinoffs handschrift geschreven manuscript van een hoge plank en verplaatste het naar een plank dichter bij de grond. Op weg naar buiten draaide ze de keukenkraan open en deed de stop in de afvoer. Even bleef ze staan kijken hoe de gootsteen volliep totdat het water over de rand begon te stromen. Toen trok ze de deur van haar mans werkkamer achter zich dicht, greep het mandje aardbeien van het gangtafeltje en liep haastig naar de auto.

Mijn leven onder water

1 HET VERLANGEN DAT TUSSEN VERSCHILLENDE SPECIES BESTAAT

Na het vertrek van oom Julian kreeg mijn moeder iets teruggetrokkens, of misschien zou obscúúrs, in de betekenis van vaag, onduidelijk en gering, een beter woord zijn. De lege theekopjes hoopten zich rond haar op en de bladzijden van woordenboeken vielen op de grond bij haar voeten. Ze liet de tuin aan zijn lot over, en de chrysanten en asters, die op haar hadden vertrouwd om hen door de eerste vorst heen te helpen, lieten hun door water gezwollen kopjes hangen. Er kwamen brieven van haar uitgevers met het verzoek of ze erin geïnteresseerd was dit of dat boek te vertalen. Die brieven bleven onbeantwoord. De enige telefoontjes die ze aannam waren van oom Julian en wanneer ze met hem sprak, deed ze de deur dicht.

Elk jaar worden de herinneringen die ik aan mijn vader heb vager, onduidelijker en geringer. Ooit waren ze levendig en waar, toen werden het net foto's en nu zijn het eerder foto's van foto's. Maar soms, op sporadische momenten, komt er een herinnering aan hem terug, zo onverwacht en helder dat alle gevoel dat ik al jaren de kop indruk te voorschijn springt, als een duveltje uit een doosje. Op dit soort momenten vraag ik me af of het zo voelt om mijn moeder te zijn.

Elke dinsdagavond ging ik met de metro de stad in voor de cursus 'Tekenen naar het leven'. Tijdens de eerste les merkte ik wat dat inhield. Het hield in het tekenen van de volledig naakte mensen die werden ingehuurd om stil te staan in het midden van de kring die we met onze stoelen hadden gevormd. Ik was verreweg de jongste van de klas. Ik probeerde nonchalant te doen, alsof ik al jaren naakte mensen tekende. Het eerste model was een vrouw met uitgezakte borsten, kroezig haar en rode knieën. Ik wist niet waar ik moest kijken. Overal om me heen boog de klas zich over de tekenblokken om verwoed aan het tekenen te slaan. Ik zette een paar aarzelende lijnen op het papier. 'Laten we de tepels niet vergeten, mensen,' riep de docente terwijl ze de kring afging. Ik tekende er tepels bij. Toen ze bij mij was, vroeg ze: 'Mag ik?' en hield mijn tekening voor de rest van de klas omhoog. Zelfs het model draaide zich om zodat ze kon kijken. 'Weten jullie wat dit is?' vroeg ze terwijl ze op mijn tekening wees. Een paar mensen schudden hun hoofd. 'Een frisbee met een tepel,' zei ze. 'Sorry,' mompelde ik. 'Sorry is nergens voor nodig,' zei de docente terwijl ze haar hand op mijn schouder legde. 'Gewoon ínschaduwen.' Toen liet ze de klas zien hoe je mijn frisbee in een kolossale borst moest veranderen.

Het model voor de tweede les leek heel veel op het model van de eerste les. Elke keer dat de docent langsliep dook ik ineen over mijn werk en begon verwoed in te schaduwen.

3 HET WATERDICHT MAKEN VAN JE BROER

Eind september, een paar dagen voor mijn verjaardag, begon het te regenen. Het regende een hele week, en net toen het erop ging lijken dat de zon zou doorbreken, werd ze weer teruggedrongen en begon het opnieuw te regenen. Soms kwam het met bakken naar beneden en moest Vogel zijn werk aan de toren van rotzooi staken, ook al had hij een stuk zeil gespannen over de hut die erbovenop gestalte begon te krijgen. Misschien was hij een trefpunt voor *lamedwovniks* aan het bouwen. Twee van de wanden werden gevormd door een paar oude planken, en de andere twee had hij gemaakt door kartonnen dozen te stapelen. Behalve het doorzakkende zeil was er nog geen dak. Op een middag bleef ik staan kijken hoe hij haastig naar beneden kwam over de ladder die tegen de ene kant van de hoop stond. Hij had een groot stuk schroot in zijn hand. Ik wilde hem helpen, maar ik wist niet hoe.

4 HOE MEER IK EROVER NADACHT, HOE MEER PIJN IK IN MIJN MAAG KREEG

Op de ochtend van mijn vijftiende verjaardag werd ik wakker doordat Vogel 'AANVALLEN!' schreeuwde, gevolgd door 'Ze leve hoog, ze leve hoog', een liedje dat onze moeder vroeger op onze verjaardag zong toen we klein waren en dat Vogel in ere wil houden door het steeds te blijven zingen. Zijzelf kwam even later binnen en legde haar cadeautjes naast die van Vogel op mijn bed. De stemming was luchtig en opgewekt totdat ik Vogels cadeau opende en het een oranje reddingsvest bleek te zijn. Het bleef even stil terwijl ik ernaar zat te staren, zoals het daar lag in zijn verpakking.

'Een reddingsvest?' riep mijn moeder uit. 'Wat een geweldig idee. Waar heb je dat toch vandaan, Vogel?' vroeg ze terwijl ze met ongespeelde bewondering de riempjes bevoelde. 'Praktisch, hoor', zei ze.

Praktisch? wilde ik schreeuwen. *PRAKTISCH?*

Ik begon me nu ernstig zorgen te maken. Stel dat Vogels godsdienstigheid niet gewoon een voorbijgaande fase was, maar een permanente staat van fanatisme? Volgens mijn moeder was het zijn manier om het verlies van pappa te verwerken en zou hij het vanzelf wel ontgroeien. Maar stel dat zijn overtuigingen met het ouder worden alleen maar vaster werden, ondanks de bewijzen die ertegen bestonden? Stel dat hij nooit vrienden maakte? Stel dat hij iemand werd die in een smerige jas door de stad zwierf en reddingsvesten uitdeelde, gedwongen de wereld te loochenen omdat zij onverenigbaar was met zijn droom?

Ik probeerde zijn dagboek te vinden, maar hij had het achter het bed weggehaald en waar ik ook keek, het lag nergens. Wat ik wél vond, tussen de vuile kleren onder mijn bed en twee weken over tijd, was *De straat van de krokodillen* van Bruno Schulz.

5 OOIT

Ik had mijn moeder achteloos gevraagd of ze ooit van Isaac Moritz had gehoord, de schrijver die volgens de portier van East 52nd Street 450 Alma's zoon was. Ze had op de bank in de tuin naar een enorme Japanse kwee zitten staren alsof hij op het punt stond iets te zeggen. In eerste instantie hoorde ze me niet. 'Mam?' herhaalde ik. Ze draaide zich om en leek verbaasd me te zien. 'Ik zei, heb je ooit van een schrijver gehoord die Isaac Moritz heet?' 'Ja,' zei ze. 'Heb je ooit een boek van hem gelezen?' vroeg ik. 'Nee.' 'Wat denk je, maakt hij kans op de Nobelprijs?' 'Nee.' 'Hoe weet je dat als je geen van zijn boeken hebt gelezen?' 'Het is maar een vermoeden,' zei ze, omdat ze nooit zou toegeven dat zij de Nobelprijs alleen maar aan dode mensen toekent. Toen ging ze weer naar de Japanse kwee zitten staren.

In de bibliotheek tikte ik 'Isaac Moritz' in de computer. Er werden zes titels gevonden. De titel waarvan ze de meeste exemplaren hadden was *De remedie*. Ik schreef de titelnummers op en toen ik zijn boeken vond, pakte ik *De remedie* van de plank. Achterop stond een foto van de schrijver. Het gaf een vreemd gevoel naar zijn gezicht te kijken, omdat ik wist dat de persoon naar wie ik was vernoemd veel op hem moet hebben geleken. Hij had krulhaar, werd al kaal en had bruine ogen die er achter zijn stalen bril klein en zwak uitzagen. Ik draaide het boek om en sloeg de eerste bladzijde op. HOOFDSTUK EEN, stond er. *Jacob Marcus stond op de hoek van Broadway en Graham Avenue op zijn moeder te wachten.*

6 IK LAS HET NOG EENS

Jacob Marcus stond op de hoek van Broadway en Graham Avenue op zijn moeder te wachten.

7 EN NOG EENS

Jacob Marcus stond op de hoek van Broadway en Graham Avenue

8 EN NOG EENS

Jacob Marcus

9 ALLEMACHTIG

Ik bladerde terug naar de foto. Toen las ik de hele eerste bladzijde. Toen bladerde ik weer terug naar de foto, las nog een bladzijde, bladerde terug en staarde naar de foto. Jacob Marcus was gewoon een personage in een boek. De man die aan één stuk door brieven naar mijn moeder had gestuurd was de schrijver Isaac Moritz, Alma's zoon. Hij had zijn brieven ondertekend met de naam van zijn hoofd-persoon uit zijn beroemdste boek! Er schoot me een regel uit zijn brief te binnen: *Soms doe ik zelfs alsof ik schrijf, maar er is niemand die daarin trapt.*

Ik was op bladzijde achtenvijftig voordat de bibliotheek dicht-ging. Op het moment dat ik buiten kwam, was het al donker. Ik stond voor de ingang met het boek onder mijn arm naar de regen te kijken en probeerde de hele situatie te doorgronden.

Terwijl mijn moeder boven *De geschiedenis van de liefde* zat te vertalen voor de man van wie ze dacht dat hij Jacob Marcus heette, las ik
die avond *De remedie* uit, over een personage dat Jacob Marcus heette, van een schrijver die Isaac Moritz heette, die de zoon was van het
personage Alma Mereminski, die toevallig ook echt had bestaan.

11   WACHTEN

Toen ik de laatste bladzijde uit had, belde ik Misja en liet de telefoon
twee keer overgaan voordat ik de verbinding verbrak. Dat was een
code die we hadden gebruikt wanneer we 's avonds laat met elkaar
wilden praten. Het was meer dan een maand geleden dat we elkaar
voor het laatst hadden gesproken. Ik had in mijn aantekenschrift een
lijstje gemaakt van alle dingen die ik van hem miste. De manier waarop er een rimpel in zijn neus verschijnt als hij nadenkt was er een.
Hoe hij dingen vasthoudt was een andere. Maar nu wilde ik graag
met hem spreken en kon geen enkel lijstje hem vervangen. Ik stond
bij de telefoon terwijl mijn maag zich omkeerde. In de tijd dat ik
wachtte, kan er een hele vlindersoort uitgestorven zijn geraakt, of
een groot, complex zoogdier met gevoelens zoals die van mij.

Maar hij belde niet terug. Dat betekende waarschijnlijk dat hij
geen zin had om met me te praten.

12   ALLE VRIENDEN DIE IK OOIT HEB GEHAD

Verderop in de gang lag mijn broer te slapen in zijn kamer. Zijn *kipa*
was op de grond gevallen. Op de voering stond in gouden drukletters
Bruiloft van Marsha en Joe, 13 juni 1987, en hoewel Vogel beweerde dat
hij hem in de eetkamerkast had gevonden en ervan overtuigd was dat
hij van pappie was geweest, had niemand van ons ooit over Marsha
of Joe gehoord. Ik ging naast hem zitten. Zijn lichaam was warm, bij-

na heet. Ik dacht eraan dat Vogel pappa misschien niet zo zou hebben verheerlijkt als ik niet zoveel dingen over hem had verzonnen, en dat hij dan niet zou hebben gemeend dat hij zelf ook een heel bijzonder iemand moest worden.

De regen kletterde tegen de ramen. 'Wakker worden,' fluisterde ik. Kreunend deed hij zijn ogen open. Vanuit de gang scheen licht naar binnen. 'Vogel,' zei ik terwijl ik mijn hand op zijn arm legde. Hij gluurde omhoog en wreef zich in zijn oog. 'Je moet niet meer over God praten, oké?' Hij zei niets, maar ik wist nu tamelijk zeker dat hij wakker was. 'Binnenkort word je twaalf. Je moet ophouden met rare geluiden maken en overal van afspringen en jezelf bezeren.' Ik wist dat ik zat te soebatten, maar dat kon me niet schelen. 'Je moet ophouden met in bed plassen,' fluisterde ik, en in het schemerige licht zag ik nu de gekwetste uitdrukking op zijn gezicht. 'Je moet je gevoelens gewoon wegdrukken en proberen normaal te doen. Als je dat niet doet...' Zijn mond verstrakte, maar hij sprak niet. 'Je moet zorgen dat je vrienden krijgt.' 'Ik heb wel een vriend,' fluisterde hij. 'Wie dan?' 'Meneer Goldstein.' 'Je moet zorgen dat je er meer dan een krijgt.' 'Jij hebt er ook niet meer dan een,' zei hij. 'De enige die jou ooit opbelt is Misja.' 'Ja, die heb ik wél. Ik heb een heleboel vrienden. Ik hou alleen niet van telefoneren,' zei ik, en pas toen die woorden uit mijn mond kwamen, besefte ik dat ze niet waar waren.

13 IN EEN ANDERE KAMER SLIEP MIJN MOEDER MET OPGETROKKEN BENEN BIJ DE WARMTE VAN EEN STAPEL BOEKEN

14 IK PROBEERDE NIET NA TE DENKEN OVER

   a) Misja Shklovsky
   b) Luba de Grote
   c) Vogel
   d) Mijn moeder
   e) Isaac Moritz

Meer uitgaan, lid worden van een paar verenigingen. Ik moest eigenlijk nieuwe kleren kopen, mijn haar blauw verven, Herman Cooper toestaan om me mee te nemen voor een ritje in zijn vaders auto, me te kussen en misschien zelfs aan mijn niet bestaande borsten te komen. Ik moest eigenlijk een paar nuttige dingen leren, zoals spreken in het openbaar, elektrische cello of lassen, ik moest eigenlijk met mijn maagpijn naar een dokter gaan, een held vinden die niet een man is die een kinderboek schreef en met zijn vliegtuig neerstortte, ophouden met proberen mijn vaders tent in recordtijd op te zetten, mijn aantekenschriften weggooien, rechtop gaan staan en kappen met de gewoonte om op elke vraag over mijn welzijn te reageren met een antwoord dat past bij een stijf Engels schoolmeisje dat gelooft dat het leven niet meer is dan een lange voorbereiding op een paar eenhapssandwiches bij de koningin.

16 ER ZIJN WEL HONDERD DINGEN WAARDOOR JE LEVEN KAN VERANDEREN

Ik trok mijn bureaula open en keerde hem binnenstebuiten om het stukje papier te zoeken waarop ik het adres had overgeschreven van Jacob Marcus, die in werkelijkheid Isaac Moritz was. Onder een schoolrapport vond ik een oude brief van Misja, een van zijn eerste. *Beste Alma*, stond erin, *Hoe jij kent mij zo goed? Ik denk wij zijn als twee druppels water. Het is waar dat ik vind John beter dan Paul. Maar ik heb ook groot eerbied voor Ringo.*

Zaterdagochtend printte ik een kaart met routebeschrijving uit vanaf het internet en zei tegen mijn moeder dat ik de hele dag bij Misja zou zitten. Toen liep ik de straat op en klopte aan bij de Coopers. Herman deed de deur open. Zijn haar stond overeind en hij had een T-shirt van de Sex Pistols aan. 'Nee maar,' zei Herman toen hij me zag. Hij deed een stapje achteruit, de gang in. 'Heb je zin een eindje te gaan rijden?' vroeg ik. 'Neem je me in de maling?' 'Nee.' 'Ooo-keehee,' zei Herman. 'Wacht effe, alsjeblieft.' Hij liep naar boven om zijn vader de sleuteltjes te vragen en toen hij weer beneden kwam, had hij zijn haar natgemaakt en een schoon blauw T-shirt aangetrokken.

'Waar gaan we heen, Canada?' vroeg Herman toen hij de kaart zag. Er liep een lichte streep om zijn pols, op de plaats waar zijn horloge de hele zomer had gezeten. 'Connecticut,' zei ik. 'Alleen als je die capuchon afzet,' zei hij. 'Hoezo?' 'Ik kan je gezicht niet zien.' Ik schoof hem naar beneden. Hij glimlachte naar me. Er zat nog slaap in zijn ooghoek. Er rolde een regendruppel over zijn voorhoofd. Ik las hem de routebeschrijving voor en we spraken over de universiteiten waarbij hij zich voor het komende jaar had aangemeld. Hij zei dat hij overwoog mariene biologie als hoofdvak te nemen omdat hij net zo'n leven wilde leiden als Jacques Cousteau. Ik bedacht dat we misschien meer met elkaar gemeen hadden dan ik aanvankelijk had gedacht. Hij vroeg me wat ik wilde worden en ik zei dat ik korte tijd paleontologie had overwogen, en hij vroeg me wat een paleontoloog deed en dus vertelde ik hem dat als hij een complete geïllustreerde gids van het Metropolitan Museum of Art zou nemen om die in honderd stukjes te scheuren en de stukjes vanaf het museumbordes weg te laten waaien et cetera, en toen vroeg hij me waarom ik van gedachten was veranderd en ik zei tegen hem dat ik dacht er niet geschikt voor te zijn en toen vroeg hij me waar ik dan wel geschikt voor dacht te zijn en ik zei: 'Dat is een lang verhaal,' en dus zei hij: 'Ik heb alle tijd,' en dus zei ik: 'Wil je dat echt weten?' en hij zei 'Ja,' en dus vertelde ik hem hoe het zat, beginnend met het Zwitserse zakmes van mijn vader en het boek over *Eetbare planten en bloemen in Noord-Amerika* en eindigend met mijn plannen om op een dag de arctische wildernis te verkennen met niets anders dan wat ik op mijn rug kon meedragen. 'Ik had liever dat je dat niet deed,' zei hij. Toen namen we een verkeerde afslag en hielden we halt bij een benzinestation om de weg te vragen en een rol zuurtjes te kopen. 'Die betaal ik wel,' zei Herman toen ik mijn portemonnee te voorschijn haalde. Toen hij een biljet van vijf dollar over de toonbank stak, trilden zijn handen.

18 IK VERTELDE HEM HET HELE VERHAAL OVER *DE GESCHIEDENIS VAN DE LIEFDE*

Het regende zo hard dat we aan de kant van de weg moesten gaan staan. Ik trok mijn gympen uit en legde mijn voeten op het dashboard. Herman schreef mijn naam op de beslagen voorruit. Toen haalden we herinneringen op aan een watergevecht dat we honderd jaar geleden hadden gevoerd, en ik voelde een steek van verdriet bij de gedachte dat Herman volgend jaar zou zijn vertrokken om een eigen leven te beginnen.

19 DAT WEET IK GEWOON

Na eindeloos zoeken vonden we eindelijk de onverharde weg naar het huis van Isaac Moritz. We moesten er ongemerkt een stuk of drie keer voorbij zijn gereden. Ik had het al bijna willen opgeven, maar Herman niet. Toen we over de modderige oprit reden, stond het zweet in mijn handen, want ik had nooit eerder een beroemde schrijver ontmoet en zeker niet een tegenover wie ik valsheid in geschrifte had gepleegd. Isaac Moritz' huisnummer was aan een grote esdoorn gespijkerd. 'Hoe weet je dat het een esdoorn is?' vroeg Herman. 'Dat weet ik gewoon,' zei ik en bespaarde hem een uitgebreide uitleg. Toen zag ik het meer. Herman reed de auto voor het huis en zette de motor af. Opeens was het heel stil. Ik boog me voorover om de veters van mijn gympen te strikken. Toen ik weer overeind kwam, zat hij me aan te kijken. Zijn gezicht stond hoopvol en ongelovig en ook een beetje gepijnigd, en ik vroeg me af of het overeenkomst vertoonde met het gezicht van mijn vader toen hij naar mijn moeder keek, al die jaren geleden aan de Dode Zee, en een reeks gebeurtenissen op gang bracht waardoor ik ten slotte hier was beland, ergens in nergenshuizen, samen met een jongen met wie ik was opgegroeid, maar die ik amper kende.

20 SJAKES, SJAKO, SJALET, SJALKSNAR

Ik stapte uit de auto en haalde diep adem.

Ik dacht: mijn naam is Alma Singer u kent me niet maar ik ben vernoemd naar uw moeder.

21 SJALOM, SJALON, SJALOT, SJAMAAN

Ik klopte op de deur. Er werd niet opengedaan. Ik drukte op de bel, maar er werd nog steeds niet opengedaan en dus liep ik om het huis heen en keek door de ramen. Binnen was het donker. Toen ik weer aan de voorkant kwam, stond Herman met over elkaar geslagen armen tegen de auto geleund.

22 IK BESLOOT DAT ER NIETS MEER TE VERLIEZEN WAS

Schommelend op een bank zaten we samen op de veranda van het huis van Isaac Moritz naar de regen te kijken. Ik vroeg Herman of hij wel eens van Antoine de Saint-Exupéry had gehoord en toen hij nee zei vroeg ik hem of hij wel eens van *De kleine prins* had gehoord en hij zei dat hij dacht van wel. En dus vertelde ik hem over die keer dat Saint-Exupéry was neergestort in de Libische woestijn, zijn dorst leste met dauw die hij met een lap vol olievlekken van de vleugels van het vliegtuig had gehaald en dat hij daarna uitgedroogd en uitzinnig van de hitte en de kou nog honderden kilometers had gelopen. Toen ik bij het stuk kwam waarin hij door een stel bedoeïenen werd gevonden, schoof Herman zijn hand in de mijne, en ik dacht: elke dag sterven er gemiddeld vierenzeventig soorten uit, en dat was een goede reden maar niet de enige om iemands hand vast te houden, en wat daarna gebeurde was dat we elkaar kusten, en ik merkte dat ik wist hoe het moest en ik voelde me in gelijke mate gelukkig en verdrietig, omdat ik wist dat ik verliefd aan het worden was, maar niet op hem.

We bleven nog een hele tijd wachten, maar Isaac kwam niet opdagen. Ik wist niet wat ik verder moest doen, dus ik liet een briefje met mijn telefoonnummer achter op de deur.

Anderhalve week later – die datum, 5 oktober, is me bijgebleven – zat mijn moeder de krant te lezen, en ze zei: 'Weet je nog, die schrijver over wie je me hebt gevraagd, Isaac Moritz?' en ik zei: 'Ja,' en zij zei: 'Er staat een necrologie van hem in de krant.'

Die avond liep ik de trap op naar haar werkkamer. Ze had nog vijf hoofdstukken van *De geschiedenis van de liefde* te doen en ze wist niet dat ze die nu alleen nog maar voor mij zat te vertalen.

'Mam?' vroeg ik. Ze draaide zich om. 'Kan ik ergens met je over praten?'

'Natuurlijk, lieverd. Kom eens hier.'

Ik deed een paar stappen de kamer in. Er was zoveel dat ik wilde zeggen.

'Ik wil graag dat je...' zei ik en toen begon ik te huilen.

'Dat ik wat?' vroeg ze terwijl ze haar armen spreidde.

'Geen verdriet hebt,' zei ik.

Iets goeds

28 september

יהוה

Vandaag is het de tiende dag op rij dat het regent. Volgens dr. Vishnubakat is het iets goeds om in mijn dagboek mijn gedachten en gevoelens op te schrijven. Als ik zou willen dat hij iets wist over hoe ik me voel maar daar niet over wil praten kon ik hem gewoon mijn dagboek geven, zei hij. Ik zei niet hebt u wel eens van het woord PRIVÉ gehoord? Een van de gedachten die ik heb is dat het erg duur is om met het vliegtuig naar Israël te gaan. Dat weet ik omdat ik geprobeerd heb een ticket op het vliegveld te kopen en daar te horen kreeg dat het 1200 dollar kostte. Toen ik tegen die vrouw zei dat mijn moeder een keer een ticket voor 700 dollar heeft gekocht, zei ze dat er geen tickets voor 700 dollar meer waren. Ik dacht dat ze dat misschien alleen maar zei omdat ze dacht dat ik er geen geld voor had, dus haalde ik de schoenendoos te voorschijn en liet haar de 741 dollar en 50 cent zien. Ze vroeg hoe ik aan zoveel geld kwam, dus ik zei 1500 bekertjes limonade, ook al was dat niet helemaal waar. Toen vroeg ze waarom ik zo graag naar Israël wilde en ik vroeg haar of ze een geheim kon bewaren en ze zei ja dus ik zei tegen haar dat ik een lamedwovnik was en ook misschien de Messias. Toen ze dat hoorde nam ze me mee naar een speciale kamer die alleen voor werknemers is en gaf me een El Alspeldje. Toen kwam de politie om me naar huis te brengen. Hoe ik me daarover voelde was boos.

29 september
יהוה

Het regent al elf dagen. Hoe kan iemand een lamedwovnik zijn als het eerst 700 dollar kost om in Israël te komen en ze het daarna in 1200 dollar veranderen? Ze zouden de prijs hetzelfde moeten houden zodat mensen kunnen weten hoeveel limonade ze moeten verkopen als ze naar Jeruzalem willen.

Vandaag vroeg dr. Vishnubakat me een verklaring te geven voor het briefje dat ik voor mamma en Alma achterliet toen ik dacht dat ik naar Israël zou gaan. Hij legde het voor me neer om mijn geheugen op te frissen. Mijn geheugen hoefde niet opgefrist te worden want ik wist al wat erin stond want ik had negen kladjes gemaakt omdat ik het wilde uittypen om het officieel te maken en ik steeds fouten bleef maken. Wat erin stond was 'Beste mamma en Alma en Ieder Ander, ik moet weggaan en blijf misschien een hele tijd weg. Doe alsjeblieft geen moeite me te vinden. De reden is dat ik een lamedwovnik ben en dat ik een hoop dingen te regelen heb. Er komt een zondvloed maar jullie hoeven je geen zorgen te maken want ik heb een ark voor jullie gebouwd. Alma weet waar hij staat. Liefs, Vogel.'

Dr. Vishnubakat vroeg me hoe ik aan de naam Vogel ben gekomen. Ik zei gewoon, vanzelf. Als je wilt weten waarom dr. Vishnubakat Vishnubakat heet is het omdat hij uit India komt. Als je wilt onthouden hoe je het uitspreekt denk dan maar gewoon aan dr. Visnubakt.

30 september
יהוה

Vandaag is het opgehouden met regenen en heeft de brandweer mijn ark afgebroken omdat ze zeiden dat hij brandgevaar opleverde. Hoe ik me daarover voelde was verdrietig. Ik probeerde niet te huilen, want meneer Goldstein zegt Wat G-d doet is goed gedaan en ook omdat Alma heeft gezegd dat ik mijn gevoelens moet wegdrukken zodat ik vrienden kan krijgen. Iets anders wat meneer Goldstein zegt is Wat de ogen niet zien wordt door het hart niet gevoeld, maar ik moest wel zien wat er met de ark gebeurde omdat ik me helemaal opeens herinnerde dat ik aan de achterkant met verf יהוה had geschreven, wat voor iedereen verboden is om weg te gooien. Ik heb mamma de brandweer laten bellen om te vragen waar ze alle stukken hebben gelaten. Ze zei dat ze er de stoep mee hadden vol gezet voor de vuilnisman, dus zei ik dat ze me ernaartoe moest brengen, maar de vuilnisman was al geweest en alles was verdwenen. Toen moest ik huilen en gaf ik een schop tegen een steen en mamma wou me een knuffel geven maar dat mocht niet van mij omdat ze de ark niet door de brandweer had mogen laten afbreken, en ook had ze het eerst aan mij moeten vragen voordat ze alles weggooide wat van pappa was geweest.

1 oktober
יהוה
Vandaag ging ik met meneer Goldstein praten, voor het eerst sinds ik had geprobeerd om naar Israël te gaan. Mamma bracht me naar joodse les en bleef buiten wachten. Hij was niet in zijn kantoortje in het souterrain of in het heiligdom, maar ten slotte vond ik hem achter het gebouw, waar hij een gat groef voor een paar sidoeriem waarvan de rug kapot was. Ik zei Dag meneer Goldstein en een hele tijd zei hij niets en keek hij me niet aan, dus ik zei Nou het gaat morgen waarschijnlijk weer regenen, en hij zei Gekken en onkruid groeien zonder regen, en bleef graven. Zijn stem klonk verdrietig en ik probeerde te begrijpen wat hij me wilde zeggen. Ik bleef naast hem staan en zag het gat steeds dieper worden. Er kleefde aarde aan zijn schoenen en ik herinnerde me dat iemand uit de Dalets een keer een papiertje op zijn rug plakte waarop GEEF ME EEN SCHOP stond en dat niemand dat tegen hem zei, zelfs ik niet, omdat ik niet wilde dat hij ooit te weten kwam dat het er zat. Ik zag hem drie sidoeriem in een oude doek wikkelen en daarna kuste hij ze. De kringen onder zijn ogen waren blauwer dan ooit. Ik dacht dat Gekken en onkruid groeien zonder regen misschien betekende dat hij teleurgesteld was dus probeerde ik te bedenken waarom, en toen hij de doek met de beschadigde sidoeriem in het gat legde zei ik Jisgaddal we-jiskaddasj sjemee rabbo, Laat de grootheid en heiligheid van Zijn grote naam vermeld worden in de wereld die hij geschapen heeft volgens Zijn wil en moge Hij Zijn ko-

ningschap vestigen tijdens uw leven, en toen zag ik tranen uit de ogen van meneer Goldstein komen. Hij begon aarde in het gat te scheppen en ik zag dat zijn lippen bewogen maar ik kon niet horen wat ze zeiden, dus deed ik nog meer mijn best om te luisteren, ik hield mijn oor vlak bij zijn mond, en hij zei, Chaim, zo noemt hij me namelijk, Een lamedwovnik is nederig en doet zijn werk in het geheim, en toen draaide hij zich om, en ik begreep dat ik het was waarom hij huilde.

2 oktober
יהוה

Het begon vandaag weer te regenen, maar dat kon me niet eens schelen omdat de ark nu weg is en omdat ik meneer Goldstein teleurgesteld heb. Een lamedwovnik zijn betekent nooit iemand vertellen dat je een van de 36 mensen bent van wie de wereld afhankelijk is, het betekent goede dingen doen die mensen helpen zonder dat iemand je ooit in de gaten heeft. In plaats daarvan heb ik aan Alma verteld dat ik een lamedwovnik was, en aan mamma en aan de vrouw bij El Al en aan Louis en aan meneer Hintz, mijn gymleraar, omdat hij wilde dat ik mijn kipa afzette en een korte broek aantrok, en ook aan een paar andere mensen, en moest de politie me komen ophalen en is de brandweer gekomen om de ark af te breken. Hoe ik me daarover voel is dat ik moet huilen. Ik heb meneer Goldstein teleurgesteld en ook G-d. Ik weet niet of dit betekent dat ik geen lamedwovnik meer ben.

3 oktober
יהוה

Vandaag vroeg dr. Vishnubakat of ik me gedeprimeerd voelde dus zei ik Wat bedoelt u met gedeprimeerd dus zei hij Voel je je bijvoorbeeld verdrietig en wat ik toen maar niet heb gevraagd was Bent u een leeghoofd? omdat een lamedwovnik zoiets nooit zou zeggen. In plaats daarvan zei ik Als een paard wist hoe klein een mens is vergeleken bij een paard, zou het hem vertrappen, wat iets is dat meneer Goldstein soms zegt, en dr. Vishnubakat zei Dat is interessant, kun je daarover uitweiden? en ik zei Nee. Toen zaten we een paar minuten te zwijgen wat iets is dat we soms doen, maar ik begon me te vervelen dus ik zei

Maïs groeit ook op mest wat iets anders is dat meneer Goldstein ook zegt en dat leek dr. Vishnubakat erg te interesseren want hij schreef het op zijn blocnote, dus ik zei Hoogmoed ligt op de mestvaalt. Toen zei dr. Vishnubakat Mag ik je iets vragen en ik zei Dat hangt ervan af en hij zei Mis je je vader en ik zei Ik herinner me hem eigenlijk niet zo goed, en hij zei Volgens mij moet het heel moeilijk zijn om je vader te verliezen, maar ik zei niets. Als je wilt weten waarom ik niets zei is het omdat ik het niet prettig vind als mensen over pappa praten tenzij ze hem hebben gekend.

Wat ik ook heb besloten is dat ik mezelf vanaf nu altijd zal afvragen ZOU EEN LAMEDWOVNIK DAT DOEN? Bijvoorbeeld vandaag belde Misja voor Alma en ik zei niet Wil je soms met haar tongzoenen? omdat het antwoord NEE was toen ik mezelf afvroeg ZOU EEN LAMEDWOVNIK DAT DOEN? Toen zei Misja Hoe gaat het met haar? en ik zei Wel goed en hij zei Zeg maar tegen haar dat ik heb gebeld om te horen of ze ooit heeft gevonden naar wie ze op zoek was, en ik wist niet waar hij het over had dus ik zei Wat bedoel je? en toen zei hij Nou ja laat maar zitten zeg maar niet tegen haar dat ik gebeld heb, en ik zei Oké en ik heb het haar niet verteld want als er iets is wat een lamedwovnik goed kan is het geheimen bewaren. Ik wist niet dat Alma naar iemand op zoek was en ik probeerde te bedenken wie maar ik kon er niet op komen.

4 oktober
יהוה

Vandaag is er iets verschrikkelijks gebeurd. Meneer Goldstein is erg ziek geworden en flauwgevallen en hij is pas na drie uur gevonden en nu ligt hij in het ziekenhuis. Toen mamma het me vertelde ging ik naar de badkamer en deed de deur op slot en vroeg aan G-d om er alstublieft voor te zorgen dat meneer Goldstein weer beter werd. Toen ik er bijna voor honderd procent van overtuigd was dat ik een lamedwovnik was dacht ik altijd dat G-d me kon horen. Maar nu weet ik het niet meer zo zeker. Toen kreeg ik een afschuwelijke gedachte namelijk dat meneer Goldstein misschien wel ziek was geworden omdat ik hem teleurgesteld had. Opeens voelde ik me heel, heel verdrietig. Ik kneep mijn ogen dicht zodat er geen tranen naar buiten druppelden en ik probeerde te bedenken wat ik moest doen. Toen kwam ik op een idee. Als ik één goed ding kon doen om iemand te helpen zonder er iemand over te vertellen, misschien zou meneer Goldstein dan beter worden en zou ik een echt lamedwovnik zijn!

Als ik iets wil weten vraag ik het soms aan G-d. Ik zeg bijvoorbeeld Als u wilt dat ik nog 100 dollar uit mamma's portemonnee steel zodat ik een ticket naar Israël kan kopen hoewel het verkeerd is om te stelen laat me dan morgen drie blauwe Volkswagen Kevers op een rij tegenkomen, en als ik drie blauwe Volkswagen Kevers op een rij tegenkom is het antwoord Ja. Maar ik wist dat ik G-d deze keer niet om hulp kon vragen omdat ik het zelf moest zien uit te puzzelen. Dus ik probeerde iemand te bedenken die hulp nodig had en opeens wist ik het antwoord.

De laatste keer dat ik je zag

Ik lag in bed en had een droom die zich afspeelde in voormalig Joe-goslavië, of misschien was het Bratislava, wat mij betreft kan het ook Wit-Rusland zijn geweest. Hoe meer ik erover nadenk, hoe moeilijker het wordt om er iets over te zeggen. *Wakker worden*, schreeuwde Bruno. Althans, ik moet aannemen dat hij iets schreeuwde voordat hij zijn toevlucht nam tot de kroes water die hij over mijn gezicht leeggoot. Misschien wilde hij me terugpakken voor de keer dat ik hem het leven had gered. Hij trok de dekens van me af. Ik betreur alles wat hij daar kan hebben aangetroffen. En toch. Als je het over bewijsvoering hebt. Elke ochtend staat-ie paraat, alsof-ie een beklaagde moet verdedigen.

Kijk! schreeuwde Bruno. *Ze hebben over je geschreven in een tijdschrift.*

Ik was niet in de stemming voor zijn grollen. Als het aan mij ligt, vind ik het al best als ik mezelf mag wekken met een scheet. En dus gooide ik mijn natte kussen op de grond en dook met mijn hoofd diep onder de dekens. Bruno mepte me met het tijdschrift op mijn kop. *Sta op en kijk*, zei hij. Ik speelde de doofstomme, een rol die ik door de jaren heen geperfectioneerd heb. Ik hoorde Bruno's voetstappen zich verwijderen. Een dreun uit de richting van de gangkast. Ik zette mezelf schrap. Er klonk een fiks lawaai en het gegier van rondzingen. ZE HEBBEN OVER JE GESCHREVEN IN EEN TIJDSCHRIFT, zei Bruno door de megafoon die hij uit mijn spullen had weten op te diepen. Ondanks het feit dat ik onder de dekens lag, lukte het hem de juiste locatie van mijn oor te vinden. IK HERHAAL, schetterde de megafoon. JIJ: IN EEN TIJDSCHRIFT. Ik gooide de dekens van me af en rukte de megafoon van zijn lippen.

Sinds wanneer doe jij idioot? vroeg ik.

Sinds wanneer doe jij dat? vroeg Bruno.

Hoor eens, Gimpel, zei ik. *Ik doe nu mijn ogen dicht en ik tel tot tien. Als ik ze opendoe, moet je wegwezen.*

Bruno kreeg een gekwetste blik op zijn gezicht. *Dat meen je niet echt,* zei hij.

Jawel, zei ik en deed mijn ogen dicht. *Een, twee.*

Zeg dat je het niet meent, zei hij.

Nu ik mijn ogen dicht had herinnerde ik me weer wanneer ik Bruno voor het eerst heb ontmoet. Hij liep in het zand tegen een bal te trappen, een mager, roodharig joch dat net met zijn familie naar Slonim was verhuisd. Ik liep naar hem toe. Hij sloeg zijn ogen op en bekeek me eens goed. Zonder iets te zeggen trapte hij me de bal toe. Ik trapte hem terug.

Drie, vier, vijf, zei ik. Ik voelde het tijdschrift openvallen op mijn schoot en hoorde Bruno's voetstappen wegebben in de gang. Even hielden ze stil. Ik probeerde me mijn leven voor te stellen zonder hem. Dat leek onmogelijk. En toch. ZEVEN! schreeuwde ik. ACHT! Bij negen hoorde ik de voordeur dichtslaan. TIEN, zei ik zomaar in het wilde weg. Ik deed mijn ogen open en keek naar beneden.

Daar, op de bladzijde van het enige tijdschrift waarop ik geabonneerd ben, stond mijn naam.

Wat een toeval, dacht ik, nog een Leo Gursky! Natuurlijk ging er een gevoel van opwinding door me heen, ook al moest het iemand anders zijn. Het is geen ongewone naam. En toch. Alledaags is hij ook niet.

Ik las een zin. En meer hoefde ik niet te lezen om te weten dat het niemand anders kon zijn dan ik. Dat wist ik omdat ik degene was door wie die zin was geschreven. In mijn boek, de roman van mijn leven. Het boek dat ik na mijn hartaanval was begonnen te schrijven en dat ik op de ochtend na de tekenles naar Isaac had gestuurd. Wiens naam, zag ik nu, over de volle breedte van de bladzijde van het tijdschrift was gedrukt. WOORDEN VOOR ALLES, stond er, de titel die ik ten slotte had gekozen, en daaronder: ISAAC MORITZ.

Ik keek naar het plafond.

Ik keek naar beneden. Zoals ik al heb gezegd, ik ken er hele stukken van uit mijn hoofd. En de zin die ik uit mijn hoofd kende stond er nog in. Net als een stuk of honderd andere die ik kende, ook uit mijn hoofd, alleen hier en daar een beetje herschreven, op een manier waarvan je een tikje misselijk werd. Toen ik naar het medewerkerscolofon bladerde, stond daar dat Isaac die maand was overleden en dat het gepubliceerde stuk deel uitmaakte van zijn laatste manuscript.

Ik stapte uit bed en trok de telefoongids onder *Het grote citatenboek* en *De geschiedenis van de wetenschap* vandaan, boeken waar Bruno zichzelf graag mee opkrikt wanneer hij aan mijn keukentafel zit. Ik vond het nummer van het tijdschrift. *Hallo,* zei ik toen de centrale antwoordde. *Fictie, alstublieft.*

Hij ging drie keer over.

Afdeling fictie, zei een man. Hij klonk jong.

Hoe komt u aan dat verhaal? vroeg ik.

Sorry?

Hoe komt u aan dat verhaal?

Welk verhaal, meneer?

Woorden voor alles.

Dat komt uit een roman van wijlen Isaac Moritz, zei hij.

Ha ha, zei ik.

Pardon?

Nee, dat komt het niet, zei ik.

Ja, dat komt het wel, zei hij.

Nee, dat komt het niet.

Ik verzeker u van wel.

Ik verzeker u van niet.

Jawel, meneer, dat is wél zo.

Oké, zei ik. *Het is wél zo.*

Mag ik vragen met wie ik spreek? vroeg hij.

Leo Gursky, zei ik.

Er viel een pijnlijke stilte. Toen hij weer iets zei, klonk zijn stem iets minder zelfverzekerd.

Is dit een grap of zo?

Nee hoor, zei ik.

Maar zo heet de hoofdpersoon van het verhaal.

Dat is precies wat ik bedoel.

Ik zal het nagaan bij de afdeling die controleert of alle feiten kloppen, zei hij. *Normaal gesproken krijgen wij het te horen als er een bestaand iemand is met dezelfde naam.*

Gefopt maar niet heus! schreeuwde ik.

Blijf alstublieft aan de lijn, zei hij.

Ik hing op.

Een mens heeft in zijn hele leven op z'n hoogst twee, drie goede ideeën. En op de bladzijden van dat tijdschrift stond er een van mij. Ik las het nog een keer door. Hier en daar moest ik hardop lachen en stond ik versteld van mijn eigen briljantheid. En toch. Vaker kromp ik even in elkaar.

Ik draaide weer het nummer van het tijdschrift en vroeg om de afdeling fictie.

Raad eens met wie? zei ik.

Eh, Leo Gursky? zei de man. Ik hoorde de angst in zijn stem.

Bingo, zei ik, en toen zei ik: *Dat zogenaamde boek.*

Ja?

Wanneer komt het uit?

Blijf alstublieft aan de lijn, zei hij.

Ik bleef aan de lijn.

In januari, zei hij toen hij er weer was.

Januari! riep ik. *Zo gauw al!* Volgens de kalender aan de muur was het 17 oktober. Ik moest het vragen, ik kon niet anders: *Is het goed?*

Volgens sommige mensen is het een van zijn beste.

Een van zijn beste! Mijn stem steeg een octaaf en sloeg over.

Ja, meneer.

Ik zou graag een voorexemplaar hebben, zei ik. *Misschien leef ik niet meer in januari en kan ik dus niet meer over mezelf lezen.*

Het bleef stil aan de andere kant van de lijn.

Nou, zei hij. *Ik zal eens zien of ik er een kan opdiepen. Wat is uw adres?*

Hetzelfde als het adres van de Leo Gursky in het verhaal, zei ik en ik hing op. Arm joch. Het kon hem jaren kosten om dat mysterie te ontrafelen.

Maar ik had mijn eigen mysterie te ontrafelen. Namelijk, als mijn manuscript bij Isaac thuis was gevonden en voor het zijne was aangezien, betekende dat dan niet dat hij het had gelezen of op zijn minst met lezen was begonnen voordat hij overleed? Want als hij dat inderdaad had gedaan, zou daardoor alles anders worden. Het zou betekenen...

En toch.

Ik begon door mijn appartement te ijsberen, althans voor zover het mogelijk is ergens te ijsberen waar van alles rondslingert op de vloer, hier een badmintonracket, daar een stapel *National Geographics* en weer ergens anders een jeu de boules-spel, een sport waarvan ik niets weet.

Het was eenvoudig: als hij mijn boek had gelezen kende hij de waarheid.

Ik was zijn vader.

Hij was mijn zoon.

En nu begon het tot me door te dringen dat er mogelijkerwijs een kort tijdsbestek was geweest waarin Isaac en ik allebei hadden beseft dat de ander bestond.

Ik ging naar de badkamer, waste mijn gezicht met koud water en ging naar beneden om te kijken of er post was. Misschien was er nog een kans dat er een brief van mijn zoon zou komen, dacht ik, gepost voor zijn overlijden. Ik stak het sleuteltje in de bus en draaide het om.

En toch. Een stapel troep, meer niet. De tv-gids, een blad van het warenhuis Bloomingdale, een brief van de World Wildlife Federation, die mij al sinds 1979, toen ik tien dollar heb gedoneerd, trouw gezelschap blijft houden. Ik nam alles mee naar boven om het daar weg te gooien. Ik stond al met mijn voet op de pedaal van de vuilnisemmer toen ik het zag, een klein envelopje met mijn naam op de voorkant getypt. De nog levende vijfenzeventig procent van mijn hart begon tekeer te gaan. Ik scheurde het open.

Beste Leopold Gursky, stond erin. *Kom alstublieft zaterdagmiddag om vier uur naar de bankjes voor de ingang van de dierentuin in Central Park. Ik denk wel dat u weet wie ik ben.*

Overmand door emotie schreeuwde ik het uit. *Nou en of!*

Met hartelijke groet, stond er.

Met groeten uit het hart, dacht ik.

Alma.

En op dat moment wist ik dat mijn tijd was gekomen. Mijn handen beefden zo erg dat het papier begon te klapperen. Ik voelde mijn benen slap worden. Ik kreeg een ijl gevoel in mijn hoofd. Dus op deze manier sturen ze de engel op je af. Met de naam van het meisje van wie je altijd hebt gehouden.

Ik begon op de radiator te timmeren om Bruno. Er werd niet gereageerd, en ook niet een minuutje later of nog een minuutje later, hoewel ik alsmaar bleef timmeren. Drie tikken betekent LEEF JE NOG?, twee betekent JA, één betekent NEE. Ik luisterde, maar er kwam geen antwoord. Misschien had ik hem geen idioot moeten noemen, want nu ik hem het hardst nodig had, hoorde ik helemaal niets.

Zou een lamedwovnik dit doen?

5 oktober

יהוה

Vanochtend ging ik stiekem Alma's kamer in terwijl zij onder de douche stond en haalde Overleven in de wildernis Deel 3 uit haar rugzak. Toen kroop ik weer in bed en verstopte het onder de dekens. Toen mamma binnenkwam deed ik net alsof ik ziek was. Ze legde haar hand op mijn voorhoofd en vroeg Wat voel je dan? dus ik zei Ik geloof dat ik een dikke keel heb, en zij zei Je hebt vast iets onder de leden, en ik zei Maar ik moet naar school, en zij zei Er zal niets gebeuren als je een dagje overslaat, en toen zei ik Nou goed dan. Ze bracht kamillethee met honing en ik dronk het op met mijn ogen dicht om te laten zien hoe ziek ik was. Ik hoorde Alma weggaan naar school, en mamma liep naar boven om te werken. Toen ik haar stoel hoorde kraken haalde ik Overleven in de wildernis Deel 3 te voorschijn en begon te lezen om te zien of er aanwijzingen in stonden over wie Alma aan het zoeken was.

De meeste bladzijden stonden vol informatie over hoe je stenen moest verwarmen voor een slaapplaats of hoe je ergens een afdak tegenaan moest bouwen of hoe je water drinkbaar moest maken wat ik eigenlijk niet begreep omdat ik nooit water heb gezien dat je niet in een pan kunt gieten. (Behalve misschien ijs.) Ik begon me al af te vragen of ik iets over het mysterie zou vinden toen ik bij een bladzijde kwam waarop stond OVERLEVEN ALS JE PARACHUTE NIET OPENGAAT.

Er waren tien maatregelen, maar er zat er niet een bij die ergens op sloeg. Bijvoorbeeld als je door de lucht valt en je parachute gaat niet open, dan geloof ik niet dat het helpt om een manke tuinman te hebben. Ook stond er dat je moest zoeken naar een steen maar waarom zouden er stenen zijn tenzij er iemand met stenen naar je aan het gooien was of je er eentje in je broekzak had wat bij de meeste normale mensen niet zo is? De laatste maatregel was gewoon een naam en die was Alma Mereminski.

Er kwam een gedachte bij me op namelijk dat Alma verliefd was op iemand die meneer Mereminski heette en dat ze met hem wilde trouwen. Maar toen sloeg ik de bladzijde om en daar stond ALMA MEREMINSKI = ALMA MORITZ. Daarom dacht ik dat Alma misschien verliefd was op meneer Mereminski EN meneer Moritz. Toen sloeg ik de bladzijde om en daar stond DINGEN DIE IK MIS VAN M met eronder een lijst met 15 dingen en de eerste was de manier waarop hij dingen vasthoudt. Ik begreep niet hoe je de manier waarop iemand dingen vasthoudt kunt missen.

Ik probeerde na te denken maar het viel niet mee. Als Alma verliefd was op meneer Mereminski of meneer Moritz, hoe kwam het dan dat ik hen geen van beiden ooit had leren kennen en hoe kwam het dan dat ze haar nooit opbelden net als Herman of Misja? En als ze van meneer Mereminski of meneer Moritz hield, waarom miste ze hem dan?

De rest van het schrift was leeg.

De enige die ik eigenlijk mis is pappa. Soms ben ik wel eens jaloers op Alma omdat ze pappa langer heeft gekend dan ik en nog zoveel over hem weet. Maar het rare is, toen ik vorig jaar deel 2 van haar schrift las stond daarin IK VOEL ME VERDRIETIG OMDAT IK PAPPA NOOIT ECHT GEKEND HEB.

Ik lag na te denken over waarom ze dat had opgeschreven toen ik opeens een heel vreemd idee kreeg. Stel dat mamma verliefd was geweest op iemand anders die meneer Mereminski of meneer Moritz heette en dat híj Alma's vader was? En stel dat hij was doodgegaan, wat de reden is dat Alma hem nooit gekend heeft. En dat mamma daarna David Singer ontmoette en mij kreeg? En toen ging hij ook dood, wat de reden is waarom mamma zoveel verdriet had. Dat zou verklaren waarom ze ALMA MEREMINSKI en ALMA MORITZ had opgeschreven maar niet ALMA SINGER. Misschien probeerde ze haar echte pappa te vinden!

Ik hoorde mamma opstaan van haar stoel dus ik deed mijn best op een imitatie van iemand die ligt te slapen. Dat had ik al 100 keer voor de spiegel geoefend. Mamma kwam binnen en ging op de rand van mijn bed zitten en zei een hele tijd niets. Maar opeens moest ik niezen dus ik deed mijn ogen open en nieste en mamma zei Arme stakker. Toen deed ik iets heel gewaagds. Met mijn slaperigste stem vroeg ik Mam heb je ooit van iemand anders gehouden vóór pappa? Ik wist bijna 100 procent zeker dat ze nee zou gaan zeggen. Maar in plaats daarvan kreeg ze een rare uitdrukking op haar gezicht, en ze zei Ik geloof van wel, ja! Dus ik vroeg Ging hij dood? en ze lachte en zei Nee! Ik werd helemaal raar vanbinnen maar ik wilde haar niet wantrouwig maken dus ik deed net alsof ik weer in slaap viel.

Nu denk ik dat ik weet naar wie Alma op zoek is. Ik weet ook dat ik haar zal kunnen helpen als ik tenminste een echte lamedwovnik ben.

6 oktober
יהוה

Ik deed de tweede dag op rij alsof ik ziek was zodat ik weer thuis kon blijven van school en zodat ik ook niet naar dr. Vishnubakat hoefde. Toen mamma weer naar boven ging zette ik het waarschuwingssignaal op mijn horloge aan en hoestte om de tien minuten 30 seconden achter elkaar. Na een halfuur liet ik me stilletjes uit bed glijden zodat ik in Alma's rugzak naar verdere aanwijzingen kon zoeken. Behalve de dingen die er altijd in zitten zoals een EHBO-doos en haar Zwitserse zakmes zag ik niets, maar toen haalde ik haar trui eruit en daar zaten een paar bladzijden in gewikkeld. Ik hoefde er maar één seconde naar te kijken om te weten dat ze afkomstig waren uit het boek dat mamma aan het vertalen is en dat *De geschiedenis van de liefde* heet, want ze gooit altijd kladjes in de vuilnisbak en ik weet hoe ze eruitzien. Ook weet ik dat Alma alleen heel belangrijke dingen in haar rugzak bewaart die ze nodig heeft in onverwachte situaties en dus probeerde ik uit te dokteren waarom *De geschiedenis van de liefde* zo belangrijk voor haar was.

Toen bedacht ik iets. Mamma zegt altijd dat ze *De geschiedenis van de liefde* van pappa heeft gekregen. Maar stel dat ze daar al die tijd Alma's vader mee bedoeld heeft en niet die van mij? En stel dat het boek het geheim bevatte van wie hij was?

Mamma kwam naar beneden en ik moest gauw naar de badkamer hollen en 23 minuten doen alsof ik last van verstopping had zodat ze geen argwaan zou krijgen. Toen ik eruit kwam gaf ze me het nummer van meneer Goldstein in het ziekenhuis en zei dat ik hem mocht bellen als ik daar zin in had. Zijn stem klonk erg moe en toen ik hem vroeg hoe hij zich voelde zei hij 's Nachts zijn alle koeien zwart. Ik wilde hem vertellen over de goede daad die ik ging doen, maar ik wist dat ik het aan niemand mocht vertellen, zelfs niet aan hem.

Ik ging weer in bed liggen en praatte tegen mezelf om uit te dokteren waarom de identiteit van Alma's echte vader geheim moest blijven. De enige reden die ik kon bedenken was dat hij een spion was net als de blonde vrouw in Alma's favoriete film, de vrouw die voor de FBI werkte en haar ware identiteit niet aan Roger Thornhill kon onthullen ook al was ze verliefd op hem. Misschien kon Alma's vader zijn ware identiteit ook niet onthullen, zelfs niet aan mamma. Misschien had hij daarom wel twee namen! Of zelfs meer dan twee! Ik werd jaloers omdat mijn vader geen spion was maar toen was ik niet jaloers meer omdat ik me herinnerde dat ik misschien wel een lamedwovnik was wat nog beter is dan een spion.

Mamma kwam naar beneden om een kijkje bij me te nemen. Ze zei dat ze de deur uit ging en vroeg of ik een uurtje alleen kon zijn. Nadat ik had gehoord dat de deur dichtging en de sleutel werd omgedraaid in het slot ging ik naar de badkamer om met G-d te praten. Daarna ging ik naar de keuken om een boterham met pindakaas te maken. Toen ging de telefoon. Ik dacht niet dat het iets bijzonders zou zijn maar toen ik opnam zei degene aan de andere kant Hallo u spreekt met Bernard Moritz, mag ik alstublieft met Alma Singer spreken?

Zo kwam ik erachter dat G-d me kan horen.

Mijn hart ging tekeer als een idioot. Ik moest heel snel nadenken. Ik zei Ze is er nu niet maar ik kan wel een boodschap aannemen. Hij zei Nou het is een lang verhaal. Dus ik zei Ik kan haar toch een lange boodschap doorgeven.

Hij zei Nou ik heb een briefje gevonden dat ze op de deur van mijn broer heeft achtergelaten. Dat moet minstens een week geleden zijn, hij lag in het ziekenhuis. Er stond op dat ze wist wie hij was en dat ze met hem over *De geschiedenis van de liefde* wilde praten. Ze liet dit nummer achter.

Ik zei niet Wist ik het niet! of Wist u dat hij een spion was? Ik bleef zwijgen zodat ik niks verkeerds zou zeggen.

Maar toen zei die man Hoe dan ook, mijn broer is overleden, hij was al een hele tijd ziek en ik zou nooit hebben gebeld als hij me niet vlak voor zijn overlijden had verteld dat hij een aantal brieven had gevonden in de la van onze moeder.

Ik zei niets, dus de man bleef doorpraten.

Hij zei Hij las die brieven en had zich in het hoofd gehaald dat de man die zijn echte vader was ook de schrijver was van een boek dat *De geschiedenis van de liefde* heette. Ik geloofde daar eigenlijk niet in totdat ik Alma's briefje zag. Ze had het over dat boek, en het is namelijk zo, mijn moeder heette ook Alma. Ik vond dat ik maar eens met haar moest praten of haar in elk geval moest laten weten dat Isaac is overleden zodat ze zich niet van alles gaat afvragen.

Nu was ik weer helemaal in de war omdat ik dacht dat deze meneer Moritz Alma's vader was. Het enige wat ik kon bedenken was dat Alma's vader een hoop kinderen had die hem niet kenden. Misschien was de broer van deze man er een en was Alma er ook een en waren ze allebei op hetzelfde moment op zoek naar hun vader.

Ik vroeg Zei u dat hij dacht dat zijn echte vader de schrijver van *De geschiedenis van de liefde* was?

De man aan de telefoon zei Ja.

En dus vroeg ik Nou dacht hij dan ook dat zijn vader Zvi Litvinoff heette?

Nu klonk de man aan de telefoon alsof hij in de war was. Hij zei Nee hij dacht dat hij Leopold Gursky heette.

Ik liet mijn stem heel rustig klinken en vroeg Kunt u dat spellen? En hij zei G-U-R-S-K-Y. Ik zei Waarom dacht hij dat zijn vader Leopold Gursky heette? En de man zei Dat is namelijk degene van wie onze moeder die brieven heeft gekregen. En in die brieven stonden stukken uit het boek dat hij aan het schrijven was en dat *De geschiedenis van de liefde* heette.

Inwendig werd ik helemaal gek want ook al begreep ik niet alles, ik wist zeker dat ik dicht bij de oplossing van het mysterie van Alma's vader was en dat ik iets nuttigs deed als ik het kon oplossen en dat ik nog steeds een lamedwovnik kon zijn als ik op een geheime manier iets nuttigs deed en dat alles in orde zou komen.

Toen zei de man Hoor eens ik geloof dat het beter is dat ik zelf met mevrouw Singer spreek. Ik wilde hem niet wantrouwig maken, dus ik zei Ik zal haar de boodschap doorgeven en hing op.

Ik ging aan de keukentafel zitten om over alles na te denken. Nu wist ik dat toen mamma zei dat ze *De geschiedenis van de liefde* van pappa had gekregen, ze bedoelde dat ze het boek van Alma's vader had gekregen omdat hij degene was die het had geschreven.

Ik kneep mijn ogen dicht en zei tegen mezelf Als ik een lamedwovnik ben hoe vind ik dan Alma's vader die Leopold Gursky heette maar ook Zvi Litvinoff en ook meneer Mereminski en ook meneer Moritz?

Ik deed mijn ogen open. Ik staarde naar de blocnote waarop ik G-U-R-S-K-Y had geschreven. Toen keek ik omhoog en zag de telefoongids op de koelkast liggen. Ik pakte het trapje en ging erop staan. Er lag een heleboel stof op de omslag dus blies ik het eraf en sloeg hem open bij de G. Ik dacht eigenlijk niet dat ik hem zou vinden. Ik zag GURLAND John. Ik ging met mijn vinger naar beneden over de bladzijde, GUROL, GUROV, GUROVICH, GURRERA, GURRIN, GURSHON en na GURSHUMOV zag ik zijn naam. GURSKY Leopold. Hij was daar gewoon al die tijd te vinden geweest. Ik noteerde zijn telefoonnummer en zijn adres, Grand Street 504, sloeg de telefoongids dicht en borg het trapje op.

7 oktober

יהוה

Vandaag was het zaterdag dus hoefde ik niet meer te doen alsof ik ziek was. Alma stond vroeg op en zei dat ze de deur uit ging en toen mamma vroeg hoe ik me voelde zei ik Een stuk beter. Toen vroeg ze of ik het leuk vond om samen iets te doen zoals naar de dierentuin gaan, omdat het volgens dr. Vishnubakat goed zou zijn als we meer dingen samen deden als gezin. Zelfs al wilde ik daar best heen, ik wist ook dat ik iets anders te doen had. Dus ik zei Morgen misschien. Toen ging ik naar boven, naar haar werkkamer, zette de computer aan en draaide *De geschiedenis van de liefde* uit. Ik deed hem in een bruine envelop en op de voorkant schreef ik VOOR LEOPOLD GURSKY. Ik zei tegen mamma dat ik de deur uit ging om een tijdje te spelen, en ze vroeg Spelen waar? en ik zei Bij Louis thuis, ook al is hij niet meer mijn vriendje. Mamma zei Oké maar bel me in elk geval. Toen pakte ik 100 dollar van mijn limonadegeld en stak ze in mijn zak. Ik verborg *De geschiedenis van de liefde* onder mijn jek en ging de deur uit. Ik wist niet waar Grand Street was maar ik ben bijna 12 en ik wist dat ik die straat wel zou vinden.

A + L

De brief kwam met de post, maar er stond geen afzender op. Mijn naam, Alma Singer, stond op de envelop getypt. De enige brieven die ik ooit heb gehad waren allemaal van Misja, maar hij heeft nooit een typemachine gebruikt. Ik maakte hem open. Het waren maar twee regeltjes. *Beste Alma,* stond er. *Kom alsjeblieft zaterdagmiddag om vier uur naar de bankjes voor de ingang van de dierentuin in Central Park. Ik denk wel dat je weet wie ik ben. Met vriendelijke groet, Leopold Gursky.*

Ik weet niet hoe lang ik al op deze bank in het park zit. Het licht is al bijna helemaal verdwenen, maar toen er nog licht was, kon ik de beeldhouwwerken bewonderen. Een beer, een nijlpaard, iets met gespleten hoeven waarvan ik aannam dat het een geit was. Onderweg kwam ik langs een fontein. Het bekken stond droog. Ik keek of er soms penny's op de bodem lagen. Maar er lagen alleen dode bladeren. Ze liggen nu overal, ze vallen en vallen en zetten de wereld weer om in aarde. Soms vergeet ik dat de wereld niet op hetzelfde schema zit als ik. Dat niet alles aan het afsterven is of dat als alles wél aan het afsterven is, het toch ook weer tot leven zal komen, met een beetje zon en de gebruikelijke aanmoediging. Soms denk ik: ik ben ouder dan deze boom, ouder dan deze bank, ouder dan de regen. En toch. Ik ben niet ouder dan de regen. De regen valt al jaren en na mijn vertrek zal-ie nog jaren blijven vallen.

Ik las het briefje nog een keer. *Ik denk wel dat je weet wie ik ben,* stond erin. Maar ik kende niemand die Leopold Gursky heet.

Ik heb besloten om hier te blijven zitten wachten. Ik hoef in dit leven toch niets meer te doen. Ik zal misschien een houten kont krijgen, maar als dat nou het ergste is. Als ik dorst krijg, zou het geen misdrijf zijn als ik op mijn knieën aan het gras ging likken. Het is grappig om me voor te stellen hoe mijn voeten wortel zouden schieten in de grond en mijn handen begroeid raakten met mos. Misschien trek ik mijn schoenen wel uit om het proces te versnellen. Natte aarde tussen je tenen, alsof je weer een jochie bent. Aan mijn vingers zullen bladeren groeien. Misschien word ik wel beklommen door een kind. Het ventje dat ik kiezels in de lege fontein zag gooien – die was niet te oud om in een boom te klimmen. Je kon wel zien dat hij te wijs voor zijn leeftijd was. Hij geloofde waarschijnlijk dat hij niet voor deze wereld bestemd was. Ik wilde tegen hem zeggen: *Als jij het niet bent, wie dan wel?*

Misschien was hij eigenlijk van Misja. Tot dat soort dingen is hij best in staat. Stel dat ik zaterdag inderdaad ging, dan zou hij daar op dat bankje zitten. Het zou twee maanden geleden zijn sinds die middag in zijn kamer, toen zijn ouders ruziemaakten aan de andere kant van de muur. Ik zou hem zeggen hoe erg ik hem miste.

Gursky – dat klonk Russisch.

Misschien was hij van Misja.

Maar waarschijnlijk niet.

Soms dacht ik nergens aan en soms dacht ik na over mijn leven. In elk geval heb ik in mijn levensonderhoud kunnen voorzien. Maar onderhoud van wat voor leven? Een leven. Ik heb geleefd. Het viel niet mee. En toch. Ik ben erachter gekomen hoe weinig er onverdraaglijk is.

Als hij niet van Misja was, kwam hij misschien van de man met de bril die in het stedelijke archief werkte, in Chambers Street 31, degene die me juffrouw Konijnenvlees had genoemd. Ik had hem nooit gevraagd hoe hij heette, maar hij kende mijn naam en mijn adres omdat ik een formulier had moeten invullen. Misschien had hij iets gevonden – een dossier of een akte. Of misschien dacht hij dat ik ouder was dan vijftien.

Er is een tijd geweest dat ik in het bos leefde, of in de bossen, meer-voud. Ik at wormen. Ik at insecten. Ik at alles wat ik in mijn mond kon stoppen. Soms moest ik overgeven. Mijn maag lag helemaal over-hoop, maar ik moest toch érgens op kauwen. Ik dronk water uit plas-sen. Sneeuw. Alles wat ik maar te pakken kon krijgen. Soms verstopte ik me in de aardappelkuilen die de boeren rond hun dorpen hadden. Dat waren goede schuilplaatsen omdat het er 's winters iets warmer was. Maar daar had je ook ongedierte. Te zeggen dat ik rauwe ratten heb gegeten – ja, dat heb ik gedaan. Kennelijk wilde ik heel graag le-ven. En daar was maar één reden voor: zij.

De waarheid is dat ze tegen me zei dat ze niet van me kon houden. Toen ze afscheid nam, nam ze afscheid voor altijd.

En toch.

Ik dwong mezelf om te vergeten. Ik weet niet waarom. Ik blijf het me afvragen. Maar toch deed ik het.

Of misschien was het van de oude joodse man die op het kantoor van het bevolkingsregister in Centre Street 1 werkte. Hij zag eruit alsof hij Leopold Gursky kon heten. Misschien wist hij iets over Alma Moritz of Isaac of *De geschiedenis van de liefde*.

Ik herinnerde me de eerste keer dat ik besefte dat ik mezelf iets kon laten zien dat er niet was. Ik was tien en op weg van school naar huis. Een stel jongens uit mijn klas liep me lachend en schreeuwend voorbij. Ik wilde graag net zijn als zij. En toch. Ik wist niet hoe dat moest. Ik voelde me altijd anders dan de anderen, en dat anders-zijn deed pijn. En toen sloeg ik de hoek om en zag ik hem. Een enorme olifant die in zijn eentje op het plein stond. Ik wist dat het verbeelding was. En toch. Ik wilde het geloven.

Dus deed ik mijn best.

En ik merkte dat het kon.

Of misschien kwam het briefje van de portier van East 52nd Street 450. Misschien had hij Isaac over *De geschiedenis van de liefde* gevraagd. Misschien had Isaac hem mijn naam gevraagd. Misschien had hij vlak voor zijn overlijden doorgekregen wie ik was en had hij de portier iets gegeven om aan mij te geven.

Na die dag waarop ik de olifant zag, liet ik mezelf nog meer zien en nog meer geloven. Het was een spelletje dat ik met mezelf speelde. Wanneer ik Alma vertelde wat ik allemaal zag moest ze lachen en zei ze dat ze mijn fantasie geweldig vond. Voor haar veranderde ik kiezels in diamanten, schoenen in spiegels, ik veranderde glas in water, ik gaf haar vleugels en plukte vogels uit haar oren, en in haar zakken vond ze hun veren, ik vroeg een peer om een ananas te worden, een ananas om een gloeilamp te worden, een gloeilamp om de maan te worden en de maan om een munt te worden, die ik opgooide om te kijken of ze van me hield, met beide kanten als kruis: ik wist dat ik niet kon verliezen.

En nu, aan het eind van mijn leven, zie ik amper verschil tussen wat echt is en wat ik geloof. Dit briefje hier in mijn hand, bijvoorbeeld – ik voel het tussen mijn vingers. Het papier is glad, behalve op de vouwen. Ik kan het openvouwen en weer dichtvouwen. Dat briefje bestaat, zo zeker als dat ik hier nu zit.

En toch.

In mijn hart weet ik dat mijn hand leeg is.

Of misschien kwam het briefje van Isaac zelf, die het had geschreven voordat hij overleed. Misschien was Leopold Gursky een ander personage uit zijn roman. Misschien waren er dingen die hij me wilde vertellen. En was het nu te laat – als ik morgen ging, zou het bankje in het park leeg zijn.

Er zijn heel veel manieren om levend te zijn, maar er is slechts één manier om dood te zijn. Ik nam er de juiste houding voor aan. Ik dacht: hier zullen ze me in elk geval vinden voordat ik het hele gebouw uit stink. Nadat mevrouw Freid was overleden en ze pas drie dagen later werd gevonden, schoven ze bij ons een circulaire onder de deur waarin stond: HOUD UW RAMEN VANDAAG OPEN, ONDERTEKEND, HET MANAGEMENT. En daarom genoten we allemaal van een fris windje, welwillend mogelijk gemaakt door mevrouw Freid, die een lang leven heeft geleid met vreemde wendingen die ze als kind nooit had kunnen bevroeden, eindigend met een laatste tochtje naar de kruidenier om een pak koekjes te kopen dat ze nog moest openmaken voordat ze even ging liggen en haar hart het begaf.

Ik dacht: het is beter om in het openbaar te wachten. Het weer werd er niet beter op, er hing een snijdende kou in de lucht en overal lag afgevallen blad. Soms dacht ik over mijn leven en soms dacht ik niets. Af en toe, als de neiging me bekroop, voerde ik een snel onderzoekje uit. Nee op de vraag: kunt u uw benen voelen? Nee op de vraag: billen? Ja op de vraag: slaat uw hart?

En toch.

Ik had geduld. Ongetwijfeld zaten er nog anderen, op andere bankjes in een park. De dood had het druk. Zoveel mensen om achterna te lopen. Om te voorkomen dat hij dacht dat ik loos alarm sloeg, haalde ik de systeemkaart die ik altijd in mijn portemonnee heb te voorschijn en maakte hem met een veiligheidsspeld vast op mijn jas.

Er zijn wel honderd dingen waardoor je leven kan veranderen. En een paar dagen lang, tussen het moment waarop ik het briefje kreeg en het moment van mijn afspraak met de afzender – wie dat ook mocht zijn – was van alles mogelijk.

Er kwam een agent voorbij. Hij las de op mijn borst gespelde kaart en keek me aan. Ik dacht dat hij een spiegeltje onder mijn neus zou houden, maar hij vroeg alleen maar of alles in orde met me was. Ik zei ja, want wat had ik anders moeten zeggen, ik wacht al mijn hele leven op haar, ze was het tegenovergestelde van de dood – en nu zit ik hier nog steeds te wachten?

Eindelijk werd het zaterdag. De enige jurk die ik had, de jurk die ik bij de Klaagmuur droeg, was te klein. Dus trok ik een rok aan en stak het briefje in mijn zak. Toen ging ik op weg.

Nu dat van mij bijna voorbij is, kan ik zeggen dat wat me het meest aan het leven is opgevallen het vermogen tot verandering is. De ene dag ben je een mens en de volgende dag zeggen ze tegen je dat je een hond bent. Eerst is dat moeilijk te verdragen, maar na een tijdje leer je het niet als een verlies te beschouwen. Er is zelfs een moment waarop het iets prikkelends krijgt om te beseffen dat er voor jou maar heel weinig hetzelfde hoeft te blijven om door te kunnen gaan met de verrichting die ze, bij gebrek aan een beter woord, mens-zijn noemen.

Ik stapte uit de metro en liep in de richting van Central Park. Ik kwam langs het Plaza Hotel. Het was al najaar; de bladeren verkleurden en vielen.

In 59th Street ging ik het park in en liep over het pad naar de dierentuin. Toen ik bij de ingang kwam, zonk de moed me in de schoenen. Er stonden ongeveer vijfentwintig bankjes naast elkaar. Op zeven ervan zaten mensen.

Hoe moest ik te weten komen wie hij was?

Ik liep de hele rij langs. Niemand keurde me een tweede blik waardig. Ten slotte ging ik naast een man zitten. Hij negeerde me.

Volgens mijn horloge was het 4.02 uur. Misschien was hij verlaat.

Ik had me een keer in een aardappelkuil verstopt toen de ss kwam. De toegang ging schuil onder een dunne laag stro. Hun voetstappen kwamen steeds dichterbij en ik kon ze met elkaar horen praten alsof ze in mijn oren zaten. Het waren er twee. De een zei: *Mijn vrouw gaat met een ander naar bed*, en de ander vroeg: *Hoe weet je dat?* en de eerste zei: *Ik weet het niet echt, ik verdenk haar er alleen maar van*, waarop de ander vroeg: *Waarom verdenk je haar ervan?* terwijl ik ongeveer een hartstilstand kreeg, *Het is maar een gevoel*, zei de eerste en ik maakte me al een voorstelling van de kogel die zich in mijn hersens zou dringen, *Ik kan niet meer normaal denken*, zei hij, *ik ben compleet mijn eetlust kwijt.*

Er verstreken vijftien minuten, toen twintig. De man naast me stond op en liep weg. Er ging een vrouw zitten, die een boek opensloeg. Een bank verder stond een andere vrouw op. Twee banken verder ging een moeder naast een oude man zitten en begon met de wagen van haar baby te wiegen. Drie banken verder zat een stelletje te lachen en elkaars hand vast te houden. Toen zag ik ze opstaan en weglopen. De moeder kwam overeind en reed haar baby weg. Toen had je alleen de vrouw, de oude man en ik. Er verstreken nog twintig minuten. Het werd al laat. Ik kreeg het idee dat hij, wie hij ook mocht zijn, niet meer zou komen. De vrouw sloeg haar boek dicht en liep weg. De oude man en ik waren nog als enigen over. Ik stond op om weg te gaan. Ik was teleurgesteld. Ik wist niet waar ik op had gehoopt. Ik begon weg te lopen. Ik kwam langs de oude man. Er zat een kaart op zijn borst vastgespeld. Er stond op: MIJN NAAM IS LEO GURSKY IK HEB GEEN FAMILIE BEL AUB BEGRAAFPLAATS PINELAWN IK HEB DAAR EEN GRAF IN HET JOODSE GEDEELTE DANK U VOOR UW MEDEWERKING.

Door iemands vrouw die er genoeg van kreeg om op haar soldaat te wachten bleef ik in leven. Hij hoefde alleen maar in het hooi te prikken om te ontdekken of er iets onder lag; als hij niet zoveel aan zijn hoofd had gehad, zou ik zijn gevonden. Soms vraag ik me af wat er met haar gebeurd is. Ik maak me graag een voorstelling van de eerste keer dat ze zich vooroverboog om die onbekende te kussen; ze moet hebben gevoeld dat ze voor hem viel of misschien domweg aan haar eenzaamheid ontsnapte, en dat heeft iets weg van de piepkleine gebeurtenis die aan de andere kant van de wereld een natuurramp op gang brengt, alleen was dit het tegenovergestelde van een ramp, de manier waarop zij me bij toeval met die gedachteloze handeling van genade heeft gered, zonder dat ze het ooit geweten heeft, en ook dat maakt deel uit van de geschiedenis van de liefde.

Ik ging voor hem staan.

Hij leek het nauwelijks in de gaten te hebben.

Ik zei: 'Ik heet Alma.'

En toen zag ik haar. Het is vreemd wat de geest kan doen als het hart aanwijzingen geeft. Ze zag er anders uit dan ik me herinnerde. En toch. Hetzelfde. Die ogen: daaraan herkende ik haar. Ik dacht: dus zo sturen ze de engel op je af. In haar groei gestopt op de leeftijd waarop ze het meest van je hield.

Kijk eris aan, zei ik. *Mijn favoriete naam.*

Ik zei: 'Ik ben vernoemd naar ieder meisje in een boek dat *De geschie-denis van de liefde* heet.'

Ik zei: *Dat boek heb ik geschreven.*

'O,' zei ik. 'Ik meen het serieus. Het is een bestaand boek.'

Ik speelde mee. Ik zei: *Ik ben bloedserieus.*

Ik wist niet wat ik moest zeggen. Hij was zo oud. Misschien maakte hij een grapje of misschien was hij in de war. Om het gesprek op gang te houden vroeg ik: 'Schrijft u zelf ook?'

Hij zei: 'Bij wijze van spreken.'

Ik vroeg hoe zijn boeken heetten. *De geschiedenis van de liefde* was er een, vertelde hij, en *Woorden voor alles* een ander.

'Dat is vreemd,' zei ik. 'Misschien zijn er twee boeken die *De geschiedenis van de liefde* heten.'

Hij zei niets. Zijn ogen blonken.

'Het boek waar ik het over heb is geschreven door Zvi Litvinoff,' zei ik. 'Hij heeft het in het Spaans geschreven. Mijn vader heeft het aan mijn moeder gegeven toen ze elkaar pas kenden. Toen ging mijn vader dood en borg ze het weg, tot ongeveer acht maanden geleden, toen iemand haar vroeg het te vertalen. Nu hoeft ze nog maar een paar hoofdstukken te doen. In *De geschiedenis van de liefde* waar ik het over heb staat een hoofdstuk met als titel "Het stille tijdperk" en een met als titel "Het ontstaan van gevoelens" en een met als –'

De oudste man ter wereld begon te lachen.

Hij zei: 'Wat vertel je me nou, dat je ook nog verliefd was op Zvi? Dat je er niet genoeg aan had om van mij te houden, en daarna van mij én Bruno, en daarna alleen van Bruno, en daarna noch van Bruno noch van mij?'

Ik werd een beetje zenuwachtig. Misschien was hij gek. Of gewoon eenzaam.

Het begon donker te worden.

Ik zei: 'Sorry. Ik begrijp het niet.'

Ik zag dat ik haar bang had gemaakt. Ik wist dat het te laat was om in discussie te treden. Er waren zestig jaar voorbijgegaan.

Ik zei: *Neem me niet kwalijk. Vertel eens welke gedeelten je het mooist vond. Wat vond je van 'Het glazen tijdperk'? Ik wilde je aan het lachen maken.*

Ze sperde haar ogen open.

En ook aan het huilen.

Nu zag ze er bang en verbaasd uit.

En toen drong het tot me door.

Het leek onmogelijk.

En toch.

Stel dat de dingen waarvan ik dacht dat ze mogelijk waren eigenlijk onmogelijk waren en dat de dingen waarvan ik dacht dat ze onmogelijk waren dat eigenlijk niet waren?

Bijvoorbeeld.

Stel dat het meisje dat naast me op deze bank zat echt was?

Stel dat ze echt Alma heette, naar mijn Alma.

Stel dat mijn boek helemaal niet bij een overstroming verloren was gegaan?

Stel dat –

Er liep een man voorbij.

Pardon meneer, riep ik naar hem.

Ja? vroeg hij.

Zit er iemand naast me?

De man kreeg een verwarde blik over zich.

Ik begrijp het niet, zei hij.

Ik evenmin, zei ik. *Zou u de vraag willen beantwoorden?*

Of er iemand naast u zit? vroeg hij.

Dat is mijn vraag.

En hij zei: *Ja.*

En dus zei ik: *Is het een meisje, van zo'n vijftien, misschien zestien jaar, maar het kan ook een volwassen veertienjarige zijn?*

Hij lachte en zei: *Ja.*

Bedoelt u het tegenovergestelde van nee?

Ik bedoel het tegenovergestelde van nee, zei hij.

Dank u, zei ik.

Hij liep weg.

Ik keek haar aan.

Het was waar. Ze had iets vertrouwds. En toch. Nu ik goed keek, leek ze niet erg veel op mijn Alma. Ze was bijvoorbeeld veel langer. En haar haar was zwart. Ze had een spleetje tussen haar voortanden.

Wie is Bruno? vroeg ze.

Ik bestudeerde haar gezicht. Ik probeerde het antwoord te bedenken.

Als je het over onzichtbaar hebt, zei ik.

Bij de schrik en verbazing op haar gezicht voegde zich nu verwarring.

Maar wie is hij dan?

Hij is de vriend die ik niet had.

Ze keek me afwachtend aan.

Hij is het beste personage dat ik ooit in het leven heb geroepen.

Ze zweeg. Ik was bang dat ze zou opstaan om van me weg te lopen. Ik kon niets bedenken om tegen haar te zeggen. En dus vertelde ik haar de waarheid.

Hij is dood.

Het deed pijn om het te zeggen. En toch. Er was zoveel meer.

Hij is doodgegaan in 1941, op een dag in juli.

Ik wachtte tot ze zou opstaan en weglopen. Maar. Ze bleef zitten, zonder een spier te vertrekken.

Ik was al heel ver gegaan.

Ik dacht: waarom niet nog een stukje verder?

En er is nog iets.

Ik had haar aandacht. Het was iets heerlijks om te zien. Ze luisterde afwachtend.

Ik heb een zoon gehad die nooit heeft geweten dat ik bestond.

Er fladderde een duif de lucht in. Ik zei:

Zijn naam was Isaac.

En toen besefte ik dat ik op zoek was geweest naar de verkeerde.

Ik zocht in de ogen van de oudste man van de wereld naar een jongen die op zijn tiende verliefd werd.

Ik zei: 'Bent u ooit verliefd geweest op een meisje dat Alma heette?'

Hij zweeg. Zijn lippen trilden. Ik dacht dat hij het niet had verstaan, dus vroeg ik het hem nog eens. 'Bent u ooit verliefd geweest op een meisje dat Alma Mereminski heette?'

Hij stak zijn hand naar me uit. Hij tikte me twee keer op mijn arm. Ik wist dat hij me iets probeerde te vertellen, maar ik wist niet wat.

Ik zei: 'Bent u ooit verliefd geweest op een meisje dat Alma Mereminski heette en dat naar Amerika is verhuisd?'

Zijn ogen liepen vol tranen, hij tikte me twee keer op mijn arm en toen nog eens twee keer.

Ik zei: 'De zoon van wie u denkt dat hij niet wist dat u bestond, heette die soms Isaac Moritz?'

Ik voelde mijn hart opzwellen. Ik dacht: ik leef al zo lang. Alstublieft. Aan nog iets langer leven zal ik niet doodgaan. Ik wilde haar naam hardop zeggen, het zou me vreugde hebben gegeven hem te roepen, omdat ik wist dat ze die naam voor een klein deel aan mijn liefde dankt. En toch. Ik kon niet spreken. Ik was bang dat ik de verkeerde zin zou kiezen. Ze zei: *De zoon van wie u denkt dat hij niet wist* – Ik tikte twee keer. Toen nog eens twee keer. Ze reikte naar mijn hand. Met mijn andere tikte ik twee keer. Ze kneep in mijn vingers. Ik tikte twee keer. Ze legde haar hoofd op mijn schouder. Ik tikte twee keer. Ze legde haar arm om me heen. Ik tikte twee keer. Ze sloeg haar beide armen om me heen en omhelsde me. Ik hield op met tikken.

Alma, zei ik.

Ze zei: *Ja*.

Alma, zei ik nog eens.

Ze zei: *Ja*.

Alma, zei ik.

Ze tikte twee keer.

DE DOOD VAN LEOPOLD GURSKY

Leopold Gursky begon met doodgaan op 18 augustus 1920.
Hij ging dood terwijl hij leerde lopen.
Hij ging dood terwijl hij voor het schoolbord stond.
En ook een keer terwijl hij een zwaar dienblad droeg.
Hij ging dood terwijl hij een nieuwe manier oefende om zijn
hand-tekening te zetten.
Een raam opendeed.
In bad zijn geslachtsdelen waste.

Hij ging dood in zijn eentje omdat hij zich te veel geneerde om
iemand te bellen.
Of hij ging dood terwijl hij aan Alma dacht.
Of op een moment dat hij niet aan haar wilde denken.

Eigenlijk valt er niet veel te zeggen.
Hij was een groot schrijver.
Hij werd verliefd.
Dat was zijn leven.